KB059202

3

어서오세요 실력지상주의 교실에 **2**학년편 키누가사 쇼고 × 토모세 슌사쿠

Welcome to the Classroom of the Second-year

"하나만 물어봐도 될까?"

"네?"

"그게, 뭐랄까 귀여운 수영복을 골랐네. 무슨 이유라도 있어?"

"이유 말씀입니까?
방송에서 본 비치 플래그는 보통 이런 수영복을 입었던 것 같아서,
수업용 수영복을 입으면 이상한가 싶었는데요.
제가 잘못 생각한 건가요?"

안도 사요
배구부에 소속된
학생으로 키가 크다.
운동 신경이 좋고 체력에
자신이 있다. 사실은
시바타를 좋아하는 소녀.

미나미카타 코즈에
공부는 시원찮지만 운동
신경이 뛰어나다.
누구에게든 스스럼없이
대할 줄 안다.

하마구치 테츠야
반의 참모 같은 존재. 운동은
굳이 말하자면 약한
편이지만, 공부를 잘하고
언변도 좋아 여학생들 사이에
남자로 느껴지지 않는
학생으로서 인기가 있다.

"이상해? 자기보다 어린 여자애한테
겁먹어서 몸을 다 떠네. 하지만 말이지,
그 감각을 소중히 여기는 게 좋을 거야, 쿠시다 선배."

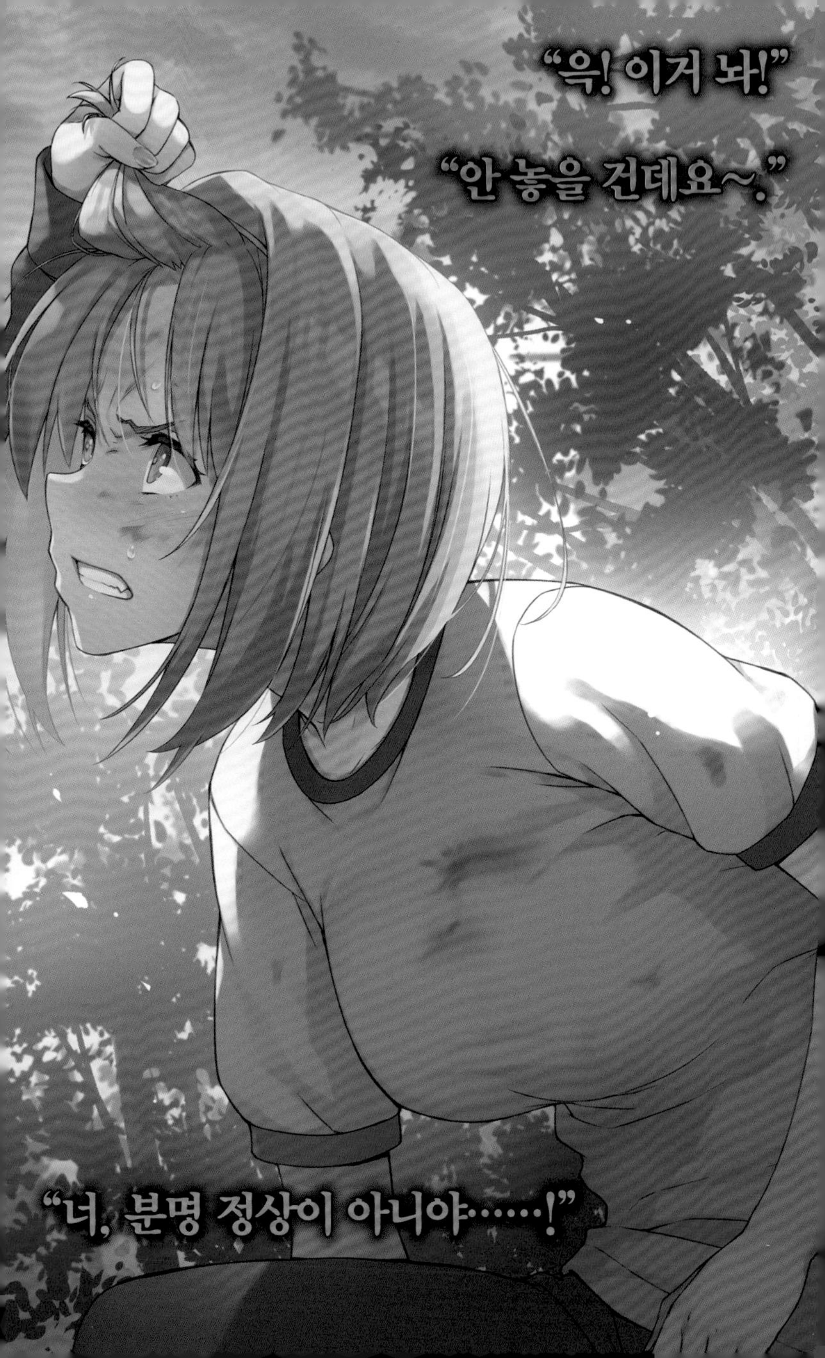
"윽! 이거 놔!"
"안 놓을 건데요~."
"너, 분명 정상이 아니야……!"

어서오세요 실력지상주의 교실에 2학년편
Welcome to the Classroom of the Second-year

배포 카드

기본 카드 일람

선행 ······ 시험 개시 때 쓸 수 있는 포인트가 1.5배로 늘어난다.

추가 ······ 소유자가 받는 프라이빗 포인트 보수가 2배로 늘어난다.

반감 ······ 페널티 때 내야 할 프라이빗 포인트를 반으로 줄일 수 있다. 이 카드를 소지한 학생에게만 반영된다.

편승 ······ 시험 개시 때 지정한 그룹의 프라이빗 포인트 보수의 절반을 추가로 얻을 수 있다. 지정한 그룹에 자신이 합류했을 경우 효과는 소멸된다.

보험 ······ 시험 중에 컨디션 난조로 실격했을 경우, 소유자는 딱 하루 회복 유예를 얻을 수 있다. 부정행위에 의한 실격 등은 무효로 한다.

특수 카드 일람

증원 ······ 이 카드를 소유한 학생은 일곱 번째 멤버로 그룹에 속할 수 있다. 본 시험 개시 후부터 효력이 발휘되며, 남녀 비율에도 좌우되지 않는다.

무효 ······ 페널티 때 낼 프라이빗 포인트가 0이 된다. 이 카드를 소지한 학생에게만 반영된다.

시련 ······ 특별시험의 반 포인트 보수를 1.5배로 늘릴 수 있는 권리를 얻는다. 단 상위 30% 그룹에 들어가지 못했을 경우 그룹은 페널티를 받는다. 또한 증가분의 보수는 학교 측이 보충한다.

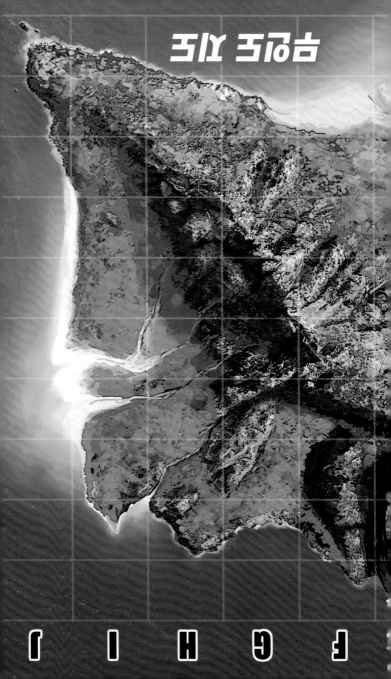

무인도 시험에 대하여(2학년)

시험 개요

● 무인도에서 최대 2주간 서바이벌로 진행된다.

● 필요한 능력은 다종다양한데, 종합 능력이 높은 사람이 유리하나 결속력도 중요하다.

보수

1위 그룹
300 반 포인트, 100만 프라이빗 포인트, 1 프로텍트 포인트

2위 그룹
200 반 포인트, 50만 프라이빗 포인트

3위 그룹
100 반 포인트, 25만 프라이빗 포인트

상위 50% (1위~3위 포함)에 입상한 그룹
5만 프라이빗 포인트

상위 70% (1위~3위 포함)에 입상한 그룹
1만 프라이빗 포인트

※상위 세 그룹이 얻는 반 포인트는 하위 세 그룹의 학년에서 이동된다.
반 포인트는 인원에 상관없이 반 수에 따라 균등 분배된다(사사오입).

페널티

하위 다섯 그룹에 속한 학생은 퇴학 페널티를 받는다.

페널티를 받은 경우, 600만 프라이빗 포인트를 내면 구제받을 수 있다.

※페널티 포인트는 그룹 인원수로 균등하게 나뉜다.

※시험이 시작된 후부터는 프라이빗 포인트를 빌려주는 것이 금지되므로,
승선 전 미리 자신의 스마트폰에 필요한 구제 포인트를 채워 둬야 한다.

어서 오세요
실력지상주의 교실에
2학년 편 3

키누가사 쇼고 지음 / 토모세슌사쿠 일러스트 / 조민정 옮김

소미미디어

어서오세요 실력지상주의 교실에 2학년편 ③

Welcome to the Classroom of the Second-year

c o n t e n t s

커버, 본문 일러스트 : 토모세슌사쿠

○나나세 츠바사의 독백

그날의 충격은 지금도 똑똑히 기억합니다.
아무런 전조도 없이 알아버린 잔혹한 현실.
저녁노을이 들이비치는 낡은 아파트.
길고 거대한 그림자가, 마치 커다란 시계추처럼 좌우로
어렴풋이 흔들리고 있었다.
그것을 직시하기가, 이해하기가 나로서는 불가능했다.
따뜻한 손이 내 머리를 쓰다듬어 주었다.
다정한 미소가 내 마음을 어루만져 주었다.
진지한 그 눈빛이 나에게 동경이라는 감정을 가르쳐 주
었다.

그 말 없는 무표정이, 내게 절망을 알게 해주었다.

강하고, 다정하고, 그리고 누구보다도 노력하기를 포기
하지 않는 사람.
그 사람이 꿈을 거머쥐지 않을 거라니, 말도 안 된다.

물론 모순이라는 것은 저도 잘 알고 있습니다.

하지만 용서할 수는 없다.

사람은 죄책감을 품고서는 싸우기가 어렵다.

그렇기에 자신을 『정의』라는 깃발 아래에 두고 정당성을 주장하며 싸우려고 한다.

자신의 정의가 있는 한, 그 신념을 품고 있으면 계속 싸울 수 있다.

『나(私)』의 연약한 마음으로는 그 『정의』를 뒷받침할 수 없다.

그렇기에 『내(僕)』가 그것을 뒷받침할 것이다.

그렇게 하면…… 아야노코지 키요타카를 정말로 쓰러트릴 수 있다.

그가 돌아가야 할 곳으로 돌려보내는 것.

그렇게 하지 않으면 제2, 제3의 희생자가 나올 것이다.

그것만은 반드시 피해야 한다.

눈앞에서 나를 응시하고 있는 아야노코지 키요타카.

모든 것을 끝내야 한다면—— 지금, 여기서다.

그리고 다음 단계로 나아가야 한다.

진짜 목적은 아야노코지 키요타카를 쓰러트린 그다음에 있다.

○십인십색의 전략

7월 20일. 눈 앞에 펼쳐진 상하(常夏)의 무인도. 그리고 높고 푸른 하늘에 투명하고 광대한 바다.

이곳에서 학생들은 2주를 보내야 한다.

구름 한 점 없는 밤이 되면 하늘을 빼곡히 채운 별들이 시선을 사로잡겠지.

친구와 대화를 나누고, 좋아하는 사람과 어깨를 맞댄다.

모닥불을 둘러싸고 앉아 춤을 추고 와자지껄 떠든다. 그런 청춘의 한 페이지를 장식할 수도 있을 것이다.

이렇게만 들으면 누구나 동경하는 여름방학이라고 착각할지도 모른다.

하지만 고도 육성 고등학교 학생들에게 무인도는 커다란 시련의 장 중 하나다.

"마시마 선생님이 설명했지만 정말 작년에 갔던 무인도보다 훨씬 큰 섬이네."

옆에 선 히라타 요스케가 말했다.

과연 한눈에 보기에도, 무인도의 규모가 작년과 비교도 되지 않을 만큼 컸다.

그리고 시험 내용 역시 스케일이 커졌다.

"2주 동안 그냥 생활하다가도 기권하는 학생이 나올지 모르겠는데."

"응, 예상하지 못한 사태가 일어날 가능성도 크다고 생각해. 무엇보다 물 확보가 최우선이야."

배 위에서도 느껴지는 열기.

작열하는 태양이 모래사장을 뜨겁게 달구고 있음은 확실했다.

7월도 하순으로 접어든 이 날, 기온은 40도에 육박하고 있었다. 요스케가 걱정하는 것처럼, 열사병과 탈수 증상을 조심하려면 수분 보급을 게을리해서는 안 된다.

섬이 가까워지자 전체적인 모습이 조금씩 드러나기 시작했다.

"옛날에는 사람이 살았을까?"

"그랬을지도 모르지."

무인도와는 어울리지 않는 듯한 잘 정비된 항구가 조금씩 가까워졌다.

배는 섬의 둘레를 한 바퀴 돌지 않고 곧장 항구로 향했다.

특별시험의 시작이 초읽기에 들어가자 요스케는 부드러운 표정과는 대조적으로 갑판의 난간을 꽉 움켜잡았다. 지금부터 2주간 학교의 전체적인 상황에 큰 변화가 생길 것이다. 어느 학년의 반이 달라지고, 어느 학년의 학생이 퇴학당하고. 그런 상황이 일어나도 이상하지 않은 시험 내용. 2학기부터는 완전히 달라진 환경에 놓이게 되리라는 것도 충분히 예상된다. 이는 평온을 바라는 요스케가 바라지 않는 전개였다.

자기도 모르게 손에 힘이 실리는 것도 어쩌면 당연했다.

마침내 하선 준비를 알리는 선내 방송이 흘러나왔다.

"각오는 됐어? 요스케."

지켜야 할 평온이 점점 위협받는 가운데, 나는 일부러 그렇게 힘주어 물었다.

요스케는 불안을 느끼면서도 고개를 한 번 끄덕이더니 내 눈을 똑바로 바라보았다.

"후회 없도록 최선을 다할 거야. 그게 내가 할 수 있는 유일한 방법이니까."

퇴학생이 나오지 않게 막는 걸 포기한 게 아니다.

하지만 반에서 희생자가 나올 확률을 0으로 만들기란 불가능하다.

그러한 현실을 마음에 새기고, 우리는 갑판을 뒤로했다.

1

무인도에 상륙하기 전날인 7월 19일. 12시 36분.

전체 12층으로 되어 있는 호화 여객선, 산 비너스 호는 바다를 가르며 남남서 방향으로 나아가고 있었다.

인기척이 별로 없는 후방 갑판에서, 연인인 카루이자와 케이가 손을 흔들며 나를 반겼다.

주위에 사람이 없음을 확인한 다음 우리는 나란히 서서

바다를 바라보았다.

"너무 근사한 광경이야……."

햇살을 받은 수면이 마치 보석을 흩뿌려 놓은 듯 빛났다. 그 모습을 로맨틱하게 바라보며 케이가 눈을 가늘게 떴다.

"작년에는 못 봤어?"

"그야 조금은 봤지만, 경치는 뒤로 미루고 친구들이랑 배 안에서 노느라 바빴었지."

케이는 조금 창피해하며 그렇게 고백했다.

하긴, 이해는 된다. 학생 대부분은 이런 호화 여객선을 탈 일이 없었을 테니까.

경치를 느긋하게 감상할 시간이 있으면 1초라도 더 배에서 놀고 싶은 게 당연하다.

올해 탄 산 비너스 호는 700명이 넘는 승객을 수용할 수 있는 크루즈 선으로 일본 국적의 배 가운데 세 번째로 크다고 한다.

5층에 있는 입구 로비에서부터 안내데스크를 비롯하여, 위층에는 영화관과 수영장, 헬스장, 카페, 레스토랑, 바다 전망의 목욕탕, 오락실까지 갖춰져 있었다. 작년 이상으로 충실한 시설들이었다. 만족스럽게 전부 즐기려면 하루 이틀로는 부족하리라.

물론 의무실과 병실도 있어서, 불의의 사태에 대비한 체제도 잘 갖추고 있었다.

"그런데 대낮부터 이런 데서 데이트해도 괜찮을까……?"

케이가 불안해하며 주위를 두리번거렸다.

"아무도 마주치지 않는다는 보장은 없지만, 일단은 괜찮을 거야."

오늘은 오전 11시부터 식당이 오픈해 일단 1학년부터 식사를 시작했다. 정오부터 있을 설명회 때문에 앞당겨진 점심시간. 한편 2학년과 3학년은 약간 시간 차이를 두어 정오부터 식사가 시작된다. 아직 많은 학생이 휘황찬란한 요리에 입맛을 다시고 있을 시간이다.

오후 1시 전인 지금은 단둘이 있을 수 있는 몇 안 되는 시간이라고 할 수 있다.

"역시 올해는 인원이 많아서 미리 설명해주는 걸까?"

"그런 이유도 있겠지만 그게 전부는 아닐 거야."

설명회 예정 시간은 1시간으로 작년보다 많이 길었다. 아마 무더운 여름철이라는 상황을 고려해 모래사장에서 하지 않는 것이겠지. 직사광선을 쬐면서 오랜 시간 설명을 듣게 되면 열사병으로 쓰러지는 학생이 속출할 수 있다. 현명하다기보다는 무난한 대응이다.

"왠지 아직 실감이 잘 안 나……."

"크루즈 선에 탈 기회는 그리 많지 않으니까. 기분이 붕 뜨는 것도 무리가 아니지."

냉철하게 분석해서 대답하자 케이가 어이없다는 듯 한숨을 내쉬었다.

"그 말이 아니라…… 키요타카랑 사귀는 게 실감이 안 난다는 얘기야. 넌 똑똑하면서 그런 부분은 너무 모른다니까."

나와 케이가 사귀기 시작한 것은 올해 봄방학 때부터.

이미 몇 달이 지났지만, 밖에서 데이트다운 데이트를 한 적이 없었다. 고등학생이면 매일 등하교를 같이한다거나 방과 후에 어디 놀러 가기 마련이지만, 우리는 사귄다는 사실을 주위에 감추고 있기에 그 빈도가 다른 커플보다 적었다.

이렇게 단둘이 있는 시간도 밀회처럼 몰래 만들 수밖에 없었다.

말하자면 실감할 만한 상황이 극히 한정적이었다고 할까.

"키요타카는 어때? 실감이 좀 나?"

"글쎄. 난다면 나고 안 난다면 안 나고."

"무슨 대답이 그래."

나와 케이는 연인이 되었다. 그것은 사실이다.

하지만 지금도 눈에 보이는 뭔가가 크게 달라지지는 않았다.

"이런 식으로 남몰래 밖에서 둘이 만나는 거, 이때까지 생각도 못 해 봤으니까."

"뭐, 그건 그렇지."

후우, 하고 케이가 숨을 토하더니 머나먼 지평선을 바라보았다.

"이제 발표될 특별시험 내용에 따라서는 너한테 부탁할 일이 생길지도 몰라."

"나도 알아. 내가 할 수 있는 일이라면, 말이지만."

원래는 이 말을 전하려는 목적으로 불러낸 것이다. 다만 오늘까지는 스마트폰 사용이 가능하기에 할 얘기가 있으면 간단히 할 수 있다. 굳이 위험을 무릅쓰면서까지 만날 필요는 없었다. 연인이라는 이유 하나만으로 이렇게 만난다는 것이 흥미로웠다.

잠시 후 설명회가 끝났다는 방송이 선내에 흘러나왔다.

"1학년, 다 끝났나 봐. 같이 갈 수는 없으니까 나 먼저 갈게."

둘이 함께 가면 의심을 살 수 있으므로 케이가 먼저 선내로 돌아갔다.

그렇게 1학년과 교대하듯 우리 2학년은 영화관에 모였다.

입장할 때 딱히 정해진 자리가 없으니 각자 자유롭게 앉으라는 설명을 들었다.

아무 데나 상관없이 앉는 사람, 친한 친구끼리 앉는 사람도 있었지만, 눈에 띄는 것은 그룹끼리 뭉쳐서 앉는 사람들이었다. 당연하다면 당연하겠지만 내일부터 2주 동안 일심동체가 되어 싸울 동료들과 의견을 나누며 설명회를 듣는 편이 시간상 훨씬 효율적이니까.

혼자 참가하는 나는 자연스레 그룹들 사이에 끼여 앉았다.

물론 앞쪽이 아니라 뒤쪽의 눈에 띄지 않는 위치다.

"……헐. 왜 거기 앉아?"

당연하게도 그런 빈틈으로 도망쳐 온, 나와 비슷한 사고

방식을 가진 한 학생.

아무래도 내가 고른 자리가 2학년 B반 이부키 미오의 옆인 듯했다.

"너 일부러 여기 온 건 아니지?"

"전혀."

단순히 같은 생각으로 온 거겠지.

"난 저쪽으로 갈 테니까 따라오지 마."

내 옆인 것이 참을 수 없었는지 멀어지려고 자리에서 일어났다.

물론 말릴 생각은 없지만, 이미 많은 자리가 채워지고 있다.

오른쪽으로 가든 왼쪽으로 가든, 여기저기서 담소를 나누는 그룹들만 보인다.

주변 상황을 깨달은 이부키가 굳어버렸다.

이제 고독한 학생이 달아날 곳 따위는 없다. 별수 없이 내 자리에서 한 칸 띄워 앉으려고 시도했지만, 간발의 차이로 2학년 A반의 키토 하야토가 그 자리를 냉큼 차지했다.

이부키가 대놓고 노려봐도 키토는 일절 반응하지 않고 팔짱을 꼈다.

내 옆으로 돌아올 것인가 아니면 그룹들 사이에 파묻혀 앉을 것인가. 양자택일해야 한다.

잠시 고민한 이부키는 어쩔 수 없이 내 옆으로 돌아와 자리에 앉았다.

결과적으로 이부키는 나와 키토 사이에 끼여 설명을 듣게 되었는데…….

꼭 그게 아니더라도 이렇게 많은 군중 속에 있는 것 자체가 싫은 듯했다.

그게 아니라면 여자 혼자 이 특별시험을 치르려고 하지는 않았겠지.

자── 이부키는 이만 됐고, 무인도 시험의 규칙을 주시해보자.

나는 어수선해진 앞쪽으로 의식을 보냈다.

"그럼 지금부터 무인도에서 치를 특별시험의 규칙을 설명하겠다."

작년과 마찬가지로 설명을 맡은 사람은 2학년 A반 담임인 마시마 선생님이었다.

스크린 앞에 서서 마이크를 잡고 진행을 시작했다.

"무인도에 머무르는 기간은 내일부터 총 2주. 작년 무인도 때처럼 기본적으로 너희가 알아서 자유롭게 생활하게 된다. 도중에 시험을 계속 치르기 힘든 부상 등 상태가 나빠지거나, 또는 중대한 규칙 위반을 저질렀을 경우 가차없이 강제로 중도 탈락 처리된다. 최대 세 명으로 이루어진 소그룹을 짜라고 한 것은 잘 기억하고 있을 텐데, 특별시험이 시작되면 어떠한 조건을 바탕으로 소그룹끼리 모여서 최대 여섯 명으로 된 대그룹을 만들 수 있다. 그리고 자신이 소속된 그룹 전원이 도중 탈락했을 경우 실격 처리가 되며, 순위가 확정된다."

그 순위가 학교 전체에서 하위 다섯 팀 안에 든 학생은 전원 퇴학 처리된다. 단 이 퇴학 조치는 프라이빗 포인트를 내면 막을 수 있다. 단독 그룹은 600만, 세 명 그룹은 일 인당 200만 포인트. 인원이 많을수록 드는 대가도 줄어드는데, 그 포인트를 낸 학생만 구제된다. 거금을 가진 학생은 필연적으로 적을 수밖에 없기에, 나머지 다수와는 별로 상관없는 이야기였다.

또 최하위를 포함해 밑에서 세 번째 그룹까지는 그 그룹이 속한 반의 반 포인트가 크게 깎이는 구조. 퇴학뿐만이 아니라 남은 반 아이들에게 큰 피해를 주게 되는 셈이다.

무슨 수를 써서라도 하위 다섯 팀에서 벗어나야 한다는 것이 모든 그룹이 가진 공통 인식이리라.

"내일부터 2주간 무인도 생활을 하게 되는데, 중요한 건 지금부터다."

그렇다. 지금까지 『순위』를 정하는 방법에 대한 설명이 전혀 없었다.

"각 그룹은 순위를 결정짓기 위해 『점수』를 모으는 싸움을 하게 된다."

150명이 넘는 학생들이 영화관 내 거대한 스크린을 주목했다.

무인도 특별시험의 개요

●전 그룹이 2주간, 점수를 모으며 경쟁하는 서바이벌 시험

●기간 중에 중도 탈락으로 그룹 전원이 이탈한 경우, 그 시점에서 그룹은 실격

(모은 점수는 전부 무효 처리되며 그 시점에서 순위가 확정된다)

요컨대 많이 득점했더라도 그룹 전원이 도중에 탈락하면 전부 소용없어진다는 뜻이다. 점수를 모으는 것도 중요하지만, 특별시험이 끝날 때까지 탈락하지 않도록 잘 처신하는 것이 무엇보다도 중요하다.

이어서 개요와 함께 내일 상륙하게 될 무인도 지도가 표시되었다. 가로세로로 선이 들어가 촘촘하고 균등하게 칸이 나누어져 있었다.

"득점하는 방법은 두 가지가 있다. 하나는 일정 시간마다 총 100개 중 지정된 특정 칸 안에 들어가는 『기본 이동』 규칙으로 점수를 얻는 방법. 예를 들어서 시작 지점은 항구가 있는 D9 구역인데, 이동해야 할 장소로 C8 구역이 지정된다고 해보자. 그 지정 구역에 먼저 도착한 그룹에 『착순 보수』가 지급되는데 1위 그룹은 10점. 2위 그룹은 5점. 3위 그룹은 3점이다. 또 지정 시간 내에 도착한 사람 전원에게 똑같이 『도착 보너스』로 1점이 주어진다. 가령 3인 그룹이 1위가 되었다면 착순 보수 10점에 도착 보너스

3점까지. 총 13점을 한꺼번에 받을 수 있는 구조지. 만약 2인 그룹이면 도착 보너스가 2점이니까 12점이 되겠지."

1위를 노리기 위해 무모한 짓을 저지르는 그룹도 나올 위험이 있다. 하지만 경쟁을 펼칠 무대는 길거리가 아니라 무인도. 평탄한 길도 적을뿐더러 장애물이 많으리라는 사실은 쉽게 예상할 수 있다. 예기치 못한 일로 다치기도 할 것이다. 아무리 득점을 빠르게 많이 한다고 하더라도 그룹 전원이 도중에 탈락해 버린다면 그 시점에서 실격. 모은 점수는 몰수당해 전부 수포가 되는 흐름이다.

"기본 이동에서 이동 구역 고지는 시험 첫날과 마지막 날에는 3번이지만 나머지 12일 동안에는 하루에 4회. 목표 지점의 통과 시간은 오전 7시에서 오전 9시, 오전 9시부터 오전 11시, 중간에 2시간의 휴식이 있고 오후 1시부터 오후 3시, 오후 3시부터 오후 5시까지 사이로 한다."

각 2시간이라는 제한 시간 내에 지정된 구역에 도착하면 득점할 수 있는 구조. 오후 5시까지만 하는 이유는 어두운 시간대의 이동은 위험을 동반하기 때문에 학교 측에서 배려해준 것인가.

"주의해야 할 점은 지정 구역으로 이동하는 것을 3회 연속 패스해버렸을 경우 1점이 깎인다는 거야. 4회 연속이면 한 번에 2점, 5회 연속이면 한 번에 3점씩, 패스한 횟수가 늘수록 페널티도 1점씩 늘어난다. 단 한 번이라도 패스를 멈춘다면 누적치가 0으로 돌아가고, 다시 3회 연속 패스하면 1점씩 깎이기 시작한다."

체력이 바닥나는 등 이동하기 어려워지면 가야 할 구역으로 가지 못해 모은 점수를 계속 잃어버릴 수도 있다는 뜻이다.

반대로 조금도 무리하지 않고 시작 지점에서 캠핑하며 가까운 범위에 뜨는 지정 구역에서만 득점하며 2주간 편하게 보낸다……라는 식으로 계획하면 점수를 거의 모을 수 없다. 도중에 탈락하는 그룹이 나타나지 않는다면 가만히 있다가 꼴찌로 전락해 퇴학과 반 페널티까지 받게 될 것이다.

"이 패스에 관해서 말하자면, 그룹의 『누군가』가 구역에 도착한 시점에서 세이프. 다시 말해 그룹 멤버 전원이 반드시 도착할 필요는 없다는 이야기다. 물론 받을 수 있는 도착 보너스는 지정 구역에 도착한 사람 수만큼만 준다."

그 설명을 듣자마자 학생들이 웅성거렸다.

가령 3인 그룹에서 한 사람만 지정 구역에 도착한다면 그룹은 도착 보너스 1점을 받고 패스 대상에서 제외된다. 점수를 모으려면 순수하게 인원이 많은 쪽이 압도적으로 유리하다는 것. 단독 또는 2인 그룹으로 참가하는 사람들은 똑같이 계속 클리어해 나가도 어쩔 수 없이 득점에 차이가 벌어지고 만다.

"다만 딱 한 가지 주의 사항이 있다. 1위부터 3위까지 주어지는 착순 보수는 탈락자가 발생하지 않은 그룹이면서 그룹 전원이 지정 구역에 도착한 경우에만 받을 수 있다. 그리고 그룹 내에서 마지막으로 도착한 학생의 기록을 순위로 참고하게 된다."

타당한 규칙이었다. 만약 한 사람만 도착해도 착순 보수를 준다면 체력 좋은 멤버만 지정 구역을 도는 식의 파워 플레이도 가능하다. 또는 그룹 전원이 계속 따로 흩어져서 움직여, 다양한 지점에서 새 지정 구역이 뜰 때까지 대기할 수도 있다. 그렇게 되면 인원이 적은 그룹은 승산이 아예 없겠지. 모두 도착한 시점의 기록으로 하면 단독 그룹도 조금이나마 승산이 있다.

하지만 그런 것들을 다 배제하더라도 인원이 많은 그룹이 압도적으로 유리한 것은 틀림없는 사실이다.

"지도상으로 보면 구역을 지정하기가 불가능한 곳도 분명 있다. 이를테면 B1이나 C1, F10과 G10 등은 완전히 바다 위이기 때문에 이런 곳은 지정 구역으로 선택되지 않는다."

화면에 뜬 지도에서 도달 불가능한 일부 구역이 붉게 표시되며 제외되었다.

"이 지정 구역에는 일정한 법칙이 있는데 1일 4회 중 3회는 마지막에 지정된 구역을 중심으로 앞뒤 좌우 2칸 이내, 대각선으로 1칸 이내에서 다시 지정된다."

앞뒤 좌우 2칸과 대각선으로 1칸이라면 이동하기 그리 어렵지 않을 듯하다.

제한 시간이 2시간이므로 꽤 여유를 가지고 이동할 수

있으리라.

하지만 지정 구역 설정은 하루에 총 4회.

즉 나머지 1회는 그 법칙에 해당하지 않는다는 뜻.

"하루 중 1회는 이 법칙에 해당하지 않는 예외로, 어느 지점에 지정 구역이 뜰지 알 수 없다. D2에 구역 지정된 다음 D9에 배치되는 일도 얼마든지 일어날 수 있다는 이야기야. 단 랜덤 지정이 두 번 연속으로 일어나는 일은 없다. 마지막 4회째에 랜덤으로 지정되고 다음 날 1회째에 또 랜덤 지정되지는 않는다는 말이다."

하루에 한 번이라지만, 어디에 지정될지 모른다는 것은 중대한 문제다.

제일 북쪽에서 제일 남쪽으로 이동하기라도 한다면 일단 2시간 안에 도착하기란 불가능하다.

체력이 있고 없고를 떠나서 지정 구역에 제때 갈 수 없을 것이다.

또 먼 지정 구역에 무리해서 달려갔다가는 기력이 다 빠지거나 이동 불가능한 사고를 당할 수도 있겠지. 그 결과 다음 지정 구역 그리고 그다음 지정 구역에 도착하지 못하는 상황에 빠져 버린다면 패스 회수 3회에 걸릴 뿐 아니라 끝까지 지정 구역에 도달하지 못하게 되는 전개까지 펼쳐질 수 있다.

그렇게 되면 점수를 모으기는커녕 현상 유지조차 어렵다.

무척 두려운 요소라는 것을 늘 명심해야 하는 셈이다.

무모한 이동을 거듭하면서 지정 구역을 계속 밟을 것인가, 아니면 때로는 위험을 피하고 패스할 각오로 이동할 것인가. 임기응변적 대응이 각 그룹의 능력에 따라 요구된다.

"또 연속으로 같은 구역이 지정되지는 않지만, D2가 지정된 다음에 D3이 지정되고 그다음에 다시 D2가 지정될 수는 있다. 그리고 지정 구역이 발표된 시점에 이미 그 구역 안에 있을 때는 1인 1점은 얻을 수 있어도 착순 보수는 받을 수 없으니 주의하도록."

그러니까 착순 보수를 노린다면 경솔한 이동이 위험할 수 있다는 뜻인가.

다음 착순 보수를 노리기 위해서는 최종 지정 구역 안에 머무르거나 차라리 앞뒤 좌우 2칸 대각선 1칸 범위에서 벗어나 있는 수밖에 없다. 하지만 후자의 경우 랜덤 지정으로 밟아버릴 위험을 피하기가 아무래도 어렵다.

"이상이 득점하는 첫 번째 방법인 기본 이동이다. 개요를 표시해 두마."

기본 이동 규칙의 개요
●하루에 4회 지정 구역이 고지된다
(첫날과 마지막 날은 3회이며 랜덤 지정은 없음)
목표 지점 통과 시간은 오전 7시~9시, 오전 9시~11시,
오후 1시~3시, 오후 3시~5시

●지정 구역에는 법칙이 있는데, 하루에 3회는 앞뒤 좌우 2칸, 대각선 1칸 범위 이내로 한정한다
하루에 1회는 랜덤 지정되며, 지정 구역이 어디가 될지는 알 수 없다
(랜덤 지정이 2회 연속으로 일어나지는 않는다)

●지정 구역에 도착한 그룹 순으로 1위가 10점, 2위가 5점, 3위가 3점을 받는다
※착순 보수는 그룹 멤버 전원이 지정 구역에 도착한 시점의 기록을 참고로 한다

●각 시간 내에 지정 구역에 도착하면 도착 보너스로 전원에게 1점씩 지급된다

●지정 구역 고지 시점에 이미 그 구역에 있는 경우 1인 1점을 얻지만, 착순 보수는 무효

●3회 연속으로 지정 구역 도착을 패스하면 페널티. 횟수에 따라 득점이 깎인다
(단 한 번이라도 패스를 중단하면 누적치는 0으로 돌아간다)

스크린 위에 표시된 개요는 마시마 선생님이 설명한 대

로였다.

"또 한 가지, 득점하는 방법을 설명하기 전에 이것부터
보기 바란다."

마시마 선생님은 모습을 드러낸 2학년 C반 담임 호시노
미야 선생님으로부터 뭔가를 건네받았다.

손을 들어서 보여준 것은 디지털 손목시계인가.

"내일 시험 시작부터 시험 종료 시까지 학생들은 이 손
목시계를 차야 한다. 나중에 이 손목시계와 연동하는 태블
릿도 지급할 예정인데 그 설명은 나중에 하지."

손목시계를 확대한 사진과 상세한 기능이 스크린에 표
시되었다.

"이 손목시계는 시간 확인뿐 아니라 득점을 위한 필수 도
구이기도 하다. 기본 이동의 득점 등은 전부 이 손목시계
를 바탕으로 집계되기 때문이지. 또 시간 내에 지정 구역
에 들어가면 그 사실을 알려주는 등 편리한 기능도 갖추고
있어. 다소 시간차가 발생할 수도 있어서 아슬아슬하게 들
어오거나 순간적으로 구역 밖으로 나가버리거나 하면 무효
처리될 가능성이 있으니 주의하기를 바란다. 점수가 들어
오는지 어떤지 반드시 손목시계의 통지를 확인하도록."

좌우지간 손목시계가 없으면 안 된다는 이야기다.

"그리고 이 손목시계를 찬 학생의 체온, 심박수, 혈압,
혈중산소, 수면시간, 스트레스 레벨 등을 학교가 늘 모니
터링할 수 있게 되어 있어서, 어떠한 항목이 규정치를 벗

어나면『경고 경보』가 울린다."

마시마 선생님이 호시노미야 선생님에게 마이크를 맡기고 직접 손목시계를 차기 시작했다. 혼자 찰 수 없는 구조인지, 작업원이 공구를 사용해 채워 주었다.

잠시 후 마시마 선생님이 손목시계를 다 차고 나니 조금 전 구두로 설명했듯 스크린에 심박수와 혈압, 체온 등이 전부 실시간으로 표시되었다.

학교 측이 모든 학생의 건강 상태를 한꺼번에 감시할 수 있다는 이야기다.

"여기서 한 가지 예를 보여주마. 예를 들어서 체온이 38도 이상으로 올라갔다고 해보자."

그러자 잠시 후 높은 경보음이 손목시계에서 나오기 시작했다.

"이게 경고 경보다. 다만 이건 단순 경고 단계이기에 5초가 지나면 자동으로 꺼지도록 설계되어 있다."

5초가 지나자 경보음이 멈추었다.

"하지만 규정을 넘은 상태가 계속되면 10분 후 다시 경고 경보가 울린다."

테스트로 두 번째 경고 경보가 울렸다. 처음보다 소리가 좀 더 높았다.

이것도 5초가 지나면 꺼지는지 소리는 금세 들리지 않게 되었다.

"이게 두 번째 경고 경보였다. 그리고 다시 5분 동안 이상한 상태가 이어지면——"

세 번째가 되니 지금까지 중에서 가장 높은 소리가 울리기 시작했다.

"마지막은 경고 경보가 아니라 『긴급 경보』로 바뀐다. 이 상태가 되면 24시간 이내에 시작 지점에 가서 메디컬 체크를 받아야 한다. 또 이 『긴급 경보』는 수동으로 끄지 않는 한 계속 울리기 때문에 5분 동안 꺼지지 않으면 교직원과 의료반이 GPS를 바탕으로 그 장소로 달려가게 된다."

만에 하나, 움직일 수 없는 심각한 부상을 했거나 의식을 잃어버리면 구하러 온다는 뜻이다. 물론 경보가 울리게 하지 않는 것이 가장 중요하겠지만.

"아까 손목시계를 찰 때 봤겠지만, 시험 중 부정행위가 불가능하도록 시계를 차고 뺄 때는 특수한 공구가 있어야 한다. 가령 어떠한 방법으로 무리해서 빼려고 할 경우, 자동으로 득점 기능이 정지되는 구조지."

몸이 아프거나 불상사가 일어났을 때, 누군가에게 손목시계를 벗어줘서 자신 대신 득점을 올리게 하는 식의 부정행위가 불가능하다는 의미다.

"또 강한 충격 등 물리적으로 파손되거나 어떠한 이유로 기기에 이상이 생겨도 득점 기능이 꺼진다. 그때는 시작 지점으로 와서 교환하면 된다."

만에 하나 고장 나더라도 페널티는 없지만, 점수 자체가 들어오지 않는다면 타격이 크겠군. 게다가 교환하기 위해 시작 지점까지 돌아와야 하는 것도 큰 디메리트다.

"자, 손목시계에 대해 대강 이해했을 테니 기본 이동 이야기로 돌아가겠다. 시험 중, 모든 그룹이 같은 지정 구역을 목표로 하는 건 아니야. 이 손목시계 내부에는 『테이블』이라는 게 있는데, 총 12가지가 있어. 예를 들어서 내 손목시계가 A 테이블이라고 치자. 최초의 목적지는 D8, 다음 목적지는 D7, 그리고 그다음은 C6, 이런 식으로 첫날부터 마지막날까지 어느 지정 구역이 될지 내부적으로 첫 단계 때 이미 정해져 있어. 한편 호시노미야 선생님이 찬 손목시계가 B 테이블이었을 경우, 최초의 목적지는 D10, 다음이 E9, 그다음이 F8, 이런 식으로 이동해야 할 지정 구역이 다르지."

지정 구역 이야기를 들었을 때 가장 먼저 궁금했던 부분이다.

만약 모든 그룹이 계속 같은 목적지로 가야 하는 게임이라면 똑같은 루트를 속도가 빠른가 느린가로 경쟁하는 싸움만 될 뿐이다.

하지만 루트가 12가지라면 당연히 이야기가 크게 달라진다.

A 테이블은 A 테이블에서 경쟁하면서 때로는 B 테이블, C 테이블과 목적지가 겹칠 때도 있겠지. 이렇게 복수의 경쟁을 동시에 진행해야 한다.

3일 정도 지나면 무인도 각지에 그룹들이 흩어지게 되리라.

"물론 같은 그룹 사람들은 모두 같은 테이블에 속한다. 시험 중에 대그룹을 짰을 경우 당연히 모두 같은 테이블로 바뀌니 별 지장 없어."

반대로 말하면 열두 가지 패턴의 테이블이 존재함으로써, 다른 테이블 학생과 함께 행동하며 기본 이동으로 득점을 올리는 작업은 실질적으로 불가능한 셈이다.

나는 손목시계를 찬 내 모습을 상상하면서 왼팔로 시선을 떨어뜨렸다. 츠키시로라면 손목시계에 어떤 식으로 장난을 쳐놓았다면 의도적으로 고장 내서 득점을 방해하는 것도 가능하다. 하지만 그건 계속해서 쓸 수 있는 방법이 아니다.

한두 번이야 우연이라고 해도 통하겠지만, 외적 요인이 없는데도 서너 번 고장이 반복된다면 기묘한 의심이 싹트게 된다. 수작을 걸어봐야 한 번에서 두 번. 힘든 상위 대결에서 탈락할 위험은 있지만, 착실하게 득점을 올린다면 하위 그룹으로 떨어질 일은 없으리라.

기억해 둘 필요는 있겠지만, 너무 크게 경계할 정도는 아닌가.

손목시계에 관한 개요
●손목시계를 통해서 학교 측이 24시간 건강 상태를 관리한다

●파손 등 이상이 감지되면 점수가 들어오지 않으므로 확인해야 한다

●사용자의 건강에 이상이 생기면 경보로 알려준다. 경고 경보는 무시해도 되나, 긴급 경보가 울리면 시작 지점으로 돌아와야 한다.
(24시간 이내에 도착하지 않으면 탈락 처리될 수 있음)

●손목시계에는 12가지 테이블이 존재하며, 테이블마다 지정 구역의 순서가 다르다

●긴급 경보가 꺼지지 않고 5분간 이어지면 의료반이 현지에 급파된다
(심박 정지 및 혈압 급저하 등의 경우는 바로 구조에 나선다)

지정 구역에서 득점하는 방법은 건강하기만 하면 누구나 가능하지만, 높은 점수가 걸린 착순 보수는 빠른 다리와 체력 등 신체 능력이 크게 좌우한다. 이래서는 신체 능력에 자신 없는 학생들은 승산이 별로 없으리라.
요컨대 머리를 써서 득점하는 방법도 달리 있는 게 분명하다.
"다음으로 두 번째 득점 방법을 설명하마. 무인도 곳곳

에 설치된『과제』를 해결하면 득점할 수 있다. 과제는 오전 7시부터 오후 5시까지, 각 장소에서 수시로 진행된다. 구역이 백 군데로 나누어져 있는데, 같은 구역 내에 복수의 과제가 뜰 때도 있다. 일단 이것부터 보기 바란다."

스크린에 과제의 일례가 표시되었다.

C3 구역 내의 한 곳에 붉은 점이 찍혔다.

"태블릿 상으로만 확인할 수 있는 이 붉은 점에 과제가 설치되어 있다. 이 과제의 유무를 나타내는 붉은 점이 언제 어디에 나타날지, 어떤 과제일지는 예측할 수 없어. 붉은 점이 떠야 비로소 알 수 있다."

과제:『수학 테스트』, 분류: 학력
참가 조건: 과제가 뜬 지 60분 이내에 참가 신청
참가 인원: 1명(그룹 내에서 1명만 참가 가능)
10명이 등록한 시점에서 마감
승리 조건: 규정 시간 내 모인 학생들끼리 점수로 경쟁
(테스트 내용은 학년별로 다르나 난이도는 같은 수준으로 조정됨)
보수: 1위 5점, 2위 3점, 3위 1점
또한 입상자에게는 하루치 식량이 지급됨

과제:『포환던지기』, 분류: 신체 능력
참가 조건: 과제가 뜬 지 30분 이내에 참가 신청

참가 인원: 3인 그룹 이상
(4인 이상의 그룹인 경우 3명까지만 참가 가능)
총 여섯 그룹이 등록한 시점에서 마감
승리 조건: 세 명의 합계 비거리로 경쟁
보수: 1위 10점, 2위 5점, 3위 3점
참가상으로 모든 그룹이 경품 1개 선택 가능

과제: 『낚시』, 분류: 기타
참가 조건: 과제가 뜬 지 120분 이내에 참가 신청
참가 인원: 2인 그룹 이상
(3인 이상의 그룹인 경우 2명까지만 참가 가능)
총 여덟 그룹이 등록한 시점에서 마감
승리 조건: 1시간 이내에 가장 큰 물고기를 낚은 학생이
승리
보수: 1위 15점

"과제에 필요한 능력은 학력 40%, 신체 능력 30%, 기타
30%로 구성되어 있다. 기타란, 세세한 기술이 필요한 것
에서부터 단순히 운에 맡기는 것까지 다양하다고 생각하
면 된다. 물론 같은 과제가 복수로 나올 수도 있다."

어떤 방법을 쓰게 될지 궁금했는데 이런 규칙을 만들다니.

이렇다면 신체 능력 이외의 부분도 크게 요구된다고 할
수 있다.

출제되는 과제의 균형을 봐도 신체 능력 관련이 30%인 것은 기묘하다고 말할 수 있으리라.

"과제를 하게 될 장소에는 반드시 교원 또는 이 시험을 관리하는 스태프가 대기하고 있다. 그 사람들에게 가서 접수를 희망하면 손목시계와 태블릿을 통해 참가가 결정된다."

기본 이동이든 과제든, 역시 인원이 적을수록 힘들다는 규칙성은 공통적이군.

"태블릿으로 어느 지점에 과제가 있는지를 비롯하여 지금 스크린에 표시된 참가 조건 등의 정보를 열람할 수 있다. 그리고 과제가 종료되는 순간 태블릿에서 그 과제 정보가 사라진다는 사실을 잊지 말도록."

과제가 이미 실시 중일 때도 태블릿에는 계속 '참가 가능'이라고 표시된다. 즉 고생해서 과제 장소에 도착했는데 이미 인원이 다 차버려 참가할 수 없는 사례도 얼마든지 일어날 수 있다.

"4일째부터는 과제 보수 중에 『그룹 인원의 최대 수를 개방』하는 것도 생긴다. 1위를 차지하면 최대 상한 3명이 개방되고, 2위는 2명, 3위는 1명이 개방된다. 현시점에서 단독 그룹인 사람이 6명으로 된 대그룹을 만들려면, 최소 1위와 2위를 한 번씩, 3인 그룹은 한 번은 1위를 해야 한다는 뜻이지. 그리고 이를 통해 6명까지 늘린 그룹은 이후 이 과제에 도전할 수 없다."

몇 번인가 대그룹이라는 단어를 언급했는데, 과제를 통

해 대그룹을 만들 권리를 얻을 수 있다는 소리인가. 득점과 경품은 얻지 못하더라도 그룹의 인원을 늘릴 수 있다는 건 중요한 요소다.

"그룹의 최대 인원을 늘리는 경우, 주체 그룹 측이 손목시계 기능을 이용해 메인 링크를 만든다. 그 후 합류할 다른 그룹이 페어링으로 메인 링크가 걸려 있는 손목시계에 접속한다. 링크 승인까지 10초 정도 걸리는데, 그사이에는 취소도 가능하다."

정식으로 대그룹이 결성되면 같은 테이블로 바뀐다는 건가.

"하지만 그룹 인원의 최대 상한을 개방하는 과제는 그리 많지 않아. 이 권리를 얻을 수 있는 그룹은 전체를 통틀어도 20%에서 30% 정도밖에 되지 않을 거다. 이상 두 가지 방법으로 점수를 모아 전 학년이 종합 순위를 겨루게 된다. 또 합류가 발생했을 경우, 양쪽의 득점을 평균화해서 재시작하게 된다."

그렇다는 건 궁지에 몰린 학생을 그룹에 영입해서 구제하는 것도 가능하지만 그에 상응하는 위험 부담을 고려해야 한다는 뜻인가. 1인 그룹이 30점, 5인 그룹이 120점을 가진 상태로 대그룹을 이루었다면 평균 75점. 득점이 같은 그룹이 아닌 이상 점수가 한 번은 내려가게 된다.

그러나 최대 인원을 늘리면 멀리 봤을 때 압도적으로 우위에 설 수 있기에 일시적인 점수 감소는 그리 큰 문제가 되지 않는다.

다만 이런 규칙이라면 단독으로 움직이는 학생은 합류가 더 어려워질 수밖에 없다.

웬만큼 우수한 학생이 아니면 득점을 낮춰가면서까지 받아봤자 이익이 없을 테니까.

과제에 관한 개요

●과제는 오전 7시부터 수시로 나타나며 오후 5시에 종료된다

(시험 첫날은 오전 10시부터 나타나며, 마지막 날은 오후 3시에 종료된다)

●과제는 세 종류로 분류되며, 동일한 내용도 복수 출제될 수 있다

(학력 40%, 신체 능력 30%, 기타 30%)

●과제 등장 시간은 예측 불가하다. 실시 상황을 알려면 현지에 직접 가야 할 필요가 있다

●상위 입상자는 득점과 식량, 그룹 인원수의 최대 상한을 늘리는 보수 등이 지급된다

여하튼 이렇게 들으면 무인도 시험 내용 자체는 무척 심

플하다.

기본 이동과 과제를 반복하면서 점수를 쌓아가기만 하면 될 뿐.

"그럼 다음으로 츠키시로 이사장 대행의 인사 말씀이 있겠습니다."

그렇게 말한 마시마 선생님이 모습을 드러낸 츠키시로에게 마이크를 건넸다.

여느 때와 다름없이 옅은 미소를 머금고서 츠키시로가 2학년들을 찬찬히 둘러보았다.

"이사장 대행 츠키시로입니다. 이번 무인도 시험은 지금까지 전례 없는 대규모 특별시험이 되겠지요. 방심하지 않아야 하는 것은 물론이고, 학생이라는 자각도 잊지 않고 임해주시기를 바랍니다."

모두에게 말하면서 아주 잠깐 내 쪽에 시선이 머문 츠키시로.

다른 학생들은 눈치채지 못할 만큼 미미하게 경직된 눈빛이었다.

"딱 한 가지, 학생 여러분이 주의할 점을 말씀드리겠습니다. 학교는 학생 여러분을 지켜야 하는 만큼 최대한의 안전과 질서를 위해 지켜볼 예정입니다. 다만 이곳 무인도는 모든 곳을 감시하기가 불가능합니다. 특히 남녀 차이에 따른 민감한 문제가 많이 발생하겠지요."

츠키시로가 그런 이야기를 시작하자, 학교 관계자들이

살짝 동요했다.

"만약 성적인 문제가 발생한다면 저는 퇴학을 포함해 주저 없이 엄격한 페널티를 적용할 것입니다. 악질이라고 판단되면 경찰도 부를 것입니다. 부디 그 점을 잊지 않기를 당부드립니다."

직접적인 표현에 가까운, 그런 짓은 절대 하지 말라는 당연한 당부.

퇴학만으로도 대가가 큰데, 『경찰』이라는 단어까지 등장했으니 문제가 일어날 일은 없을 터다.

"그리고 또 하나. 무인도에서 머무는 기간이 길면 길어질수록 자연스레 불만이 쌓이게 될 겁니다. 식량 부족, 물 부족으로 인해 때로는 학생들끼리 작은 다툼도 벌어질 수 있겠지요. 이에 관해서—— 저는 어느 정도의 다툼은 수용할 방침입니다."

그 말을 듣고 강하게 동요한 것은 학생들이 아니라 학교 측이었다.

이리하여 츠키시로의 입장이 학교 방침과 다르다는 사실이 증명되었다.

마시마 선생님이 다가가 츠키시로에게 귓속말을 했다.

멋대로 발언하시면 곤란하다…… 그런 내용일까.

츠키시로는 마시마의 진언을 전부 들은 후, 부드러운 자세로 내려가 달라고 지시했다.

"방금, 학생들 사이에 발생한 문제를 용인하겠다는 발언을 철회하라는 말씀을 들었습니다."

츠키시로는 마시마 선생님에게 들은 말을 숨김없이 말했다.

"하지만 저는 철회하지 않을 것입니다. 왜냐하면 조금의 다툼도 일어나지 않는 것은 현실적으로 불가능하기 때문이지요. 갈등은 당연히 일어나기 마련입니다."

그 말을 들은 마시마 선생님의 표정이 험악해졌다.

"물론 이는 용인한다는 것뿐이지, 장려한다는 의미가 아닙니다. 우발적인 갈등이 아니라 악질적인 문제가 일어나면 학교는 주저 없이 개입할 것입니다. 약탈 행위, 상대의 동의 없는 소지품 사용은 규칙상 당연히 간과하지 않을 것이며, 때에 따라서는 즉시 탈락 처리 및 퇴학까지 고려할 겁니다."

결코 제멋대로 구는 자유를 용납하는 게 아니라는 이야기.

이사장 대행의 직접적인 경고는 학생들의 마음을 다시금 긴장시켰을지도 모른다.

하지만 그건 동시에 나에 대한 도전 같은 말로도 들렸다.

"이상입니다. 부디 고도 육성 고등학교 학생에 걸맞은 행동을 부탁드립니다."

짧은 인사말을 마친 츠키시로는 바로 마시마 선생님에게 마이크를 돌려주었다.

"츠키시로 이사장 대행, 감사합니다. 그럼 마지막으로 이 무인도에서 생활하는 데에 꼭 필요한 식량과 도구에 관한 설명으로 넘어가겠다. 먼저 물건 구매에 쓸 수 있는 무인도 한정 포인트에 관해서 설명하겠다."

마이크를 쥔 마시마 선생님이 지시하자 커다란 적재함 위에 대량의 상품들이 담겨 등장했다.

"각자에게 주어지는 포인트는 기본 5,000 포인트. 그걸 사용해서 너희는 여기에 있는 상품을 자유롭게 구매해 쓸 수 있다. 또한 선행 카드를 가진 학생에게는 거기에 +2,500 포인트가 지급된다."

그 말을 시작으로 앞에서부터 두툼한 매뉴얼을 돌렸다.

이번에 살 수 있는 상품이 실린 카탈로그인 것 같았다.

이렇게 대량으로 준비하려면 그에 상응하는 자금이 필요했을 텐데 가볍게 훑어보니 유명 대기업 제품에서부터 처음 보는 업체의 상품까지 다양한 게 아무래도 협찬으로 제공된 물건인 듯했다. 정부 직속 학교이기도 하니, 제품 테스트까지 겸하려는 걸까.

"제품은 방금 나눠준 무인도 매뉴얼에 전부 실려 있다. 무엇을 살지 서로 논의해도 좋고 자기가 알아서 정해도 좋고 마음대로 하면 된다. 구매는 지금부터 내일 아침 6시까지 가능한데, 포인트를 남겨도 상관없다. 시험 도중에 시작 지점인 항구에 설치된 가게에서 추가 구매하는 것도 인정된다. 단, 현지에서 구매 시 가격을 2배로 받으니 주의하도록."

물과 식량 등 긴급할 때 필요한 것들을 살 수 있도록 포인트를 남겨둘 수 있지만, 값을 두 배로 내는 건 상당한 부담이다.

"또 시작 지점에는 무상으로 이용 가능한 화장실, 샤워실, 이틀째 이후로는 수분 보급 가능한 장소를 설치할 예정이니 들를 수 있다면 유용하게 활용해도 좋다. 하지만 물은 가져갈 수 없고 그 자리에서 바로 마시는 것이 조건이다."

만일의 사태가 일어났을 때 갈 수 있는 장소가 있으면 학생들이 무척 든든하리라.

"그리고 칫솔과 내의 등 어메니티(amenity)는 무료로 배포한다. 부족하면 시작 지점에서 필요한 양만큼 받을 수 있다."

그 밖에도 간이 화장실, 해충 방지 스프레이, 선크림, 생리용품 등 학생이 꼭 필요한 물품은 무료로 나눠준다고 한다.

우선은 나눠 받은 매뉴얼의 상품 목록, 가격을 자세히 살폈다. 텐트에서부터 낚싯대, 무전기, 식량, 물 등 작년보다 살 수 있는 물건이 대폭 늘어났다. 놀이 도구 역시 과분할 정도로 잘 갖춰져 있었다. 화려한 수영복, 비치볼, 튜브. 또 일부는 하루씩 대여해주는 제도도 있는 듯, 일정 포인트를 내면 필요에 따라 저렴하게 빌릴 수도 있었다.

놀이는 둘째치고 2주간 무인도에서 살아야 하는 만큼, 식량과 물 문제는 절대 피할 수 없겠지.

특히 생명선이 될 생수는 500ml에 100 포인트, 1L에

150 포인트, 2L에 250 포인트나 했다. 두 배를 주고 사기에는 상당히 비쌌다.

상품 중에는 보틀형 정수기도 있었다. 냇물 등을 그대로 마시는 것은 위험하기에 보통은 끓여서 소독해야 하는데, 그러한 수고를 덜어주고 대장균, 박테리아, 에키노코쿠스 등을 99.9% 이상 제거하여 안전하게 마실 수 있게 해주는 상품인 모양이었다. 하지만 가격이 4,000 포인트. 단독으로 싸우는 학생은 도저히 살 수 없다. 3인 그룹이라면 이것 하나로 약 150L의 물을 여과할 수 있으니 하나만 사면 되지만. 물론 아무리 여과한다지만 냇물을 마시는 것에 거부감을 느끼는 학생이 적지 않을 테고, 위험을 완벽하게 피할 수 있다는 보장도 없다. 만에 하나 몸에 지장이 생기거나 잃어버리기라도 한다면 그 시점에서 산 의미를 잃어버린다.

한편 다양한 도구를 가지고 이동하는 데 필요한 배낭은 20L짜리 소형에서부터 80L가 넘는 대형까지 있었는데, 원하는 사이즈를 하나 무료로 고를 수 있다고 했다. 대형 배낭을 고르면 용량이 큰 만큼 많이 담을 수 있겠지만, 그만큼 무거워질 테니 신중하게 골라야 한다. 또 자신의 체형에 맞지 않으면 몸이 받는 부담이 커진다.

고기와 생선은 날것도 살 수 있으나 가격이 비싼 데다가 오래 보관할 수 없다. 아이스박스, 물을 이용한다고 하더라도 하루가 최대 기한이리라. 그러니 통조림이 편하려나.

닭꼬치, 런천 미트와 같은 육류는 물론, 여러 종류의 채소와 우엉조림, 옥수수, 돼지육수된장국까지 라인업이 폭넓었다. 비용도 휴대식보다 저렴했다. 단 먹으려면 다소 손이 가기 때문에 빠른 이동을 고려하면 휴대식이 더 편할 수도 있다.

1인용 텐트가 1,000 포인트. 2~3인용 텐트는 1,500 포인트. 최대 수용 인원인 6인용 텐트는 2,500 포인트에 살 수 있다. 인원이 많을수록 비용 대비 효과도 올라가는 것이다. 다만 처음부터 다인용 텐트를 사는 것은 위험하다. 그룹을 짜지 못하면 의미가 없고, 텐트의 무게도 무시할 수 없다.

또한, 남녀가 같은 텐트에서 자는 것은 엄격히 금지되어 있다.

요컨대 여섯 명이 동시에 잘 수 있는 텐트가 있다고 해도 남녀가 따로여야 한다.

매뉴얼을 읽고 있는 학생들에게 마시마 선생님이 추가로 설명했다.

"예를 들어 A그룹이 얻은 식량을 아무 관계도 아닌 B그룹이나 C그룹에 양도할 수 있는가…… 하는 경우, 자유롭게 해도 상관없다. 자신들이 얻은 것을 어떤 식으로 쓰든 학교 측은 인정할 방침이야."

식량난으로 어려움을 겪고 있는 그룹에 나눠주는 것도 허용된다는 뜻인가. 다른 학년을 도와줄 필요는 없지만,

같은 학년이라면 가능한 부분에서 도와주는 게 좋을지도 모르지. 특히 같은 반이 어려움을 겪고 있다면 여유가 있는 한 반드시 도와주는 것이 좋다. 하지만 쉽게 나눠줄 수 있을 만큼 식량이 풍부하게 제공된다는 보장은 어디에도 없다.

"그리고 너희에게는 손목시계와 마찬가지로 태블릿도 전원 지급한다. 기본 정보를 보기 위해서는 태블릿을 반드시 써야 하므로, 시작 지점에 돌아오거나 과제를 할 때 충전할 수 있다. 그럼 태블릿으로 가능한 것들을 스크린에 표시하마."

태블릿에 관한 개요
● 모든 학생에게 지급되는 소형 태블릿

● 무인도의 지도를 열람할 수 있고, 지정 구역과 자신의 현재 위치를 실시간으로 확인할 수 있다

● 과제의 위치와 상세한 보수 등을 열람할 수 있다

● 시험 4일째부터 12일 종료 시까지 상위, 하위 10팀의 득점을 확인할 수 있다
(상위 10팀, 하위 10팀, 자신의 팀은 총 득점 내역도 열람 가능)

●6일째 이후부터는 모든 학생의 현재 위치를 열람할 수 있는 GPS 검색 기능을 쓸 수 있다.
(단 검색할 때마다 1점이 깎인다)

●시험에 전체적으로 영향을 미치는 문제가 발생하면 학교 측으로부터 메시지가 올 수 있다

●배터리가 부족할 때는 시작 지점이나 특정 장소에서 충전 가능
(본 시험에서 지도 어플을 연속 사용했을 경우 가동 시간은 약 8시간)

충전 걱정을 하지 않아도 되는 것은 좋지만 배터리는 쓰지 않아도 시간이 지나면 계속 줄어드니 보조배터리를 사 놓는 것이 무난하겠지. 현재 위치를 알 수 있는 태블릿을 못 쓰게 되면 치명적일 것이다. 게다가 시작 지점 등에서 충전할 수 있다지만 충전하는 동안 이동할 수 없으니 기회 손실로 이어진다.

이어서 상위 10팀과 하위 10팀의 순위를 확인할 수 있다는 부분. 이것은 상위가 어느 그룹이고 어떤 식으로 점수를 모으고 있는지, 왜 하위로 떨어졌는지 분석하는 데 몹시 도움이 되는 기능인데……. 이 기능을 고려해서 신중하

게 행동하는 것이 좋을 듯하다.

첫날부터 사흘째까지, 그리고 13일째와 마지막 날이 제외된다는 점도 잘 기억해두자.

또 6일째부터는 모든 학생의 현재 위치를 확인할 수 있는 기능이 풀린다고 하는데, 주로 그룹 합류라든지 뒤처진 멤버와 만날 때 유용한 도구가 될 듯하다. 다만 현재 위치를 확인할 때마다 점수가 깎이는 만큼 남용은 엄격히 금해야 한다.

"어느 배낭에 얼마나 들어가는지 확인할 수 있게, 또 직접 상품을 살펴볼 수 있게 샘플을 두었다. 각자 자유롭게 보도록. 전시는 개별실에서 지금부터 자정까지 한다."

이제 학교 측의 설명이 끝났는지, 마시마 선생님이 마이크 전원을 껐다.

학생들이 진열된 상품을 보려고 앞에 모이기 시작했다.

나는 그 광경을 바라보면서 어떻게 할지 고민했다. 실제로 만져보며 확인하고 싶긴 하지만, 저 인파를 뚫고 들어갈 용기가 나지 않았다.

그건 이부키도 마찬가지였는지, 멍하니 앞을 바라보고 있었다.

엿보고 있는 것을 알아차렸는지 이부키가 나를 노려보았다.

"뭐야."

"아니, 너나 나나 참 힘든 성격 같다 싶어서. 저 인파를 뚫고 들어가려니 괴롭다."

"뭐? 동일시하지 마. 난 들어갈 수 있거든."

똑같은 사람 취급당하자 기분 나빴던 모양이다.

이부키는 억척스럽게 인파를 비집고 들어갔다. 그 모습을 봤는지 어떤지 모르겠지만, 한 칸 건너 옆에 앉은 키토는 조용히 매뉴얼을 읽고 있었다.

나와 이부키처럼 혼자 시험을 치르게 된 키토도 상품 선택이 명암을 가른다.

학년말 시험에서는 스도와 농구 대결을 하던 모습이 인상적이었다. 지금까지도 농구부에서 매일같이 연습하는 상대에게 조금도 밀리지 않고 멋진 승부를 펼쳤었다. 그 점을 봐도 신체 능력이 뛰어나다는 사실을 알 수 있다.

중간에 어느 그룹에 합류하는 작전을 쓰든, 방심할 수 없는 상대다.

"으, 우오오오오!"

앞에서 비명 같은 고함이 들려왔다. 2학년 B반 이시자키였다. 제일 큰 사이즈의 배낭을 등에 멘 상태로 무릎이 반쯤 꺾여 있었다.

"뭐 하는 거야?"

근처에 있던 학생이 다른 학생에게 물었다.

"배낭에 물을 잔뜩 넣는 것 같더라고."

대량으로 가져가는 작전인 모양인데, 물은 무거우니까 말이지. 식수는 귀중하긴 하지만 한꺼번에 가져가는 것은 좋은 생각이라고 보기 어렵다. 산을 오르는 것과는 다르다고 해도, 틀림없이 무게가 발목을 잡을 것이다. 1g이라도 가볍게 해서 잘 움직일 수 있게 하는 것이 중요하리라.

요컨대 생활에 꼭 필요한 물은 그때그때 구할 것. 빗물이나 바닷물을 현지 조달해 쓰거나 과제를 해내서 상품으로 획득하는 수밖에 없다.

아니면 그룹을 잘 짰을 경우 보관 담당을 정해서 대량의 물을 가지고 다니게 하는 것도 한 가지 전략이다. 특정 장소에 장시간 머무는 선택지를 취할 거라면 전략으로 충분히 성립한다. 어떤 식으로 싸울 것인지에 따라 필요한 도구와 양이 달라진다.

명확한 정답이란 존재하지 않는다.

나는 머릿속으로 이번 특별시험의 규칙을 분해한 다음 처음부터 다시 정리했다.

2주간의 무인도 생활에서 득점을 놓고 경합해 상위와 하위를 정하는 싸움이라는 것. 핵심은 아무리 점수를 늘려도 그룹이 도중 탈락하면 그 시점에서 실격이라는 것. 상위와 하위 10팀이 시험 4일째부터 공개된다는 것. 또 6일째부터는 1점씩 소비하면 임의의 타이밍에 원하는 학생의 위치를 알 수 있다는 부분.

종합적으로 분석해서, 필요한 것을 선택해나가기로 하자.

○무인도 시험 개막

8시 40분. 배가 천천히 접안 작업을 시작했다.

즉 마침내 무인도에서의 특별시험이 막을 올린다는 뜻이다.

이번 특별시험에서 만들어진 그룹은 단독부터 4인조까지 총 157조.

1학년만 허락된 4인 그룹이 36조, 3인 그룹이 81조, 2인 그룹이 32조, 단독이 8조다. 이 중에서 5조가 퇴학당하게 된다.

좋든 싫든 긴장감이 높아질 수밖에 없는 반 아이들과 만나 다 함께 트랩으로 향했다. 반 단위로 모여 있기만 하면 똑바로 줄을 서지 않아도 되는지, 저마다 친한 친구와 잡담을 나누며 기다리는 것도 허용되는 분위기였다. 시작 지점은 모두 D9. 첫날과 마지막 날은 랜덤 구역 지정이 없기에, 이 지점을 기준으로 상하좌우 2칸 대각선 1칸씩 총 12칸 중 어딘가가 선택되게 된다.

단 밑으로 두 번째 칸은 지도 밖이기 때문에 처음에는 총 11군데의 지역 중 어느 한 곳이 된다.

지리를 하나도 모르는 특별시험 첫날은 환경에 적응하기 위한 하루라고 생각하는 것이 좋으리라.

방송과 함께 우리는 조금 전에 받은 각자의 물건을 들고 하선을 기다렸다.

내가 유료로 선택한 물건은 『텐트』, 『물 2L』, 『물 500ml 3병』, 『휴대식 12개』, 『손전등』, 『보조배터리』, 『냄비』, 『라이터』, 『종이컵 세트』로 총 4,960 포인트가 들었다. 그리고 최소한의 어메니티 용품만 있어서, 배낭에 여유 공간이 충분했다. 과제를 해결하고 추가 보수를 얻어도 들고 이동할 때 고생할 일은 없으리라.

무인도에 내리는 순서는 어제 설명회와 마찬가지로 1학년부터였다.

1학년이 모두 하선했을 무렵, 때마침 9시가 되어 첫 지정 구역이 발표될 것 같았다.

이런 부분은 1학년에게 약간의 어드밴티지를 주기 위해서인 듯하다.

2학년과 3학년은 반대로 1회에 한하기는 하지만 핸디캡을 짊어지게 된다.

자세히 말하자면 A반부터 하선하기 때문에 D반이 가장 불리하다.

전체적으로는 15분에서 30분 정도 차이가 나겠지만, 이동 시간에 따라 승부가 난다고 생각하면 꽤 타격이 있다.

"안녕. 어제는 잘 잤니?"

하선을 기다리고 있는데 배낭을 멘 호리키타가 뒤에서 말을 걸었다.

"뭐, 똑같지. 그러는 너는 어디 아픈 데 있는 거 아니야?"

"작년 일 가지고 또 뭐라고 하네."

"뭐라고 하는 게 아니야. 그냥 놀리는 거지."

그게 그거 아니니? 하고 어이없어하는 대답이 돌아왔다.

"이제부터 중요한 특별시험이 시작되는데 꽤 여유만만하구나?"

"이 시점에서 허둥거려봐야 뭐가 어떻게 되는 것도 아니잖아. 괜히 체력만 낭비하지. 그보다도 3학년 남학생 한 명이 아프다던데?"

"응, 들었어. 일단 우리 반에서 아픈 애가 나오지 않아서 다행이야."

시작부터 컨디션이 무너지면 특별시험에 참여조차 못하고 기권 처리되니까. 기권을 선언한 3학년은 일단 몸이 나아질 때까지 의무실 또는 병실행이다. 다 나은 후에도 배 안에 남아 소속 그룹의 건투를 비는 수밖에 없다. 다행히도 기권 처리된 남자는 3인 그룹에 속한 사람. 당일에 퇴학 그룹이 되지 않은 것은 불행 중 다행이라고 할 수 있다.

물론 다른 학년 입장에서는 초반부터 하위 한 팀 자리가 채워지는 쪽이 더 좋았겠지만.

1학년들이 하선을 거의 완료하고 슬슬 2학년 차례가 되려 할 때 즈음. 아침 9시가 지나자 손목시계에서 최초의 경보음이 울렸다.

나뿐 아니라 주위 학생 모두 태블릿을 꺼내 일제히 자세한 내용을 확인했다. 하선한 후에 확인하면 시간이 늦어지니까.

내가 가야 할 최초의 구역은——— D7. 시작 지점에서 북쪽이다.

태블릿을 기울여 보여주니 호리키타가 자신의 지정 구역을 말해주었다.

"난 F9. 너랑은 다른 테이블인 듯하네."

"그런 것 같군."

시작 지점이 같으니 설령 테이블이 달라도 지정 구역은 겹칠 가능성이 충분히 있었지만, 호리키타와는 완전히 다른 루트로 가게 될 듯하다.

테이블은 총 12가지. 만약 모든 지정 구역이 매번 제각각이라면 경쟁할 상대가 언제나 13조 정도 되겠지만, 실제로는 많은 타이밍에 지정 구역이 겹칠 것으로 예상된다.

아무튼 상위 세 그룹 안에 들어가지는 않더라도 1점씩 차곡차곡 쌓아가는 것이 중요하다.

돌연 랜덤으로 뜨는 구역 지정에 휘둘리는 전개는 최대한 피하고 싶다.

"이제 네 걱정은 안 해. 하나라도 더 높은 순위로 클리어하길 바라."

"나도 그렇게 하고 싶지만, 이랬는데 나만 퇴학당한다면 웃지 못할 전개가 되겠지."

태블릿을 배낭에 넣으며 대답했다.

"그렇게 되면…… 솔직히 곤란해."

내가 사라지면 곤란하다, 그런 말을 했다.

"저번에 너한테 포인트를 좀 빌려줬으니까. 떼이는 건 사양할게."

"그것 때문이냐."

그거 말고 또 무슨 이유가 있겠어? 하고 일부러 보란 듯이 고개를 갸우뚱거렸다.

"쿠시다와의 계약이 있으니까 돈이 쪼들리는 건 어쩔 수 없지만, 어떻게든 잘해 봐."

"귀가 따갑네."

급전이 필요하게 될 경우, 아무래도 돈을 마련하기 힘들 수 있다. 케이를 퇴학 페널티로부터 보호하기 위한 자금조차 자력으로 마련하지는 못했으니까 말이지.

"넌 무리하지 마라. 여자 혼자 해내기에는 아주 힘든 시험이 될 테니까. 최대한 빨리 어느 그룹에 합류하든지, 누군가를 네 쪽으로 끌어들이는 상황을 만들어."

"고마운 충고로 받아들일게."

말투는 심상치 않다는 식으로 했지만 그렇게까지 걱정할 필요는 없겠지.

1년 전과 달리, 지금의 호리키타라면 자신의 한계가 어디까지인지 잘 판단할 수 있을 것이다.

"그나저나 그룹 합류의 조건이 꽤 까다로운 듯했으니까 좀 주의해야 할 것 같아."

"득점의 평균화 말이지."

합류가 늦으면 늦어질수록 이 문제가 어려워질 가능성이 크다.

하지만 이른 단계부터 최대 인원까지 늘릴 수 있다면 시험 종료 때까지 유리하게 작용한다. 지정 구역 한 곳에 도착하기만 해도 6점을 가져갈 수 있는 건 아주 큰 요소다. 증원 카드를 가진 학생이 들어오면 7점. 단독으로 열심히 1점씩 모아도 엄청난 차이가 생긴다.

먼저 하선을 끝낸 1학년들은 망설임 없이 곧바로 출발했다. 아직 과제는 뜨지 않았기 때문에 2학년과 3학년도 해야 할 일은 같았다. 일단은 지정 구역으로 가는 것.

항구에 내린 나는 바로 출발하지 않고 전체적인 흐름부터 살펴보기로 했다.

혹시 모르니 1시간에서 1시간 반은 이동을 위해 남겨둬야 하지만, 역산하면 30분 정도는 대기하고 있어도 지장이 없다. 착순 보수를 노리는 게 아니라면 1시간 걸려 도착하든 2시간 전에 도착하든 얻을 수 있는 1점에 가치 차이가 없다.

"2학년은 급하게 구는 그룹이 없는 것 같네. 최초의 지정 구역에서부터 겨루는 건 좋은 생각이 아니야. 급하게 쫓아가도 선두의 1학년들과는 10분 이상의 차이가 나. 그 차이를 메우려고 하다 보면 상당한 체력이 소모되겠지."

육지에 내려온 호리키타가 다시 말을 걸었다.

"어차피 불리하니 시작부터 서두를 필요는 없다고 생각

하는 게 당연하겠지."

1학년 D반의 다음 순서인 2학년 A반이라면 만회할 기회도 조금은 있을지 모르지만, 무리해서 진격할 낌새는 보이지 않았다.

"그나저나 덥네…… 모자를 챙겨오길 잘했어. 넌 괜찮니?"

"모자에 포인트를 쓸 여유가 없었거든. 어떻게든 되겠지."

그런 대화를 나누던 우리의 옆을, 한 남학생이 성큼성큼 지나갔다. 순간 보인 옆얼굴에 미소를 머금고 있어서, 앞으로 있을 가혹한 2주를 있는 힘을 다해 즐기려는 것처럼 보였다.

"진심으로 이 특별시험에 도전하려는 걸까? 코엔지 녀석."

"글쎄…… 내기를 걸긴 했지만 저 애가 어떻게 할지는 전혀 모르겠어."

"반반이겠지. 코엔지가 정말로 움직일지 어떨지는."

이 특별시험에서 1위를 차지하지 못하면 코엔지는 다음 특별시험 때도 협력하겠다고 호리키타와 약속했다. 하지만 그 약속은 없는 것이나 마찬가지. 강제력은 없기에 코엔지가 지키려고 하지 않으면 그것으로 끝인 이야기였다.

하지만 반에서 리더로 인정받고 있는 호리키타의 신뢰를 배반한다면 코엔지는 앞으로 성가신 시험에 부딪혔을 때 반의 도움을 받을 수 없게 될 거다.

그건 코엔지에게도 좋은 일이 아닐 터…….

이번 특별시험에서는 코엔지의 성적에도 주목해야겠군.

"자, 가자~! 지금부터라도 1등을 노리러 가자고!"

약간 떨어진 위치에서 모래사장을 향해 달려가는 한 남학생. 2학년 B반 이시자키였다. 큰 목소리로 소리치는 거야 자유인데, 니시노는 같이 달리려고 하지 않고 느긋하게 뒤를 따랐다. 또 그 뒷모습을 왠지 흐뭇하게 지켜보고 있는 츠베.

"야, 빨리 오라고, 니시노! 츠베도!"

"더우니까 그런 소리 하지 마. 아니 그리고 지금 가도 1학년들을 못 따라잡잖아."

"뭐, 저런 게 이시자키의 장점 아니겠어?"

감싸면서도 어딘가 어이없어하는 투로 니시노를 쳐다보는 츠베.

니시노는 반에서 고립되어 있다고 들었는데, 츠베는 잘 대해주는 것 같군.

"포기하면 거기서 끝이잖아! 1학년도 방심하고 있을지 모르고!"

"진짜로 앞지를 셈이야? 그만둬, 체력 낭비라고."

"야야야!"

의욕이 넘치는 이시자키와는 대조적인 니시노와 츠베.

"너 혼자 먼저 가든지?"

"그럼 착순 보수를 못 받잖아! 그리고…… 너희랑 떨어지면 큰일이니까."

지금, 태블릿으로 확인할 수 있는 건 자신의 현재 위치뿐.

그룹 내에서도 누가 어디 있는지 알 수 있게 되는 건 GPS 검색 서비스가 풀리는 6일째부터다.

그전에 뿔뿔이 흩어져버리면 다시 만나는 것조차 몹시 힘들다.

이시자키는 내 존재를 알아차리지 못하고, 별수 없이 니시노와 츠베가 있는 곳으로 돌아와 속도를 맞추었다.

서두르고 싶은 마음은 이해하지만, 처음부터 달릴 필요는 없다.

"찾았다!"

예고도 없이, 화난 음성에 가까운 거친 목소리가 귓가에 닿았다.

그 목소리의 주인은 호리키타를 있는 힘껏 노려보며 다가왔다.

"무슨 용건인데?"

"용건? 딱히 용건 같은 건 없어. 그냥 너한테는 절대로 안 질 거야……!"

굳이 그 말을 하러 온 듯, 이부키는 바로 혼자 북쪽으로 가버렸다.

"진짜…… 저 애는 이 시험의 어려움을 제대로 이해하고 있긴 한 걸까?"

"동기부여는 상당히 잘 되어 있는 것 같군. 라이벌이 있다는 건 참 좋은 일이야."

가볍게 놀리듯 말하자 호리키타가 일부러 하듯 깊은 한

숨을 내쉬었다.

"난 조금도 라이벌이라고 생각 안 하는데? 일단 저 애는 북쪽이고 난 동쪽. 테이블이 다른 것 같으니 안심이네."

만약 같은 테이블이었다면 온종일 봐야 할 가능성도 있으니까.

단독의 몇 안 되는 장점은 지정 구역의 착순 보수에 있다. 다른 멤버가 없기에 오로지 자신의 다리가 승패의 열쇠를 쥐고 있다.

"그럼 난 슬슬 가볼게."

호리키타는 모자를 푹 눌러쓰고 지정 구역을 향해 동쪽으로 걷기 시작했다. 그러다가 무슨 생각인지 한 번 뒤돌아보았다. 나를 보고 있어서 무슨 할 말이 남았나 생각했는데, 곧 앞을 보고 다시 걸었다.

어느 정도의 학생이 떠나는 것을 지켜본 후, 나는 뒤돌아 3학년의 상황을 확인하기로 했다. 이미 하선을 시작했어도 이상하지 않은 시간인데, 아무도 나를 앞질러 갈 낌새가 보이지 않았다.

뒤돌아보니 마침 이쪽으로 걸어오는 3학년들의 모습이 보였다. 서두르는 학생은 없었고 1, 2학년보다 차분하게 구는 것을 멀리서도 알 수 있었다.

나는 눈으로 나구모를 찾았다. 인원수로 따졌을 때 B반 끝이나 C반 정도까지 하선했을 것 같은데, 나구모 미야비의 모습은 보이지 않았다.

그를 찾는 사이 3학년들이 나를 앞지르기 시작했다.

"아직 시작 지점에 남아 있네, 아야노코지."

다시 3학년들에 시선을 보내고 있는데 누군가가 말을 걸었다.

"안녕하세요, 키류인 선배. 별로 이상한 일은 아니지 않나요? 시작 지점에서 작전을 짜는 그룹도 적지 않은 것 같은데."

"하지만 넌 단독이잖아? 생각이야 걸어가면서 해도 되는 거고."

내가 시작 지점에 머물러 있는 것에 의문을 가졌다.

보통이 아니라는 건 알고 있었지만, 과연 착안점이 다르군.

"뭐 궁금한 게 있으면 알려줄게."

"괜찮습니다. 키류인 선배도 3학년, 우리 2학년과는 적대관계니까요."

정중히 사양하자 더는 아무 말도 하지 않고 쳐다보기만 했다.

"전교생이 일제히 무인도에서 흩어지는 광경도 참 볼 만하네. 400명이 넘어도 무인도 전체로 봤을 때는 그냥 먼지 부스러기 같겠지."

키류인은 섬 안으로 들어가는 학생들을 바라보며 느긋하게 그런 말을 했다.

3학년이라지만 그녀 역시 무인도 시험에 단독으로 임하

는 사람.

결코 편한 싸움이 아닐 텐데도 불안이나 조바심 같은 것은 전혀 느껴지지 않았다.

오히려 즐거운 기색마저 느껴졌다.

"그런데 네 첫 지정 구역은?"

"저는 D7입니다."

"호오? 그럼 적어도 한 곳은 나랑 목적지가 같겠군."

유쾌하다는 듯 하얀 치아를 드러내는 키류인.

"살살 부탁드립니다."

"나야말로. 그럼 난 이만 출발할 건데, 같이 갈까?"

"아니요, 사양하겠습니다. 선배의 페이스에 도저히 맞출수 없을 것 같아서요."

"그게 정말인지 거짓말인지는 곧 알게 되겠지."

키류인은 더 이상 말하지 않고 혼자 모래사장을 향해 걸어갔다.

그 후 조금 더 그 자리에 머물렀지만 결국 나구모는 볼수 없었다.

키류인보다 몇 분 늦게, 나도 모래사장을 향하기로 했다.

일단은 느긋하게 첫 지정 구역으로 갈 것이다.

이 특별시험의 중요 포인트 중 하나는 지정 구역에 도달해 득점을 놓치지 않는 것. 순위 보수와 과제에서 상위에 오르면 단숨에 5점, 10점을 획득할 가능성이 있지만, 그에 상응하는 체력과 학력, 라이벌들과의 균형에 따른 운 등의 요소가 필요하다. 그렇기에 1점씩 모으는 것은 기본 중의 기본이리라.

그리하여…… 나는 다시 태블릿을 꺼내 지도를 열었다.

총 100칸으로 나누어져 있고 1칸이 세로 500m, 가로 700m였다.

내 첫 이동은 D9 구역에서 D7 구역으로 들어가는 것. 이미 D9 구역의 중심 부근에 있으니, 직선거리로 이으면 750m 정도가 된다.

1분에 80m 정도 걷는다고 계산을 잡으면 편한데, 어떠한 외적 요소를 배제했을 때 9분 전후로 목적 지정 구역에 도착할 터다. 하지만 당연히 길은 평탄하지도 않거니와 직선으로 이어지지도 않는다. 나무도 있고 급경사, 벼랑을 만나 길이 끊길 수도 있다. 그렇게 되면 평균의 몇 배나 되는 시간을 잡아먹는 경우도 적지 않겠지. 섬의 최고 표고도 300m에 가까우니 나름대로 경사도 있을 거다. 또 시간이 지나면 지날수록 등에 멘 배낭의 무게는 물론, 체력 소모도 이동에 큰 압박을 줄 것이다.

순조롭게 이동한다고 하더라도 3배인 30분은 걸린다고 보는 편이 좋겠지. 길 아닌 곳을 헤쳐나가게 된다면 1시간이 넘게 걸려도 이상할 게 없다.

지정 구역 이동은 첫날과 마지막 날을 제외하고 매일 4회. 몇 번인가 같은 루트를 지나는 경우도 충분히 생각할 수 있다. 자신이 어떻게 이동했고, 어느 장소에서 얼마만큼의 시간을 썼는지 잘 기억해둬야겠군.

1

평탄한 길은 잠시 후 끝을 맞이하고, 울창한 나무들이 점점 가까워졌다.

작년 무인도 생활을 떠올리며 숲으로 들어갔다.

반 단위로 행동했던 작년에는 별로 의식하지 않았었는데, 숲속에서 목적 구역으로 나아가는 건 그리 쉬운 일이 아니었다. 예상한 대로 곧장 가는 것은 애초부터 곤란했고, 길은 생각보다 더 험하고. 거대한 항구가 있는 것을 봐서도 옛날에 사람이 살았던 흔적이 남아 있을 것 같지만, 그것도 아득히 먼 옛날이야기인 것 같다.

주위를 가볍게 돌아보기만 해도 몇 cm는 되어 보이는 거대한 거미줄이 당연하다는 듯 처져 있었다. 벌레를 무서워하는 학생이라면 지옥 같은 길도 많이 기다리고 있을 것이다. 야생동물에 주의하라는 내용이 매뉴얼에 있었던 것이 떠올랐다.

최단 거리로 목적지에 가는 것은 불가능하고, 우회하면 방향 감각을 잃으리란 것은 군이 말할 필요도 없다. 빈손이라면 지정 구역에 도달하는 것조차 힘들겠지. 그것을 가능하게 해주는 것이 지금 내가 손에 쥐고 있는 태블릿이다.

이런 무인도에 있는 만큼 늘 자신의 위치를 확인할 수 있다는 것은 아주 중요한 요소다.

GPS를 따라 이동하면 길은 반드시 열린다.

뭐, 적어도 이 최초의 1회에 한해서는 태블릿이 없어도 길을 헤맬 확률은 낮지만.

시선의 끝에는 감에 의지해 걷고 있는 그룹이 몇 팀이나 있었다.

당연하다는 듯 뒤에서도 말소리가 들려오는 것을 보아, 역시 최초의 목적지는 기본적으로 같은 루트이리라. 조금 앞서 걷고 있는 학생들을 따라가면 다치거나 벌레 등의 해프닝에 휘말릴 위험도 줄어든다.

갑자기 무턱대고 미지의 숲으로 돌진하는 용기 있는 그룹은 그리 많지 않을 테지.

첫 번째 구역의 착순 보수를 포기한 학생들은 반쯤은 소풍 온 기분으로 걷고 있었다.

잠시 후, 앞에 멈춰 서서 태블릿을 보는 하루카와 아이리, 그리고 아키토를 발견했다. 수시로 주위를 확인하며 대화하고 있었다.

가까이 가보니 다음 구역에 관해 의견을 교환하는 목소리가 들렸다.

"다음 구역 이야기 중이야?"

내가 끼어들듯 말을 건네자, 세 사람이 거의 동시에 고개를 끄덕였다.

"우리, 첫 구역이 D8이어서 말이지, 이미 끝났거든."

D8이라면 숲에 들어온 시점에서 바로 지정 구역에 들어간 것이다. 그래서 일찌감치 득점할 수 있었던 모양이다. 결과를 물어볼 것도 없이 도착 보너스 3점을 받았겠지.

"모래사장은 그늘도 없고 더우니까. 의논하는 김에 다음 지정 구역도 미리 추측해보고 있었어."

하긴 다음 지정 구역이 어디가 될지 미리 생각해두는 편이 좋다.

"키요타카는 어느 구역이었어?"

"1칸 북쪽인 D7."

"그렇구나. 이미 많이들 갔겠지만, 1점은 1점이니까."

"같은 테이블이었으면 함께 다닐 수 있었을 텐데……."

조금 아쉬운 듯 아이리가 작게 중얼거렸다.

이 시험은 그룹이 달라도 서로 도움을 줄 수 있는 부분이 의외로 많다.

식량을 공유하거나 도구를 빌려주는 등 서로 보완 가능한 점이 있기 때문이다. 테이블이 같으면 대체로 행선지도 같으니, 같이 다니면 확실히 편하겠지.

물론 폐해도 있다. 그룹 수가 늘어날수록 발을 맞추는 것도 어려워지고, 머릿수만큼 의견도 다양해진다. 게다가 필연적으로 과제 참가 경쟁률이 높아진다. 또 한 그룹만 참가할 수 있는 과제 등이 나오면 어떻게 할지 등, 미리 논의해두지 않으면 갈등이 생길 요인이 되기도 쉽다.

이번에 한해서는 같은 그룹이 아니었던 것이 다행이라고 할 수 있다. 걸림돌이 될 가능성이 있는 멤버와 함께 행동하는 것은 반드시 피해야 한다. 거절하기도 힘드니 순수하게 잘됐다고 생각한다.

"루트가 12가지나 되니까. 같이 가기가 쉽지 않을 것 같아. 일단 나도 빨리 지정 구역을 클리어해야겠다."

"그래. 다음 이동 구역도 생각해야 하니까 그게 좋겠다."

"좀 쓸쓸하지만. 언젠가 느긋하게 있을 수 있는 타이밍에 다시 만나면 좋겠어."

하루카가 그렇게 말하며 나를 보내주었다. 아이리도 손을 흔들었다. 나는 세 사람에게서 등을 돌리고 계속해서 D7을 향하기로 했다.

그렇게 천천히 계속 걸어서 30분 정도 지나 최초의 지정 구역에 도달했다.

잠시 후 내 손목시계가 작게 울리기 시작했다.

도착 보너스로 1점이 들어왔다는 통지를 간단히 볼 수 있었다.

음량은 내가 조정할 수 있지만 일단 그대로 두었다. 혹시 몰라 태블릿을 열어 확인하니 지정 구역 도착 보너스로 1점이 이력에 남아 있었다.

구역 하나하나는 지도로 보면 그리 넓게 느껴지지 않아서 언제든 누구와 만날 수 있다는 착각을 불러일으키기 쉽지만, 직접 와보면 전혀 다른 세계가 펼쳐져 있다.

사방팔방으로 다수의 학생이 있다고 하더라도 나무에 가로막혀 모습을 확인하기도 어렵다.

나 이외의 학생은 보이지 않았지만, 틀림없이 많은 학생이 같은 구역에 있을 것이다.

그렇다면 좀 더 안쪽이겠지. 아마도 다음 지정 구역을 고려해 중앙으로 이동하려고 하는 게 아닐까. 그게 정보 수집 면에서도 도움이 된다.

그렇게 짐작하고 탁 트인 곳을 찾자 알기 쉽게 시야가 펼쳐졌다.

역시 많은 학생이 한곳에 모여 있었다. 다음 지정 구역에서는 전 학년이 경쟁하게 된다. 이길 확률을 1%라도 높이기 위한 자연스러운 행동이다. 또 테이블이 같은 라이벌이 누구인지 범위를 좁히려면 직접 보고 확인하는 수밖에 없다.

시행 횟수를 거듭하다 보면 대충 감이 올 테니.

보이는 인원은 나까지 포함해 29명 정도였다. 이 자리에서 보이는 것만 그렇지, 실제로는 더 많은 학생이 같은 구역에 머물러 있다고 봐도 되리라.

"안녕하세요, 아야노코지 선배."

내가 학생들의 얼굴을 확인하고 있는데 앞에서 나를 알아차린 여학생이 다가왔다. 1학년 D반 나나세 츠바사였다. 같은 그룹인 아마사와와 호우센은 보이지 않았는데 근처에 산책이라도 하고 있거나 아니면 전략을 세우기 위해

이 구역을 벗어난 거겠지.

"다른 두 사람은 어쩌고? 그룹은 보통 같이 행동해야 하는 거 아닌가? 특히 처음에는 그러는 편이 좋다고 생각하는데."

이렇게 질문함으로써, 나나세의 반응을 확인해보았다.

"주위를 둘러보고 오겠다면서 흩어졌습니다. 저는 여기서 다른 그룹이 얼마나 있는지 확인하기로 했고요."

즉 나와 같은 것을 하고 있다는 말인가.

늦게 온 나보다 나나세가 더 라이벌 그룹을 잘 파악했을 것 같다.

나나세는 아직 수수께끼도 많다. 일단 오래 머무는 것은 좋은 생각이 아니라는 점만은 확실하리라.

"슬슬 가야겠어. 주위를 둘러봐서 손해 볼 건 없으니까."

"네. 선배도 혼자서는 힘들 것 같으니 부디 조심하세요. 그럼 이만 실례하겠습니다."

나를 바로 놓아주고 1학년이 모여 있는 곳으로 걸음을 옮겼다.

나나세와의 대화를 끝낸 나는 장소를 옮기기 위해, 일단 배낭을 내려놓고 그 자리에 앉아 태블릿을 꺼냈다. 조금이라도 체력을 낭비하고 싶지 않으니까.

지정 구역에 도착하기까지 든 시간은 총 50분 정도. 다음 지정 구역이 뜰 때까지 3시간 넘게 남았지만, 곧 과제가 나올 것이다.

수시로 시간을 확인하면서 맞이한 오전 10시.

지도상에 일제히 표시된 과제의 위치, 내용, 보수를 재빨리 확인했다.

그 내용에 따라 다음 지정 구역을 목표로 할 것인지 과제를 목표로 할 것인지 정하고 거기서 길이 갈린다.

우선 과제는 총 14군데. 그중 하나가 지금 내가 있는 D7 구역 내의 왼쪽 위에 나타났는데, 거리로는 이곳이 가장 가까웠다. 내용 확인은 걸어가면서 할 생각인지, 학생들이 곧바로 북서쪽으로 향하는 모습이 보였다.

표시된 과제는 『불 피우기』. 특정 도구를 이용해 먼저 불을 피우는 그룹에 5점이 주어지는 과제였다. 2위부터는 보수가 없었다. 그리고 여기서 살짝 거리를 둔 E7의 중심부에 나타난 과제는 『영어 테스트』. 여기는 같은 그룹에서 두 사람이 참여할 수 있고, 1위는 5점, 2위는 3점, 3위는 1점을 받을 수 있었다.

그쪽으로 가는 학생들이 불 피우기 과제 쪽보다 많았다.

해본 적도 없고 특정 도구를 이용해 불을 피우기가 쉽지 않아서 그렇다기보다는 아직 가보지 않은 구역이기 때문이겠지. 그보다 확실히 가능하다고 판단한 영어 쪽으로 향하는 것이 자연스러운 흐름이다.

그밖에 D8에는 『지리 테스트』가 나와 있었는데, 그곳으로 향하는 학생은 한 팀뿐이었다.

영어와 비교했을 때의 차이는 구역에 있다고 할 수 있으리라.

이미 다른 테이블의 학생들이 모여 있을 것으로 짐작되는 D8은 아무리 옆으로 한 칸이라지만 도착하려면 시간이 걸린다. 현지에 이미 가 있는 학생들을 일단 이길 수가 없다.

어느 과제든 참가 접수 기한이 60분이었는데, 금방 차겠지.

그리고 거리는 좀 더 멀지만, 현실적으로 C6의 과제를 노리는 것도 한 가지 방법이다.

남녀별로 경쟁하는 『악력 측정』. 접수 시간은 120분으로 길게 설정되어 있었다.

이곳을 노려도 되지만, 불 피우기 과제의 정원에서 튕긴 학생들이 갈 것으로 예상되는 데다가 지정 구역이 동쪽에 떠 버리면 상당한 장거리 이동을 해야 한다.

14군데의 과제 중 제일 먼 G3에도 하나 떴는데, 『잡학 테스트』였다. 각 그룹에서 한 명씩만 참가할 수 있고 1위는 10점을 받을 수 있는 고배점 과제다. 제한 시간이 180분이어서 도착하기도 전에 마감될 위험이 충분히 있는 만큼, 이곳으로 가면 지정 구역을 놓칠 가능성이 있어 쉽사리 선택하긴 힘들었다.

하지만 잘만 하면 과제 하나로 깔끔하게 10점을 딸 수도 있겠지.

"재미있는 시험이네."

생각 하나에 어떤 선택지든 다 허락된다.

다음 지정 구역 발표까지는 3시간이나 남았다. 나는 C6에서 열리는 악력 측정 과제를 선택하기로 했다. 불 일으키기 과제에 참가할 수 있는지 확인하러 가는 학생은 아무래도 시간이 조금 지체되기 마련이다. 그 그룹을 앞지르는 것은 가능하겠지.

나는 걸으면서 참가 예정이 없는 과제도 하나하나 자세히 확인했다.

어디에 어떤 과제가 나와 있는지 전부 머리에 입력하기 위해.

2

"얏호, 아야노코지."

40분 정도 걸려 C6에 있는 과제 장소에 도착하자 2학년 C반 담임 호시노미야 선생님이 더위를 피해 텐트에서 대기하고 있었다.

게다가 주위에는 1학년부터 3학년까지, 20명에 가까운 학생들이 보였다.

"아야노코지는 여기로 왔구나. 하지만 유감스럽게도 5분 전쯤에 마감되고 말았어."

호시노미야 선생님 이외에도 처음 보는 성인 남성 한 명이 있었는데, 모인 학생들에게 과제 설명을 하고 있었다.

"아무래도 그런 것 같군요."

그렇다면 여기 계속 머물러 있어 봐야 소용없다. 호시노미야 선생님과 썩 얽히고 싶지도 않아 곧장 자리를 뜨려고 했는데 팔을 확 붙들렸다.

"그렇게 서두를 거 없지 않니? 구경하는 건 자유고."

"학생의 시간을 교사의 일방적 편의로 빼앗는 건 문제라고 생각합니다만?"

"어머~ 말이 너무 심한 거 아니니~? 시간이야 차고 넘치는걸."

1초의 판단이 승부를 가를 수도 있는 시험의 본질을 교사도 잘 알 텐데…… 놓아주려고 하지 않았다.

"제 지정 구역은 D7이었습니다. 다음 지정 구역이 이곳 C6이 될 가능성은 충분히 있죠. 그렇게 되면 착순 보수를 놓치게 되는데, 책임질 수 있으십니까?"

여기까지 말하자 과연 호시노미야 선생님도 당황하며 팔을 놓고 거리를 벌렸다.

"어, 어머, 아야노코지, 그렇게 짓궂게 말하기 있어? 난 그냥 얘기를 나누고 싶었을 뿐인걸. 그래서 말인데, 나 약간 불만이 있는데 들어줄래?"

팔은 놓아주었어도 말은 계속할 생각인 듯했다.

하는 수 없이 호시노미야 선생님의 이야기를 잠깐 들어주기로 했다.

"학년말 시험 이후로 처음이네. 이렇게 일대일로 얘기하는 거."

"그렇죠."

수학 만점 일도 있고, 그때 내 싸우는 모습을 가까이에서 봤던 호시노미야 선생님으로서는 더욱 강한 경계심을 품으리라는 것을 상상하기 어렵지 않았다.

"그나저나 요즘 들어서 꽤 주목받고 있네~. 튀는 거 싫어하는 줄 알았는데."

"좋아하지는 않습니다."

"그럼 왜 수학 만점을 받았니? 아니 그리고 나조차 풀지 못할 수준의 문제를 풀어버린 건 좀 이상하다고 생각하는데."

차바시라를 라이벌처럼 여기는 호시노미야에게 흥미롭지 않은 전개가 이어지고 있다는 건 알지만, 그 모든 것을 나한테 쏟아내는 듯한 느낌이 든다.

"그런가요. 학교에는 그 정도 수준의 문제를 풀 수 있는 학생도 적지 않다고 생각합니다만."

"있어? 있나……. 설령 말이야? 설령 있다고 하더라도 그건 A반이나 B반 학생이어야 한다고 생각하는걸. 아야노코지는 몇 반이지? 네, 3, 2, 1, 그래 D반이라고. D반은 이렇게 말하면 좀 그렇지만 불량품이 많은 반이라고 야유받을 만큼 문제아가 모인 반이어야 한다고 생각하거든. 그런 불량품 속에 아야노코지 같은 엄청난 스펙을 가진 아이가 섞여 있다니, 정말 그렇게 받아들여도 되는 걸까?"

"저를 어떻게 평가하시는지는 모르겠지만, 2학년 D반에도 충분히 우수한 학생이 있습니다. 그리고 1학년 D반을 봐도 우수한 학생이 많이 있다고 생각하는데요?"

3학년의 모든 사정에 대해서는 자세히 알지 못하기에, 굳이 여기서는 언급하지 않았다.

"으음, 그건 그렇지만…… 역시 작년부터 학교의 방침이 좀 바뀌었지?"

아니, 그런 걸 나한테 물어도 내가 알 리 있나.

쓸데없는 이야기를 나누는 사이에 과제가 시작되어, 3학년 오시오가 나와서 악력 측정을 하고 있었다. 아마 접수한 순서대로 하겠지. 그중에는 우리 반 스도도 있었다. 같은 그룹일 터인 이케와 혼도는 보이지 않는 것을 보아, 스도 혼자 왔거나 혹은 과제를 확실히 받기 위해 먼저 이곳에 도착한 것이리라.

"방금 한 이야기 말인데, 우수한 학생도 물론 있다고 생각해. 하지만 반 전체를 움직일 정도는 아니랄까. 아야노코지 같은 경우는 주위를 바꾸는 듯한 인상을 받았거든."

주위를 바꾸는 듯한 인상이란 건 대외적으로 봐서 느낄 수 있는 게 아니다.

아무래도 이쪽 사정을 꽤 자세히 알고 있는 모양이군.

내가 모르는 곳에서 정보를 많이 모은 것 같다.

"나도 말이야, 이제 여유가 없거든. C반으로 떨어진 건 처음이라서. 뭐랄까 A반과 B반이 경쟁하고, C반과 D반이 경쟁하는 게 일반적인 흐름이었으니까~."

그렇다면 과연 그 균형이 무너진 것이겠지.

"이 반은 분명 A반으로, 하고 여겼었는데……."

이건 이치노세가 이끄는 반에 대한 노골적인 불만의 표현이었다.

"그걸 어떻게든 하는 것 또한 담임의 의무가 아닌지?"

"따끔한 지적이네~."

듣고 싶지 않다며 두 귀를 손으로 막았다.

아직 어른이 다 되지 않았달까, 학생의 연장선에 서 있는 사람 같다.

"아, 맞다! 그럼 선생님의 획기적인 제안! 카츠라기가 B반으로 이적한 것처럼 아야노코지도 우리 반으로 이적하지 않을래?"

어디가 획기적이지. 같은 학년에서 비유하자면 이시자키와 같은 수준의 발상이다.

"무슨 말씀을 하시나 했더니, 말도 안 되는 이야기를 꺼내시네요."

"우리랑 같이 A반을 노려보자. 응?"

그렇게 말하며 다시 내 팔로 손을 뻗었다. 이성에 대한 접촉이 자신의 무기라고 생각하는 사람의 행동이었는데, 닿기 직전에 그만두었다.

바로 조금 전에 충고를 듣지 않았느냐고, 고개를 흔들며 자제하는 모습이었다.

"저는 졸업 때까지도 2,000만 포인트는 못 만듭니다. 만약 그런 거금을 스스로 마련했다 하더라도, 지금은 어느 반이 A반이 되어 승리할지 알 수 없죠. 마지막 순간까지 상황을 지켜보는 것이 현명하다고 생각합니다만?"

하물며 C반으로 떨어진 호시노미야 선생님의 반으로 가려고 생각하는 학생은 일단 없을 것이다.

"그, 그렇게 냉정하게 말할 것까지야……."

반을 이동할 수 있는 권리를 스스로 따낸다고 하더라도 졸업이 임박한 순간까지 쓰지 않고 남겨두는 것이 필연적이다.

만약 있다면 카츠라기처럼 다른 반에서 빼가는 건데……. 하위 반으로 가고 싶어 하는 우수한 학생은 보통 없을 테니, 거부당할 것이 뻔한 결말. 만약 승낙했다고 하더라도 혼자 힘으로 그 반을 A반으로 끌어올릴 수 있는지는 또 다른 문제다.

눈앞에 보이는 집단이 오오오 하고 갑자기 흥분하기 시작했다.

2위였던 듯한 오시오가 분한 표정을 짓고 있었다.

"스도도 많이 변했네. 누가 바꾼 걸까."

"말씀드리지만 저는 아닙니다."

하나의 계기가 되었을지도 모르지만, 스도에게 가장 큰 영향을 끼친 사람은 호리키타다.

모두 악력 측정을 마쳤지만, 1위 스도의 기록을 갈아치

우는 사람은 없었다.

이렇게 해서 스도 그룹은 벌써 지정 구역 이외의 곳에서 5점을 땄다.

아마 다 합하면 8점. 같은 시간에 1점인 나와는 하늘과 땅 차이다.

과제가 끝나자마자 학생들이 일제히 흩어졌다.

마치 철새처럼 다음 과제로 이동하기 위한 것이 틀림없다.

"그럼 저도 이만 이동해야 해서."

과연 더 이상 붙잡아둘 수는 없었는지 호시노미야 선생님도 순순히 놓아주었다.

"시험이 끝날 때까지 2주 동안, 나도 여기저기 동원될 예정이니까 또 만날지도 몰라."

가능하면 별로 만나고 싶지 않다고 생각하면서, 나는 그곳을 떠났다.

3

그 후 나는 새로 뜬 과제를 두 군데 돌아보았지만, 둘 다 바로 학생이 쇄도해서 참가조차 못 하고 끝났다. 정오가 지나고 오후 1시에 두 번째 지정 구역인 B7으로 향해 도착 보너스만 획득. 세 번째 지정 구역은 첫 번째 지정 구역이었던 D7이었기에 결과적으로 되돌아가는 꼴이 되어 도착 보너스만 얻는 데서 그쳤다.

두 번의 이동을 반복하면서 나는 차근차근 2점을 쌓았다. 하지만 첫날에 얻은 점수가 총 3점이니 나는 틀림없이 최하위 중 한 팀일 거다.

그래도 비관할 필요는 전혀 없다. 첫날은 학생들이 무인도 곳곳으로 분산되지 않은 상태이기 때문에 뭘 하든 경쟁 상대가 지나치게 많을 수밖에 없다. 무리해서 달려가봤자 단독으로는 점수를 올리기도 어려웠을 테고 물 소모만 많아졌을 거다.

"선배."

오늘의 기본 이동 3회가 모두 끝나고 이제부터는 내일에 대비하는 시간.

아침에 마주친 곳과 비슷한 장소에서 나나세와 재회했다.

"두 번째네."

"네. 이런 우연이 다 있네요."

이번에도 나나세는 혼자인지 호우센과 아마사와의 모습은 찾아볼 수 없었다.

"오늘은 어떠셨습니까?"

"3점 간신히 벌었어. 넌?"

"지정 구역에서는 세 명이서 8점을 땄고, 제가 두 번째 지정 구역에 제때 가지 못했지만 참가한 과제 하나에서 1위를 차지해 총 13점을 모았습니다."

"순조롭군."

지정 구역 한 곳에 도착하지 못했다고 했지만 그리 큰 문제는 아닐 것이다. 2인 이상 그룹의 경우 그중 누가 지정 구역에 도착하면 패스 횟수에 포함되지 않는다. 나나세처럼 다른 곳에서 시간을 할애한 만큼 대량으로 득점을 벌면 오히려 플러스로 작용한다.

"그럼 이만 가보겠습니다."

상황 보고와도 같은 대화를 마치고 우리는 헤어졌다.

이제 시각은 오후 5시 전. 나는 오늘 잘 곳을 정하기 위해 숲속을 혼자 조용히 걷기 시작했다. 햇빛을 받으면 텐트 속 기온이 꽤 올라가기 마련이다.

잘못했다간 밤이 되어도 열기가 그대로 남아 있을 수 있다.

역시 직사광선을 받지 않는 곳을 찾아야 하리라.

D7에서 동쪽으로 향해, E7 구역과 가까운 곳 근처에서 발걸음을 멈추었다.

무인도에는 학생과 교사들, 시험 운영 스태프까지 포함해 500명 이상 머무르고 있을 테지만, 지정 구역과 과제가 없으면 다른 사람을 전혀 만날 수 없는 시간이 이어진다. 그만큼 숲이 깊다는 얘기다. 푹푹 찌는 더위를 느끼며, 나는 조금 개방된 장소에 텐트를 쳤다. 배낭에서 물 2L를 꺼내 종이컵에 따른 다음 입을 적셨다. 입을 대고 병째 마시면 입속 잡균이 페트병에 들어갈 위험이 있다. 이것을 고온에 방치하면 곰팡이 등이 발생하는 원인이 되기도 한다.

별것도 아닌 일로 컨디션을 망치는 위험을 짊어지는 건 피해야 한다. 다만, 한 번 딴 생수의 기한은 그리 길지 않다. 가장 좋은 상태의 물을 마시고 싶다면 오늘 중으로 다 비우는 것이 좋다. 그러나 이렇게 미래가 불투명한 상황에서는 꼭 그렇게 할 수만도 없는 노릇이다.

하루 이틀이야 처음에 사서 비축한 식량과 물로 버티기 어렵지 않지만, 사흘이 넘어가면 식량이 바닥을 보이면서 점점 가난해지기 시작할 거다. 어떤 과제에 참여해, 꼭 순위에 들지 않더라도 참가상을 노리는 전략도 있지만, 태블릿으로 확인한 바로는 참가상을 주는 과제는 별로 없는데다가 참가 경쟁률이 다른 과제보다 높을 게 불 보듯 뻔하다.

나는 태블릿을 켜고 오늘 하루를 되돌아보았다. 오늘 뜬 과제는 총 68개였다.

학생들이 전부 참가했는지는 모르겠지만, 그중에 어떠한 형태로 물을 획득할 기회가 있었던 것은 총 14개.

전체의 약 20% 정도. 결코 기회가 많다고 할 수 없다.

그중에서 흥미로웠던 것은 구제 조치로도 보이는 『경쟁』이라는 과제였다.

과제에 도착한 순서가 그대로 평가되어, 첫 번째로 들어온 학생에게는 물 2L. 2등한 학생에게는 1.5L. 3등한 학생에게는 1L. 그리고 4등부터 30등 안에 든 학생에게는 각각 물 500ml가 주어졌다.

다만 1위가 3점, 2위가 2점, 3위가 1점으로 점수가 그리 많지 않았다.

그래도 실력과 상관없고 안전한 물을 보급받을 수 있는, 몹시 중요한 과제다.

그리고—— 14회 중 8회가 이 경쟁 과제였던 것도 흥미로웠다. 첫날에 8회나 같은 조건에서 치러진 데다가 나타난 구역과 시간대가 무척 깔끔하게 정리되어 있었다. 만약이게 이틀째 이후로도 이어진다면…….

이 과제를 안정적으로 획득해나간다면 물 문제는 별 고민 없이 해결될 것 같은데…….

휴대식으로 식사를 마치고 이를 닦고 화장실에서 볼일까지 마친 후 텐트에 들어간 나는 이만 눕기로 했다. 쓸데없는 체력 낭비를 피하고 내일에 대비하기 위해서였다.

내일부터는 본격적으로 득점과 필요한 물품을 얻기 위해 돌아다녀야겠다.

4

일찍 잠든 나는 밤중에 잠에서 깨 몸을 일으켰다.

메시 재질의 텐트 틈새로 보이는 바깥은 캄캄해서 바로 앞도 보이지 않았다.

벌레 우는 소리나 뭔가가 풀숲을 헤치고 달려가는 소리

만 들려올 뿐.

깊은 숲속에서의 캠핑은 고독과의 싸움이다.

호리키타와 이부키처럼 혼자 다니는 여학생에게는 꽤 가혹한 환경이 아닐까.

화장실 문제만 해도 밖에 간이 화장실을 설치하느라 꽤 많이 애먹을 것이다.

그리고—— 나는 텐트 안에서 조용히 숨을 죽였다.

츠키시로 이사장 대행이 나를 퇴학시키려고 일을 벌일 것은 틀림없다.

만약 그가 정공법으로 간다면 나를 하위 다섯 그룹으로 떨어뜨려야만 한다.

하지만 그 전략은 별로 현실미가 없다.

득점의 주도권은 내가 쥐고 있다. 모든 학생이 필사적으로 싸우겠지만, 구역 이동과 과제를 착실하게 수행해나간다면 적어도 하위 다섯 그룹에 속할 일은 없다. 즉 츠키시로는 정공법이 아닌 다른 전략으로 나올 것이다.

손목시계의 고장으로 득점을 방해하는 방법을 썼을 가능성은 작지만, 아예 득점하지 못하는 구조로 만들었을 수는 있다. 내게 지급된 손목시계와 태블릿 모두 츠키시로 쪽에서 조작했다면 지금 내 태블릿에 표시된 득점이 가짜일 수도 있다.

아니, 내가 얻은 득점과 실제로 반영된 득점에 큰 차이가 생긴다면 당연히 나는 학교 측에 이의를 제기할 것이다.

츠키시로도 그런 상황을 바라지는 않겠지. 만약 과거 3일 치에서 일정 득점을 잃게 한다 해도 반격할 수가 있다. 스스로 의심을 살 수 있는 경솔한 행동을 한다면 마시마 선생님을 비롯한 다른 관계자들에게 불신감을 안길 수 있다. 그런 어중간한 전략을 쓸 바에야 차라리 다른 방향으로 공격하겠지.

내가 만약 츠키시로라면 어떻게 하는 것이 나를 퇴학시킬 수 있는 가장 좋은 방법일지 생각해보았다.

화이트 룸생을 이용할 수 있다면 내가 부상하게 해 기권을 유도하는 방법일까. 가령 팔이 부러지는 등 큰 부상을 하면 학교 측은 바로 속행 불가능하다고 판단하겠지.

요컨대 감시의 눈이 잘 미치지 않는 숲속에서 나를 공격할 것이다.

그게 가장 쉽고 확실한 퇴학 방법이니까.

어떻게 다치든, 그게 사람한테 당한 부상인지 어떤지 판단하기도 어려우니까.

화이트 룸생이라면 사고인 것처럼 꾸미는 기술도 있을 테고.

○동행자

아침 6시 30분에 눈을 떴다. 눈이 부신 햇살에, 텐트 안인데도 날씨가 맑다는 것을 알았다.

더위를 느끼며 밖에 나가자 눈 앞에 펼쳐진 것은 초록 잎으로 가득한 세계였다.

"직사광선이 닿는 장소를 피한 게 정답이었군."

조금 걷더라도 그늘이 있는 포인트에 텐트 치기를 잘했다.

가볍게 휴대식과 물로 아침 식사를 마치고, 텐트를 정리한 후 7시가 되기만을 기다렸다.

대부분은 이미 일어나 시험이 시작되기를 기다리고 있으리라. 우선해야 할 것은 지정 구역이지만, 근처에 과제가 뜨면 내용과 보수에 따라 그쪽으로 갈 생각도 있다.

7시가 되자 손목시계에 신호가 떴다.

나는 무릎 위에 올려 두었던 태블릿을 켜고 지도를 갱신했다.

현재 위치는 D7. 오늘은 어디로 이동하게 될까.

내가 가야 할 지역은── E8.

텐트를 치기 위해 선택했던 장소에서 가장 가까운 지정 구역이었다.

착순 보수를 노리기에 절호의 위치라고도 할 수 있으리라.

나는 10초도 허투루 쓰지 않고 바로 움직였다.

첫날에는 상황을 지켜보았지만, 오늘부터는 페이스를 조금씩 올려야 한다.

즉시 옆 지정 구역에 들어가자, 손목시계에 득점 알림이 떴다.

보란 듯이 1위를 획득하면서 그룹에 10점이 주어졌다.

어제 뒤처졌던 것을 단번에 만회한 이 전개는 지나칠 정도로 훌륭하다.

이제 과제까지 따내면 완벽한데…….

주위에 단독으로 참가할 수 있는 과제는 없었기 때문에 그나마 가까운 B8까지 이동해야 한다. 왕복 시간까지 고려하면 그냥 패스하는 게 최선인가.

과제는 어느 타이밍에 뜰지 알 수 없기에 갱신되기를 기다리기로 했다.

1

오전 9시에 발표된 지정 구역은 E6.

하나 앞 구역이다 보니 선착순에서 밀렸지만, 그래도 2위로 도착, 5점의 보수 통지가 들어왔다.

그리고 점심 휴식 후 오후 1시에 발표된 세 번째 지정 구역은 F7.

약간 남서쪽에 있던 나는 흐름을 타고 세 번째도 2위를 차지해 5점을 추가로 얻었다.

　이동 중에 뜬 과제 대부분이 필요 인원수 2명 이상인 참가 조건이었다. 아마 그쪽으로 간 학생이 많았을 것이다. 단독으로 움직이는 나로서는 고마운 전개가 이어지고 있었다.

　오늘만 23점. 첫날 모은 3점까지 합하면 26점.

　순조롭기는 하나, 3인 그룹이 착실하게 도착 보너스만 쌓아도 최소 18점. 잇달아 높은 순위를 획득해도 차이가 별로 벌어지지 않을 것이다.

　사소한 것 하나에 바로 따라잡힌다. 내가 연달아 2위를 한 것도 바꿔 말하면 1위를 두 번 놓쳤다는 의미가 된다. 누군지 모르지만 같은 테이블에 강력한 라이벌이 있는지도 모르겠다.

　나는 E6 지역으로 돌아와 쉬면서 참가 가능한 과제가 뜨기를 기다리기로 했다.

　오늘 세 번째까지는 통상적인 지정 구역이었다.

　즉 오늘 오후 3시에 뜰 나머지 1회는 첫 랜덤 지정이 된다.

　"아야노코지 선배, 또 만났네요."

　내가 쉬고 있는 장소에 나나세가 또 혼자 모습을 드러냈다.

　여기가 총 여섯 번째 구역. 그중에 세 번이나 나나세를 맞닥뜨리다니.

　"혹시 저희, 같은 테이블인 게 아닐까요?"

"그럴지도 모르겠군."

이렇게 자주 마주친다면 나나세와 테이블이 같다고 생각해도 이상하지 않다.

다만 같은 테이블인지 아닌지는 별로 큰 문제가 아니다. 그보다도 마음에 걸리는 것은 높은 확률로 계속 마주치고 있다는 부분이다. 아무리 같은 구역으로 향했다고 하더라도 직접 마주치기란 그리 쉽지 않다. 애당초 가는 길도 다르고, 도착 시간과 머무는 시간 역시 일치할 수가 없다. 내 뒤를 밟은 게 아니라면 단순한 우연이 겹친 것뿐이라고 할 수 있겠지만, 과연⋯⋯.

실제로 나나세가 나와 같은 테이블인지를 단서도 없이 밝혀내기란 불가능하다. 나나세는 아마사와, 호우센과 같은 그룹이다. 즉 지정 구역에 도착하는 것을 그 두 사람에게 맡기면 패스 대상이 되지 않는다. 착순 보수는 얻지 못해도 착실하게 2점씩 쌓을 수도 있다.

나나세가 가진 손목시계의 경보로 알아내는 것도 불가능하지는 않지만, 소리를 꺼두었을지도 모르니까.

길에서 가볍게 몇 마디 나누는 정도였던 과거 두 번의 만남. 나나세는 이번에도 바로 갈 줄 알았는데, 걸음을 멈추고 나를 쳐다보았다.

"저기, 아야노코지 선배. 부탁이 있습니다만."

"부탁?"

"혹시 방해되지 않는다면 잠시 아야노코지 선배와 동행

해도 되겠습니까?"

"동행? 그게 무슨 의미지?"

이번 특별시험은 아무리 같은 테이블일 가능성이 있다고 해도 학년을 초월한 동행은 성립할 수 없는 구조다. 양쪽에게 이익이 전혀 없으니까.

"실은 어젯밤에 의논하다가 문제가 생겼습니다. 호우센과 아마사와 씨 두 사람이 단독으로 행동하는 편이 더 낫다고 말을 꺼내는 바람에 각자 흩어지고 말았어요."

같은 그룹이라고 해서 꼭 같이 행동해야 한다는 법은 없다.

물론 같이 있어야 얻을 이익도 많지만, 단독으로 다녀도 힘들지 않다면 혼자 움직이는 것도 한 가지 전략이라 할 수 있겠지.

"어제부터 선배와 세 번 마주쳤는데, 첫 번째를 빼고 두 번 모두 아야노코지 선배가 지정 구역에 더 일찍 도착하셨지요. 아무래도 저 혼자서는 지정 구역에 빨리 가기 힘든 것 같습니다."

"어쩌다가 두 번 모두 우연히 먼저 온 걸 수도 있잖아?"

"그럴지도 모르지만 그렇더라도 미숙한 저보다는 위라고 판단했습니다."

"학년이 다른 그룹의 동행이라니, 아무리 생각해도 좋은 제안 같지 않은데."

"선착순에도 영향이 있고, 과제를 놓고 경쟁할 상황이

생겨서겠지요?"

"나머지 한 팀밖에 참가할 수 없는 과제가 나오면 그 시점에서 갈등이 생기겠지."

"저는 아야노코지 선배 다음이어도 전혀 상관없습니다. 선배가 먼저 지정 구역에 들어가셔서 선착순이 확정되는 것을 본 후에 들어가도록 할게요. 이렇게 하면 아야노코지 선배가 받으실 불이익은 없어요. 과제도 마감이 한 자리밖에 남지 않은 상황이라면 다 양보하겠습니다."

귀중한 착순 보수와 과제를 버려도 상관없다고?

도저히 추천할 만한 행동이 아니다.

"그랬다간 네가 얻을 득점이 줄어들 텐데?"

"저는 무인도에서 치르는 시험이 처음이고, 아야노코지 선배의 신체 능력은 호우센과의 싸움으로 증명되었으니까요. 적절한 루트를 따라갈 수 있는 것만으로도 저에게는 큰 도움이 됩니다."

그녀는 도움이 된다고 말했지만, 오늘까지 별문제 없이 혼자 잘해온 마당에 새삼 도움이 필요할 것 같진 않다.

역시 굳이 위험을 감수하면서까지 동행할 필요는 역시 없는 것 같다.

"설령 내가 적절한 루트를 고른다고 하더라도 거기에 페이스를 맞출 수 있겠어? 그리고 험한 길을 고를 때도 있을 텐데. 따라올 수 있어?"

나는 나나세도 알고 있는 사실을 굳이 말로 내뱉었다.

이 대답을 들으면 나나세의 기괴한 행동이 무슨 의미인지 알 수 있을지도 모른다.

하지만 나나세는 내가 기대하는 대답을 돌려주지 않았다.

"체력에는 자신 있습니다. ……민폐, 라고 생각하시기보다 저를 믿어 주실 수 없나요?"

호우센, 아마사와와 손잡고 나를 퇴학으로 내몰려고 했던 나나세.

당연히 신뢰하기에는 상당히 어려운 인물이라고 할 수 있다.

하지만 내가 거부해봐야 따라오는 것은 나나세의 자유. 내 대답은 그다지 중요하지 않다.

오히려 나나세가 미행하듯 굴면 제삼자에게 우리 모습이 더 부자연스럽게 보이겠지. 강제로 쫓아버릴 수야 있지만, 쓸데없이 체력을 써야 하고, 테이블이 같으면 나중에 또 어딘가에서 마주치게 될 거다.

그럴 바에야 차라리 처음부터 동행하는 게 성가신 일을 줄일 수 있을지도 모른다.

"알았어. 나나세가 그걸 원한다면 그렇게 해도 상관없어."

"감사합니다."

나나세는 기쁜 듯 미소 짓더니 깊이 머리를 숙였다.

"다만 정말 테이블이 같은지 꼭 확인해야 해. 그건 너도 알지?"

"네. 우연히 같은 지정 구역이었을 수도 있으니까 당연하신 말씀입니다. 앞으로 어떻게 하실 건가요? 아직 구역 지정이 나오려면 시간이 좀 남았습니다만."

이제 막 1시 반을 지났을 뿐이라 아직 1시간 넘게 여유가 있다.

"그렇군……. 아, 마침 과제가 떴다."

태블릿에 새로운 과제가 몇 가지 등장했다.

주위에 있는 과제를 확인해서 어디로 갈지 서둘러 결정했다.

화면을 보여주고, 선택한 과제의 설치 포인트를 지도로 표시하며 설명했다.

"바로 아래에 있는 F8에 퀴즈 과제가 떴네. 거기로 가야겠다."

"거리도 가깝군요."

"그래. 그러고 나서 다음 구역이 너무 먼 곳에 뜨면 그냥 무시할 생각이야."

그러기 위해서라도 과제를 제대로 해결해 득점을 올리고 싶다.

"알겠습니다. 함께하겠습니다."

사실은 E5에 뜬 과제인 『축구공 리프팅』을 노려보고 싶은 마음도 있었지만, 거리까지 포함해 가는 여정이 F8보다 힘들어 보였다.

이렇게 된 이상, 눈앞의 나나세가 어디까지 움직일 수 있을지, 그 부분을 먼저 확인해보자.

2

"슬슬 보일 때가 됐는데."

"네."

과제를 위해 F8 구역에 들어가, 태블릿을 한 손에 들고 위치를 확인하며 걸었다.

"그런데 선배, 도전하시려는 과제의 난도가 조금 높은 것 같군요."

"하긴 퀴즈는 미리 예측하기 힘든 부분이 많지."

과제 『퀴즈』는 복수의 장르 중에서 하나가 출제되는 방식.

4지 선다형이어서 누구나 참가하기 쉽지만, 문과 문제와 이과 문제를 두루 잘 풀지 못하면 이기기 어렵겠지. 참가 조건은 그룹 단위로, 12조까지 참가할 수 있다. 요컨대 단순히 그룹 인원이 많을수록 머릿수가 많아 유리한 과제라고 할 수 있다.

"그래도 장르에 따라서는 기회가 충분히 있을 거야."

"그럴지도 모르지만…… 사실은 E5 과제에 도전하고 싶으셨던 게 아닌지?"

내가 일부러 나나세 때문에 타협했다는 사실을 알아차렸는지 그렇게 말했다.

"후보에 들어 있었던 건 사실이지만 솔직히 반반이었어.

마음에 걸린다면 그럴 필요 없어."

"그렇다면 다행이지만 제가 마음대로 같이 다니는 것뿐이니까 선배는 원래 하시던 대로 선택해주세요."

"그렇게 다짐받을 것까지도 없어. 보수는 퀴즈 쪽이 더 높기도 하고."

보수는 1위가 8점, 2위가 4점, 3위가 2점. 게다가 추가로 현재 그룹 인원수에 따라 보수가 지급된다. 목록에서 선택할 수 있고, 식량이나 물을 받을 수 있다.

어제오늘 쓴 양을 보충하기에 딱 좋은 과제다.

우리는 퀴즈 과제가 보이는 위치까지 도착했다.

이미 사람이 어느 정도 모여 있었다.

"야, 아야노코지! 이제 자리가 세 팀밖에 남았으니까 빨리 등록해!"

나를 알아본 같은 반 스도가 소리치며 손짓했다.

"그렇다고 하네. 서두를까."

고개를 끄덕이는 나나세와 과제 장소로 뛰어가 등록을 마쳤다.

자세한 장르는 비공개라고 하는데, 과연 어떤 문제가 나올까.

마감까지는 30분 이상 남았다. 혹은 나머지 한 조가 참가 확정될 때까지 대기다.

조금 떨어진 위치에서 이케가 퀴즈가 시작되기를 기다리고 있었는데 얼굴에 웃음기가 없었다.

어딘지 다른 데 정신이 팔려있어 멍해 보였다. 혼도도 말 걸기 어려운지 혼자 시간을 보내고 있었다. 스도 그룹의 최대 매력은 친한 친구들끼리의 팀워크라고 할 수 있는데, 과연 어디까지 기능할지 의문이다.

"순조롭게 하고 있어?"

나는 유일하게 의욕을 보이는 스도에게 그렇게 물어보았다.

"득점은 순조로워. 오늘은 지정 구역 한 곳에서 3위를 차지했고, 과제도 두 번 1위를 했지."

"늦어서 참가하지 못했는데, 악력 측정에서 1위 하는 거 봤어. 압도적이던데."

"헉, 너도 하려고 했었냐? 하마터면 멋진 승부를 펼칠 뻔했군. 럭키, 럭키."

스도가 약간 오버 리액션 느낌으로 땀 닦는 척하며 말했다.

"다른 애들은? 그룹에 별문제는 없고?"

"뭐, 계획보다 물이 빨리 줄어들긴 해⋯⋯. 좀 지나치게 달리는 감이 있지."

스도 그룹은 첫날과 둘째 날부터 전력 질주한 폐해가 나오기 시작한 모양이었다.

"그래도 과제로 보수를 받을 수 있어서 참 다행이야. 아직은 괜찮아."

하지만 그 후 스도는 조금 어려운 듯한 표정을 지으며

다시 입을 열었다.

"다만 이케 녀석이 말이야, 좀 기운이 없어."

"무슨 일인데?"

"글쎄…… 시험 전부터 좀 이상했는데 아무 일 없다면서 얼버무리더라고."

역시 시노하라와의 일이 지금까지도 강하게 영향을 주고 있는 모양이었다.

이미 무인도 시험이 시작된 둘째 날도 절반 이상 지났다.

그동안 자신이 좋아하는 시노하라는 라이벌인 코미야와 같은 시간을 공유하고 있다.

아무리 해도 신경 쓰이는 게 당연하다.

"마음에는 걸리지만, 과제는 과제니까. 셋이 협력해 도전하면 상위도 어렵지 않겠지."

"그렇겠지. 그런데 넌 어때? 혼자잖아? 할 수 있겠냐?"

"뭐, 잘하는 장르가 선택되느냐 마느냐에 달렸겠지."

문득 스도가 내 옆에 서 있는 나나세를 알아차리고 시선을 보냈다.

"그러고 보니── 1학년이지? 이름이 뭐였더라……."

호우센과 한바탕할 때 스도도 있었으니 당연히 나나세가 낯이 익을 거다.

"나나세입니다, 스도 선배."

그러나 스도는 귀여운 여학생을 앞에 두고도 들뜨기는커녕 진지하기만 했다.

"……잠깐 나 좀 보자, 아야노코지."

내 목에 팔을 두르고 나나세로부터 거리를 벌렸다.

"너, 저 녀석이랑 같이 왔나 본데, 적이잖아? 무슨 생각이야?"

"동행하고 싶다고 해서 같이 온 것뿐이야. 같은 테이블일 가능성이 커."

"뭐? 같은 테이블이라고 굳이 같이 다닐 이유가 있냐? 쟤는 너를 퇴학시키려고 호우센이랑 편짰던 애잖아? 위험하다고."

아무래도 스도 나름대로 나를 걱정하고 있는 듯했다.

"그렇긴 하지만 말이지."

나 역시 나나세가 아무 의미도 없이 동행하고 있다는 태평한 생각은 들지 않았다.

"뭐랄까 넌 참 위기감이 없다니까……. 뭐, 잘 헤쳐나갈 수 있으니까 그렇게 태연하게 구는 거겠지만……. 힘든 일 있으면 말해라?"

고개를 끄덕여 그 마음에 보답하자 스도는 시큰둥하기는 했어도 받아들이는 표정으로 바뀌었다.

"네가 곤란하면 내가 나나세에게 따지려고 했는데 말이지, 괜찮다면 더는 신경 안 쓸게."

그렇게 말한 직후에 마지막 한 팀이 등록을 마쳤는지 과제 시작 준비가 시작되었다.

"그럼 나중에 보자고. 네가 말한 것처럼 과제는 과제니까 우리도 최선을 다할 거다."

스도는 이케 무리로 돌아갔고, 참가자 열두 팀은 등록한 태블릿을 꺼내 문제 출제에 대비했다. 그리고 시간이 되자, 태블릿에 퀴즈 장르가 일제히 발표되었다.

『장르: 애니메이션 전반』

응? 애니메이션?

표시된 글자를 머리로 다 이해하기도 전에 첫 번째 문제가 시작되었다.

『첫 번째 문제: TV 애니메이션 기동종사 봄담 13화의 제목은 다음 중 무엇인가?』

①잘 있어라, 봄담
②불타올라라, 봄담
③외쳐라, 봄담
④봄담의 눈물

"……뭐야, 이게."

나는 무심코 그런 말을 내뱉고 말았다.

장르 표기를 보면 애니메이션과 관련된 문제인 건 확실하지만, 답을 전혀 모르겠다.

"이거 실화냐, 완전 쉽잖아!"

근처에서 태블릿을 쥐고 있던 혼도가 흥분하며 소리쳤다.

쉽다고? 이 문제가?

애당초 봄담…… 봄담이 뭐야.

내 전문에서 완전히 벗어난 장르였다. 하지만 과제에 도전한 이상 최선을 다할 수밖에.

당황하지 말고 침착하게. 어차피 보기 네 개 가운데 고르는 거니까 찍어도 25%의 확률로 답을 맞힐 수 있다.

추리해보자면 1번부터 3번까지의 제목과 달리 4번만 봄담이라는 이름이 앞에 나와 있다. 혹시 그게 힌트인가? 나는 그 부분을 밀고 나가 4번을 선택했다. 잠시 후 제한 시간이 끝나고 답이 표시되었다.

『정답: ②불타올라라, 봄담』

펼친 추리도 허무하게, 답을 틀리고 말았다.

폭염 속에서 약간의 현기증을 느끼며, 나는 두 번째 문제에 정신을 집중했다.

『두 번째 문제: TV 애니메이션 탈 시 치킨의 주제가를 부른 사람은 다음 중 누구일까?』

하지만 현실은 비정한 것.

나는 풀 수 있는 장르를 고르지 못했다는 사실에 또 한 번 부딪혀야만 했다.

두 번째 문제의 답도 당연히 몰라서 어떤 보기든 다 똑같이 보였다.

이제는 참가할수록 시간 낭비라는 것을 깨달았다.

나는 네 개의 보기 가운데 계속 정답을 맞히는 기적을 바라며 적당한 번호를 연속으로 찍어나갔다.

10분 동안 20문제를 다 푼 나는 조용히 태블릿을 껐다.

정답을 맞힌 개수는 4개로 정답률 20%. 확률 이하의 결과로 끝났다. 1위를 차지한 사람은 의외……도 아니지만 스도 그룹. 정답률은 경이롭게도 95%였다. 이케와 혼도는 이런 문제에 상당히 강할 테니까 말이지. 단순한 학력과 체력뿐만이 아니라 잡다한 지식이 도움이 될 때가 있다. 그야말로 차바시라가 말했던 좋은 전례를 보여주었다.

"어려운 문제밖에 없었네요."

나나세의 정답률은 25%로 나와 거의 비슷했다.

요컨대 애니메이션에 관한 지식이 거의 없다고 해도 되리라. 전체적인 정답률을 보건대, 참가 그룹의 절반 이상은 우리와 비슷한 느낌을 받지 않았을까.

"해냈구나, 칸지!"

같은 그룹의 스도가 이케, 혼도와 기쁨을 나누려고 하이파이브를 시도했다.

"……어."

이케는 힘없이 대답하며 일단 스도, 혼도와 하이파이브를 했다. 그 광경을 보고 살짝 걱정된 나는 스도에게 이케의 고민을 말해줘야 할지 고민했다.

스도 일행은 이번까지 포함해 두 번 마주치긴 했지만 앞으로 또 만난다는 보장은 없다. 만약 시험 도중에 이케가, 예컨대 시노하라와 코미야가 사귀게 되었다거나 그와 비슷한 관계로 발전했다는 이야기를 듣기라도 한다면 완전히 이성을 잃을 것 같았다.

하지만—— 도움을 주는 인물로 스도를 골라도 될지는 의문이다. 학력이나 운동, 게다가 정신적으로도 눈에 띄는 성장을 보여주고 있지만, 섬세한 케어는 또 별개의 문제니까.

"왜 그러시죠?"

과제가 끝났으니 더 이곳에 머무를 이유는 없었다.

그것을 잘 알기에 나나세가 궁금해하며 물었다.

"스도 선배 그룹에 대해서 뭐 생각하시는 거라도?"

나를 자세히 관찰한 나나세가 적확하게 문제점을 지적했다.

"아무것도 모르는 나나세의 눈에는 스도 그룹이 어떻게 보여? 뭐, 그래봤자 이미 아는 스도 말고는 느낌이 잘 안 오겠지만."

"그렇지요. 그럼 저에게도 저 그룹에 대해 알려주시겠습니까?"

"스도의 왼쪽에 있는 사람은 이케 칸지, 오른쪽은 혼도 료타로. 두 사람 다 평소에 바보짓을 많이 해서 안 좋은 쪽으로 튀는 타입…… 경망스러운 애들이라고 표현하는 게 옳을까. 하지만 반의 분위기 메이커 같은 존재이기도 해."

이해하기 쉽게 설명하자면 분명 그런 느낌일 것이다.

아마도 틀리지 않았을 거라고 속으로 사족을 달았다.

"공부를 잘하는 그룹이 아니어서 불안한 부분도 있지만, 스도는 체력이 있고 이케는 무인도에서 캠핑하기에 좋은 기술이 있어. 혼도는…… 그래, 애가 밝아."

즐겁게 특별시험을 치르기 위한 퍼즐 조각이라고 생각하면 그리 나쁜 조합이 아니다.

"이케 선배, 혼도 선배로군요. 그런데 분위기 메이커라니……. 왠지 이케 선배는 기운이 없어 보이는데, 컨디션이 안 좋은 건가요?"

오늘 처음 보는 나나세도 확실히 느껴지는 모양이었다.

과연 지금 모습만을 본다면 분위기 메이커 같지 않다.

"언제나 반 분위기를 띄우는 존재인 건 사실이야. 지금은 좀 기운이 없는 것 같지만. 컨디션은 문제없어."

"그러니까 아야노코지 선배가 걱정하시는 건 그 부분인가 보군요."

이렇게까지 말했으니 나나세도 알아차렸으리라.

"뭐, 그렇지. 신경 쓰이는 상황이긴 한데 남 걱정만 하고 있을 입장도 아닌가. 퀴즈에서도 3위는커녕 꼴찌를 다투고 있는데 쟤들은 1위잖아. 어떤 조합이 됐든 득점한 그룹이 더 우수한 거지."

종합 득점도 더 위일 스도 그룹을 걱정하는 건 지나친 오지랖이라고도 할 수 있다.

"잘하는 분야를 살리면 우위에 설 수 있는 게 이번 특별 시험이죠. 학교가 얼마나 힘을 줬는지 알 것 같아요. 무인도를 통째로 빌렸을 뿐만 아니라 다양한 학생의 장단점이 두드러지는 대규모의 시험을 만들었으니까요."

표현은 조금 그렇지만 이케와 혼도가 학교에서 활약할 기회는 지금껏 그리 많지 않았다.

학생의 본분은 공부와 운동, 아무리 노력해도 둘 다 약한 학생은 묻히고 만다.

하지만 이번 특별시험에서는 그 이외의 요소로도 충분히 싸울 수 있다. 시험 전에는 균형이 그다지 맞지 않았던 스도 그룹에 불안을 느끼기도 했지만, 잘해나갈 수 있을 것 같군.

그렇기에 유일하게 남은 불안 요소인 이케의 심리적인 부분이 더 마음에 걸리는데…….

만약 완전한 상태였다면 예상을 뒤집는 다크호스도 될 수 있는 존재다.

그나저나——. 나는 과제가 끝나고 철수하기 시작하는 어른들을 곁눈질하며 생각했다. 일반 고등학교와 일선을 긋는다고는 하지만, 대형 배에 비품, 인건비 등 특별시험 하나에 들이는 열량과 예산이 어마어마하다. 작년 무인도도 상당했지만, 올해는 그 이상이다.

비용적인 측면뿐 아니라 내용도 크게 차이가 났다. 지난번에는 반 단위로 행동했었는데, 이번에는 다수의 작은 그룹이 이 광대한 무인도를 누벼야 한다. 학생들 간의 사사로운 갈등이 상상을 초월하는 큰 문제로 발전할 위험도 있다.

그것 이외에 부상, 컨디션 문제도 중요하다. 찰과상, 미열 정도야 문제 되지 않겠지만, 골절이나 그 이상의 심한 부상자가 나올 가능성도 얼마든지 있다.

2주간의 시험이 무사히 끝날 때까지 학교 관계자는 마음 편히 쉴 시간이 없겠지.

"슬슬 가볼까."

다음 지정 구역으로 가거나 과제를 찾아 이동하는 것이 바람직하다.

"선배, 출발 전에 하나만 말씀드려도 될까요?"

걸음을 떼려는데 나나세가 앞으로 나와 나를 올려다보았다.

"새삼스럽습니다만, 제 존재는 일절 고려하지 마시고 아야노코지 선배의 이상적인 루트를 선택해주시길 바랍니다."

이번 무인도 시험은 한두 번 좋은 성적을 거둔다고 해도 승리하기 힘들다. 2주나 되는 긴 시간 동안 꾸준하게 좋은 성적을 유지하지 않으면 상위 입상이 어렵다. 게다가 그룹 인원이 많을수록 유리한 만큼 단독은 남들보다 몇 배로 점수를 쌓아야 한다.

"나도 다시 한번 말할게. 나나세의 존재는 고려 안 하니까 걱정할 것 없어."

이미 나는 그 방침으로 시험에 임할 결심을 굳혔다.

이 특별시험의 규칙과 학생들의 생각을 읽은 싸움 방식.

거기에 지장이 생길 것 같다면 처음부터 나나세의 동행을 받아들이지 않았을 것이다.

"그렇게 말씀하시니 마음이 놓이네요. 부디 잘 부탁드립니다."

나는 손목시계를 확인하면서 태블릿을 꺼냈다.

슬슬 네 번째 기본 이동 발표 시간이다. 오늘 마지막이자 최초의 랜덤 지정이 발표될 시간이 되어, 태블릿으로 장소를 확인했다. 지정 장소는 I7.

최단 거리로 가려면 산을 넘어야 한다.

그렇다고 해서 안전하게 우회하는 길을 고르면 상당한 대이동이다.

하지만 절대 도달하지 못할 구역도 아니어서 고민이 되는군.

"출발할까요?"

"그전에 나나세, 네 태블릿을 보여줬으면 좋겠다."

"그렇군요. 아직 같은 테이블인지 확인을 안 했네요."

어떤 식으로든 저항할 줄 알았는데, 나나세는 배낭에서 태블릿을 꺼내 감추려고도 하지 않고 지도를 열어 보여주었다. 그리고 자신의 다음 목적지가 I7임을 증명했다.

"역시 선배와 테이블이 같은 것 같습니다."

"그렇군."

다른 테이블인데 우연히 랜덤 지정이 겹쳤을 가능성도

아예 없지는 않지만, 지금까지의 경위를 보면 같은 테이블이라고 판단해도 좋으리라.

"일치했으니 다음 이야기로 넘어가죠. 최단 거리로 가실 겁니까?"

"아니, 이번에는 무리해서 구역 득점을 노리지 않을 거야. G8, 그리고 G9에도 과제가 나와 있어. 오늘은 그 두 군데를 돌고 끝낼까 싶은데."

두 과제 다 『수학 문제』, 『영어 문제』로 학과 시험이었다.

참가 인원 안에만 들면 확실히 득점을 올릴 수 있으리라.

"그럼 오늘의 캠핑지는 어디로?"

"글쎄…… 내일 첫 번째 구역은 I7을 중심으로 지정되지. 괜히 가까이 있다가 우연히 지정 구역 안에 들어가 버릴 위험도 있으니까. 가능하다면 그건 피하고 싶어."

무리하지 않는다면 H9까지로 해두는 게 안전하려나.

"과제를 끝내고 나면 H9까지 걸어가서 캠핑할까 싶은데."

설명을 다 들은 나나세는 불만을 표시하지도 않고 고개를 끄덕이며 받아들였다.

"야, 아야노코지, 오늘 H9에서 캠핑할 거냐?"

과제를 끝내고 이동하려던 스도가 말을 걸었다.

"그게 왜?"

"아니, 우리 다음 지정 구역이 H9여서. 이다음에는 어디 갈 건데?"

"일단 G8이랑 G9, 수학이랑 영어 시험을 치러 가려고."

"윽, 우리가 반드시 피해야 할 것들이군."

당연하다면 당연한가, 하고 머리를 긁적이며 스도가 중얼거렸다.

아마도 스도 일행은 조금 멀지만, E9에 있는 과제를 노리려고 하지 않을까.

"괜찮으면 나중에 합류해서 같이 캠핑할래? 동료가 있으면 더 재미있잖아? 우리 방식에 문제가 없는지 충고도 좀 듣고 싶고."

생각지도 못한 스도의 제안이었지만 나쁘지 않았다. 무엇보다도 긍정적인 자세는 평가할 만하리라. 나도 이케 일이 줄곧 마음에 걸렸으니까.

우연 속에서 접근한다면 이케도 의도적인 느낌은 받지 않겠지.

"숲에서는 합류하기 어려우니까 G9에 있는 해변에서 만나는 게 어때?"

"알았어. 시간은 어떻게 정할까?"

"우리는 어차피 목적지 바로 옆이니까. 5시 반은 어때?"

그러면 과제에 참가한 후 나도 별문제 없이 합류할 수 있으리라.

"알았어. 그럼 5시 반에 G9의 해변에서."

스도 그룹은 우리와 다른 과제에 도전하기 때문에 다른 방향으로 움직이기 시작했다.

뭐, 저 그룹에 수학이나 영어를 풀라고 말하는 게 더 무리인 이야기다.

잘하는 장르를 공략해나가는 것은 당연한 일.

"오늘은 저 그룹과 보내야 할 것 같은데 나나세는 괜찮
겠어?"

일단 남자들만 있는 그룹과 있어야 하는 데 저항감을 느
끼지 말란 법은 없다.

그래도 처음부터 나와 단둘이 있는 캠핑보다야 낫다고
생각하지만.

"괜찮습니다. 오히려 대화를 나눠볼 좋은 기회라고 생각
합니다."

호의적으로 받아들여 주니 다행이다.

3

오후 5시 반이 되려고 할 무렵. 해변에서 기다리고 있던
우리 쪽으로, H9에서 구역 지정을 밟고 온 듯한 스도 일행
이 다가왔다.

"성과는?"

"아니…… 잘 안 됐어. 그 이후에 새로운 과제도 나와서
세 개 도전했는데 말이지, 하나는 3위 하고, 나머지 두 개
는 경쟁률이 이상하게 높아서 참가하지도 못했어."

조금 거친 숨을 내쉬면서 분하다는 듯 스도가 혀를 찼

다. 우리 역시 엔트리에 들지 못했던 것을 생각해봐도 아직 이 주변에 학생들이 많다는 것을 알 수 있었다.

"이제 겨우 이틀째가 끝났으니까 너무 기를 쓰고 덤비지는 마."

기세 좋게 득점을 올리고는 있지만, 스도도 말했듯이 페이스가 지나치게 빠른 감은 부정할 수 없다. 힘에 자신이 있는 스도가 패기 없는 이케를 이끌어주는 것은 고마운 일이지만, 언제까지고 같은 페이스를 이어갈 수는 없겠지.

특히 혼도는 만신창이 같은 상태로 숨도 끊어질 듯 거칠었다. 힘든 것을 좋아하지 않을 텐데도 불평 한 번 하지 않는 모습을 보건대, 아무 생각 없이 달려들고 있는 상태라고 할 수 있으리라.

"일단 어디에 자리를 잡을까? 칸지, 어떻게 할래?"

이케에게 조언을 구하자, 어딘지 건성이긴 했지만, 숲 쪽을 손가락으로 가리켰다.

"일단 H9로 돌아가자. 저쪽에 탁 트인 장소가 있었으니까 거기가 좋을 듯해."

그렇게 무기력하게 대답한 이케를 따라 우리는 이동하기 시작했다.

"선배가 말한 분위기 메이커, 역시 모르겠어요."

"여러 가지로 사정이 있어서."

"여러 가지 사정……이요."

"제삼자가 멋대로 말하기도 좀 그러니까. 혹시 궁금하면 본인한테 직접 물어보는 게 좋을 것 같아."

"그렇군요. 때를 봐서 물어보겠습니다."

나나세는 거리낌 없이 대답했다. 이케가 순순히 대답해 줄지는 모르겠지만.

그렇게 20분 정도 이케를 따라 걷자 탁 트인 포인트가 나왔다.

여기라면 서너 그룹이 뭉쳐 있어도 지장이 없을 정도로 좋은 장소였다.

"그럼 얼른 텐트 치고 밥 먹자. 배고프다."

이틀째도 상당히 돌아다녔을 스도가 배를 두드리며 말했다.

그리고 스도와 혼도가 기대 가득한 눈빛으로 이케를 쳐다보았다.

그 이유는 이케가 배낭에 넣고 다닌 낚싯대를 보면 바로 알 수 있었다. 하지만 그런 기대의 시선을 알아차리지도 않고, 이케는 멍하니 서 있기만 했다.

"야, 칸지. 오늘은 낚시 안 할 거냐?"

"뭐? 아, 응…… 시간도 늦었고 좀 피곤해서. 미안하다."

낚시할 계획이 있었으면 합류했을 때 해변에 남았겠지. 아니면 거기까지 생각이 미치지 않았나.

"뭐, 그럼 어쩔 수 없지만."

아쉬워하면서도 억지로 강요하지는 않겠다는 듯 바로 물러났다.

고개를 흔들어 정신을 단단히 붙잡으려는 듯, 이케가 텐트를 치기 시작했다.

"마음이 콩밭에 가 있는 느낌이네요."

사정을 하나도 모르는 나나세조차 알아차릴 정도니 완전히 티가 나는 거겠지.

4

저녁 식사도 끝나고 해가 완전히 저문 밤. 오후 8시가 지나 각자 자유롭게 시간을 보내고 있었다. 자유라고는 하지만 밤의 숲을 거니는 것은 현명한 선택이 아니고, 모기 등 벌레도 아주 많아서 어지간해서는 텐트 안에서 보내는 수밖에 없었다.

필연적으로 텐트의 메시 소재를 이용해 텐트 너머로 대화가 시작되었다.

나, 나나세, 이케의 텐트가 나란히 있고, 나나세의 정면에 혼도, 그 옆에 스도가 있는 형태였다.

"나나세 짱은 D반이라고 했지? 하나도 그렇게 안 보이는데."

여자와 말하는 게 즐거운지, 이 자리에서는 혼도가 누구보다도 나나세와 많은 대화를 나누고 있었다.

"아니요. 저는 부족한 게 많은 사람이어서…… D반으로

117

시작하는 게 타당하지 않은가 싶습니다."

"에이, 그렇게 안 보인다니까. 아니 그리고 부족한 게 많은 건 우리지."

웃을 타이밍이라는 듯 혼도가 혼자 웃었지만, 스도는 여전히 굳은 표정으로 대화에 참여하려고 하지 않고 가만히 누워 텐트 천장을 바라보았다. 이케는 모습이 눈에 보이는 것은 아니지만 때때로 맞장구를 쳐줄 뿐 본격적으로 대화에 끼어들지는 않았다.

"왜 조용히 있는 거야? 칸지도 켄도 왜 그래?"

"딱히 아무 일도 없는데. 그런데 료타로…… 나나세를 너무 믿지는 마라."

"뭐? 그게 무슨 소리야?"

귀여운 후배를 대하는 태도가 아니라고 생각한 혼도가 메시에 얼굴을 들이밀며 스도를 보았다.

"무슨 소리긴, 그냥 사실을 말했을 뿐인데, 나는."

"무슨 말인지 모르겠다고."

"괜찮아요, 혼도 선배. 제가 예전에 스도 선배에게 실례를 범한 적이 있어서 그런 겁니다."

"실례를 범해? 켄 녀석이 성희롱이라도 한 게 아니고?"

"내가 그러겠냐?"

혼도는 자기가 말해놓고도 스도가 부인하는 말에 납득했다.

"뭐, 하긴 넌 일편단심 호리키타니까. 그래서 도대체 무슨 일이 있었던 건데?"

"이야기할 일이 아니야."

스도가 입구에서 몸을 휙 돌렸다. 스도가 좋아하는 호리키타에게 심한 짓을 저지른 1학년 D반의 호우센 카즈오미. 그와 결탁한 사람이 바로 여기에 있는 나나세니까. 사건을 자세히 알고 있는 스도의 입장에서는 나나세를 경계하는 게 지극히 당연한 이야기다. 이 자리에 호리키타가 있었다면 스도와 같은 소리를 했겠지. 혼도야 이해되지 않겠지만, 나나세 본인이 괜찮다고 말하는 이상 더 깊이 캐물을 권리는 없다.

"뭐, 알겠는데…… 칸지는 칸지대로 줄곧 기운이 없네."

"나, 나는 딱히…… 평소랑 똑같은데."

자기 이름이 나오자 당황하는 이케.

"하나도 안 똑같거든. 말이 나온 김에 얘기하는데 말이야, 시험 전부터 너 좀 이상하다니까?"

"그건 나도 같은 의견이다. 쭉 힘이 없어 보여."

스도도 이번 화제에는 흥미가 있는지 태도를 바꾸어 입구 쪽으로 얼굴을 돌렸다.

"뭐야, 둘 다. 따, 딱히, 그러니까 무인도 시험이기도 하고…… 뭐랄까, 어쩌면 퇴학당할지도 모르니까 긴장하는 거지."

"뭘 긴장해. 너 무인도 시험 이야기가 처음 나왔을 때는 의욕이 넘쳤잖아."

캠프 경험이 있는 이케는 작년 무인도 시험 때도 어느 정도 활약했었다. 그 사실을 잘 아는 친구들은 쉽게 넘어가지 않았다.

"그러니까, 으음…… 그건……."

이케가 대답하지 못하고 우물거리자, 나나세가 옆 텐트로 시선을 보내며 입을 열었다.

"만난 지 얼마 되진 않지만, 저 역시 왠지 기운이 없으신 것 같다고 느꼈습니다."

"아야노코지는 어떻게 생각해?"

지금까지 듣기만 하던 나에게 혼도가 의견을 물었다.

지금은 솔직하게 동의하는 편이 이야기의 흐름상 자연스럽겠지.

"오늘 합류했을 때 나도 좀 마음에 걸렸어."

"그것 봐. 넷 다 네가 기운 없어 보인다고 느꼈잖아?"

궁지에 몰린 이케는 달아날 핑곗거리를 찾지 못하고 입만 우물거릴 뿐이었다.

"아까 아야노코지 선배에게 이케 선배와 혼도 선배가 분위기 메이커라는 이야기를 들었습니다. 그런데 이케 선배는 시종일관 생각이 딴 데 가 있는 것 같았는데요…… 무슨 고민거리라도 있으신가요?"

아무것도 모르는 나나세의 핵심을 찌르는 말에 움찔했음은 상상하기 그리 어렵지 않다.

"그게, 말이지……."

이케는 필사적으로 단어를 고르려 하고 있었다.

"뭐야, 고민이 있으면 빨리 말하라고."

"어차피 별로 중요한 일도 아닐 거 아냐?"

허물없는 친구 사이인 두 사람은 이케의 고민이 별거 아니라고 생각한 모양이었다.

그렇기에 스스럼없이 이야기를 끌어내려 하고 있었다.

하지만 이번만큼은 이케가 간신히 열려던 입을 다시 무겁게만 할 뿐이었다.

"별로 아무것도……."

"조금만 기다려주시지 않겠어요?"

그 모습을 옆에서 지켜보던 나나세가 스도와 혼도에게 조용히 말했다.

스도는 순간 욱한 표정을 지었지만, 나나세 옆에 있는 이케의 고민에 빠진 얼굴을 보고 알아차렸다.

자신이 생각한 것 이상으로 이케에게 고민거리가 있다는 사실을 말이다.

"기다려 줄 필요 없다니까, 나나세 짱. 진짜로 막상 들어보면 별것도 아닐걸."

"그렇게 단정 짓기에는 좀 이른 감이 있을지도 모르겠다. 기다려주자, 료타로."

"뭐? 아, 아아…… 뭐, 상관없지만."

스도는 분위기 파악이 뛰어난 편이 아니었다. 그런데 이제 주위를 살피고 뭔가를 감지하는 능력도 조금씩 갖추기 시작한 것 같다. 이것 역시 호리키타가 한 교육의 산물이라고 할 수 있겠지. 이렇게 해서 네 사람 모두 조용하게 지켜보며 재촉하지 않는 분위기가 형성되었다. 당연히 이런 상황이 되면 쉽게 말을 꺼내기 힘듦과 동시에 쉽게 달아나기도 어려워진다. 이제 남은 것은 이케가 각오하길 기다리면서 그 순간에 대비하는 것뿐.

이윽고 10분 가까이 침묵이 이어진 후 이케가 결심한 듯 이야기를 털어놓기 시작했다.

"사실은 말이야. 나…… 예전부터 좋아하는 아이가…… 있는데."

스도와 혼도가 텐트 너머로 시선을 마주치며 깜짝 놀랐다.

그리고 다음 순간, 재미있는 화제가 나왔다고 생각한 혼도가 흥분했다.

"뭐야, 뭐야. 누군데, 누구?!"

"이케 선배가 얘기하실 때까지 기다리죠."

흥분해서 물어대는 혼도를 나나세가 가볍게 막았다.

단순히 좋아하는 상대가 있다는 것만으로 지금의 정신 상태가 된다고 생각하긴 어렵고, 그전에 뭔가가 있어서 지금이 있는 거라는 사실을 나나세는 잘 이해하고 있겠지.

"아, 아니 하지만. 이런 화제인데 흥분할 수밖에 없잖아!"

"차분하게 이케 선배의 말씀을 기다리지 않겠어요? 누구를 좋아하는가 보다도 그게 왜 지금 상태와 관련 있는지가 더 중요하지 않을까요? 제 말이 틀렸을까요?"

혼도의 기세를 나나세가 냉정하면서도 강한 어조로 눌렀다.

"그, 그럴지도 모르겠네."

후배에게 주의받자 혼도는 자신이 너무 바보 같았나 하며 뒤통수를 긁적였다.

"내가 좋아하는 사람은——"

이야기를 듣는 두 남자는 분명 머릿속으로 상상의 나래를 펼치고 있을 것이다.

같은 학년일까, 아니면 선배나 후배?

같은 학년이라면 우리 반일까 아닐까.

분명 쿠시다나 이치노세같이 남자들에게 인기 많은 아이를 떠올리고 있겠지.

"내가 좋아하는 사람은……그게, 그러니까…… 시, 시노하라…… 시노하라 사츠키, 야."

그 이름을 들은 순간 스도 일행은 멍한 표정을 지었다.

그동안 이케와 시노하라는 단순한 말다툼 상대라고만 생각했을 테니까.

사츠키도 외모만 놓고 보면 그렇게 빼어난 편이 아니라는 점도 있다. 평소 이케는 늘 귀여운 아이랑 사귈 거라고 호언장담하기도 했었으니 당황스러운 것도 무리가 아니었다.

"하, 하지만 칸지. 시노하라랑 사이 나쁘잖아? 못난이 못난이라고 놀리기도 했고."

결국 평소 이미지와 괴리감을 느낀 혼도가 그렇게 물었다.

"그게, 처음부터 시노하라를 의식했던 건 아니야. 처음에는 싫었어. 그런데…… 왠지 모르겠지만, 언제부턴가 자꾸 신경 쓰이게 되어서…… 그런데 그걸 인정하기가 싫어서 아마도 좋아하지 않는 척했던 것 같아."

그 말은 거짓이 아니리라. 평소 반에서 이케와 시노하라의 입씨름을 보아왔던 사람들에게는 당연한 광경이었기 때문이다.

"뭐가 문제냐. 시노하라를 좋아하면 얼른 고백해버리면 되잖아?"

무지하게도 느껴지는 스도의 선동에 이케가 자포자기한 듯이 말했다.

"그럴 상황이 아니야, 이제."

"무슨 일이 있었습니까?"

"지금 시노하라가 속한 그룹에 코미야가 있어. 그 녀석, 아마도 시노하라를 좋아하는 것 같아."

이제야 비로소 스도와 혼도도 상황이 보이기 시작했다.

"그리고 시노하라도—— 코미야를 왠지 특별시 하는 것 같고."

서로 의식하는 남녀가 같은 그룹이 되어 무인도 시험을 치르고 있다. 퇴학이 걸린 중요한 대결이기에, 강한 유대감과 이제껏 품지 못했던 감정이 싹틀 조건이 갖춰진 것이다.

"나, 얼마 전에야 시노하라를 좋아한다는 걸 깨달았어. 그래서 무인도에서도 사실은 제일 먼저 같은 그룹이 되고 싶었어. 하지만, 솔직해질 수가 없어서…… 그래서 평소처럼 싸움으로 번졌고…… 정말 한심하지…… 오늘도 줄곧 시노하라만 찾았는데…….”

어딘지 마음이 콩밭에 가 있는 듯했던 이케. 분명 시노하라의 그림자를 쫓고 있었던 거겠지.

“나 언제부턴가 착각하고 있었던 건지도 몰라. 말싸움을 벌이면서도 왠지 시노하라가 나를 좋아하지 않을까 생각했었는데…… 진짜 찌질하지. 어떻게 해야 하는 건지 아직도 잘 모르겠다.”

서로 좋아하는 게 아닐까 하고 생각한 것도, 지금 말한 것처럼 없지는 않았을 거다. 하지만 상대방의 진심을 아는 것은 누구에게나 쉬운 일이 아니다.

그건 예전에 케이에게 고백한 내가 직접 경험했다.

“이케 선배는 그 선배에게 솔직하지 못했던 거죠? 그거, 절대 잘못은 아니라고 생각합니다.”

이야기를 들은 나나세가 이케에게 자기 생각을 말했다.

“하지만…… 시노하라는 코미야 녀석이랑 그룹이 되었어. 그러니 이제 가망 없잖아.”

“그건 모르는 일입니다. 다만…… 시노하라 선배는 확실하게 구분하는 태도를 기대했던 게 아닐까요?”

“확실하게 구분……?”

“이케 선배는 평소에 누구에게나 명랑하게 대하고, 생각을 가볍게 표현할 수 있는 사람인 것 같습니다. 물론 시노하라 선배도 그런 이케 선배를 좋게 평가했으리라 생각합니다. 하지만 자기만 더 특별하게 대해주길 바랐던 게 아닐까요?"

생각을 가볍게 표현할 줄 안다. 그것은 바꿔 말하면 언동이 지나치게 가볍다는 뜻이기도 하다.

"좋아하는 마음을, 좀 더 솔직하게 전해주길 바랐던 게 아닌가 싶어서요."

물론 이케는 시노하라에게 호감을 느끼고 있다.

그리고 시노하라 역시 이케에게 적지 않은 호감을 품고 있다고 나는 생각한다.

하지만 이케는 언제나 시노하라를 놀렸고 때로는 동성 친구를 대하듯 무시하는 태도를 보여 왔다.

나나세의 말에 따르면, 그렇게만 해서는 안 된다는 듯하다.

"나는……."

"이케 선배는 좋아하는 여자가 선배에게 아무렇게나 대하면 기분이 좋으신가요? 수줍은 마음을 숨기려는 것도 좋지만, 그런 의도가 상대에게 전해지지 않으면 아무런 의미도 없습니다. 더 진지하게 자신을 봐주길 바라지는 않으신가요?"

자신이 시노하라의 입장이라고 생각하면 비로소 보이는 것이 있다.

마음에 품은 상대가 언제나 똑같이 가볍게만 군다면.

"……젠장."

이케가 머리를 감싸 안으며 푹 숙였다. 아마도 지금까지 시노하라를 어떤 식으로 대해왔는지 기억이 떠오른 것이리라. 그리고 자신이 그 처지면 어떻게 받아들일 것인지 이해하려 하고 있었다. 아니, 이미 이해했으니까 머리를 뜯는 거겠지.

"고민하는 게 나쁘다는 말씀은 아니에요. 하지만 지금은 퇴학이 걸린 특별시험을 치르는 중입니다. 자신만 퇴학당하는 게 아니라 스도 선배, 혼도 선배까지 휘말릴 수 있어요. 시노하라 선배를 찾고 싶은 마음은 잘 알겠지만, 일단은 시험에서 살아남는 게 먼저입니다."

어느새 이 자리에 있는 전원이 나나세의 말을 진지하게 경청하고 있었다.

친한 친구들보다도 더 진지하게 이케의 고민에 대한 답을 내놓았기 때문만은 아니다.

"만날 수 없게 되어 버리면, 좋아하는 사람을 만날 수 없게 되어 버리면, 좋아하는 그 마음을 영원히 전할 수 없게 되는 겁니다……!"

나나세의 목소리를 듣고 있으면 굳이 얼굴을 보지 않아도 알 수 있다.

"왜, 왜 우는 거야, 너."

줄곧 나나세를 경계해왔던 스도가 당황해서 말했다.

"고민할 시간이 없다는 생각 안 드세요? 이케 선배."

자신이 울고 있다는 사실 따위는 아랑곳하지 않고 나나세가 이케에게 물었다.

"……그러네. 일단은 이 특별시험을 무사히 끝내야겠지."

후배 나나세의 말이 상상 이상으로 이케의 마음에 스며든 모양이었다.

"미안하다, 켄, 료타로. 나…… 혹시 지난 이틀 동안, 나도 모를 정도로 민폐 끼친 거 아니야?"

그런 이케의 후회에 스도는――.

"아니, 그렇지는…… 뭐, 아주 조금?"

전혀 아니라고 딱 잘라 말하지는 못했는데, 오히려 그게 더 나았는지도 모르겠다.

"나, 솔직히 아직 시노하라가 신경 쓰여. 하지만…… 일단은 특별시험부터 해결하지 않으면 의미가 없겠지. 안 그러면 전부 다 소용없어지니까."

"그래, 맞아, 칸지!"

혼도도 동의하면서 다 해결됐다는 듯 소리쳤다.

격의 없는 친구는 때때로 성가시기도 하지만, 때로는 무엇과도 바꿀 수 없는 존재이기도 하다.

나는 이날 밤, 그 사실을 학습한 듯한 기분이 든다.

그리고 나나세의 눈물. 단순한 연기라거나 순간 감정이 고조되어 운 것이란 생각은 들지 않는다.

○상대를 좋아하게 된다는 것

아침 6시가 조금 지난 시간. 점점 더워지기 시작한 텐트 안에 있는데, 밖에서 목소리가 들렸다.

"저기, 아야노코지 선배. 일어나셨습니까?"

"잠깐만 기다려, 지금 나갈게."

나나세의 부름에 대답한 나는 텐트 밖으로 나갔다.

"아침 일찍 죄송합니다."

"깨어 있었으니까 괜찮아. 슬슬 출발해야 하니 정리도 해야 하고. 그런데 무슨 일이야?"

주위 텐트를 보고 아직 아무도 일어나지 않았음을 확인한 후 목소리를 낮추었다.

"이케 선배의 일로요. 어제 제 말이 너무 지나쳤던 게 아닌가 싶어서……."

"뭐, 에두르지 않고 딱 말했다는 느낌은 있지만."

꽤 깊이 파고들었다고 생각했는데 일단 본인도 반성하는 듯했다.

"그래도 나나세 덕분에 이케가 회복할 수 있었어. 아니, 태도가 달라졌다고 말해야 할까. 본인은 고마워하지 않을까."

"그렇게 생각하십니까?"

나는 곧바로 고개를 끄덕였지만, 나나세는 어딘지 납득하지 않는 듯한 모습이었다.

"저는 왠지 이케 선배가 위태롭게 느껴져요. 어제 나눈 대화가 오히려 불씨가 되어서 무모한 일이라도 벌이는 것 아닌가 싶어서……. 그래서 여기서 헤어지기가 불안해집니다."

"마음은 모르는 바도 아니지만……."

이케의 정신 상태가 마음에 걸리는 것은 나 역시 마찬가지지만, 동행하게 되면 큰 위험을 동반해야 한다. 나와 이케의 그룹은 완전히 다른 테이블로, 지정 구역이 어디에 있는지 예측하기도 어렵다.

다음 구역에 따라서는 정반대 방향으로 가야 할 수도 있겠지.

나나세가 이렇게 제안하는 것은 순진해서일까 아니면 작위적인 뭔가가 있는 걸까.

만약 뭔가가 있다면 그건 단순히 나를 지정 구역으로 가지 못하게 하기 위한?

아니, 그건 수법치고는 너무 약하다.

어떤 식으로든 방해할 수만 있다면, 하고 생각하고 있을 가능성도 버릴 수 없지만…….

"안, 되겠지요…… 역시. 따로 떨어지게 되면 합류부터가 일단 힘들 테니까요."

"음—— 그렇지."

그리 좋은 전략이라고는 할 수 없지만, 꼭 방법이 없는 것은 아니다.

경계하면서도 스도 그룹을 신경 쓰는 방법.

"극단적으로 말해서 합류하는 것만 생각하면 그리 어려운 일은 아니야. 만날 장소만 정해두면 되니까. 거리가 있어도 걸을 체력만 있으면 실현할 수 있지."

지정 구역이든 과제든 간에 오후 5시가 되면 일과는 반드시 종료된다.

그러니까 오후 5시부터 다음 날 아침 7시까지는 어디에서 뭘 하든 자유라는 뜻이다.

"그건 그렇지만……."

물론 현실적으로 그게 좋은지 나쁜지는 또 다른 문제지만.

다음 날에 가야 할 구역이 서로 충돌할수록 합류 포인트를 정하기 어려워진다.

"일단 이케 무리의 지정 구역이 어디가 될지 지켜보는게 좋겠지."

우리와 아예 다른 루트가 나온다면 일찌감치 포기해야 한다.

정리를 마치고 식사를 끝냈을 무렵에 아침 7시가 되어 첫 지정 구역이 고지되었다.

"H7, 인가."

최악──은 아니지만, 이상적인 구역이라고는 입이 찢어져도 말할 수 없다.

지금부터 2시간 안에 도착할 수 있을지 없을지 미묘한 부분이다.

하지만 여기서 무시하면 두 번째 패스가 된다.

만약 그다음이 랜덤 지정이고 산 너머 서쪽에 지정 구역이 나타난다면 제시간에 가기란 불가능하다.

"9시 타이밍에 랜덤 지정되면 일이 성가셔지겠지요."

지금부터 2시간 동안 걷는다고 해도, 잘해야 I8이나 I7까지가 고작일 것이다.

물론 H7에 2시간 만에 도착하는 것도 절대 불가능한 것은 아니지만······.

그 정도로 강경한 행동에 나나세를 끌어들이게 되면 상당한 위험을 감수해야 하는데.

"무리하지 않고 두 번째 패스를 선택하는 방법도 있어요."

페널티로 득점이 깎이기 시작하는 것은 패스 3회째부터.

H7을 패스해도 아직 괜찮기는 한데······.

다만 수렁에 빠지면 연이어 지정 구역에 도달하지 못하고 목적지에 휘둘릴 위험이 있다.

"스도, 너희의 지정 구역은?"

"우리는 I8이니까 도중까지는 길이 같네. 기합 넣고 가보자고."

목적지가 달라도 가는 길이 같다는 건가.

하지만 그건 좋은 일이 아니라 불운이라고 생각해야 하겠지.

이렇게 해서 내가 강경 수단을 취하는 선택지는 완전히 소멸해버렸다.

우리의 페이스에 휘말리면 이케와 혼도는 틀림없이 따라올 수 없을 테니까.

"그럼 같은 방향이니까 도중까지 같이 갈까?"

어차피 도달하지 못할 거면 스도 일행과 같이 행동하는 편이 낫다.

이케 일도 있고 도중에 문제가 일어나도 서로 도울 수 있다.

"물론 좋지. 안 그래, 칸지?"

"으, 으응, 당연하지."

밤에 나눈 대화를 떠올렸는지, 어딘지 멋쩍어하며 이케가 대답했다.

생각지도 못했던 나나세의 존재에 이케가 자극을 받은 것이다.

이렇게 불운한 사흘째 일정이 시작되었는데, 꼭 나쁘지만도 아닌 듯하다.

이케는 평소 같으면 장난스러운 투로 귀엽다면서 치근덕거렸겠지만, 오늘은 그런 행동을 전혀 보이지 않았다. 시노하라에 대해 이야기한 바로 다음 날에 그런 짓을 하는 것도 말이 안 되지만. 그 말이 안 되는 짓을 하는 사람이 지금까지의 이케였던 만큼 이제 변하려고 하는 건지도 모른다.

"웃샤! 내가 앞장설 테니까 다들 잘 따라와라."

힘차게 양팔을 돌리며 선두에 서서 리드하기 시작했다.

스도 그룹과 함께한 후로 꽤 시끌벅적해졌군. 가짜 기운도 기운은 기운이랬지.

"아야노코지 선배, 별로 즐거워 보이지 않으시는군요. 표정이 딱딱하게 굳어 있어요."

"원래 이런데."

"그런가요?"

지정 구역 때문에 고민하고 있기는 했지만, 표정으로 드러낸 느낌은 전혀 없다.

"신경 쓰는 만큼 헛수고라고. 늘 저런 얼굴이니까, 아야노코지 녀석은."

보충 설명을 하듯 스도가 뒤돌아보며 말했다.

고마우면서 고맙지 않은 지원 사격이었다.

"그런 거야."

좀 복잡한 기분도 들지만 얹혀 가듯 대답했다.

스도는 짓궂게 웃은 다음 선두에 가는 이케 쪽으로 가버렸다.

"역시 아야노코지 선배도 이케 선배에 대해 뭔가 생각하시는 게 있는 것 아닌가요?"

"지나친 억측이야. 난 이케가 성장해서 기쁘게 생각해. 나나세가 말하는 위태로움 같은 것은 솔직히 모르겠어."

"……그렇습니까?"

이번 일은 스도와 이케에게 물어봐도 소용없다고 판단했기에 이쯤에서 이야기를 끊었다.

앞에서 걷는 이케는 어제보다 기운이 넘쳐 보였다. 심리적으로 성장했다고 봐야겠지. 그 점에 대해서는 나나세에게도 거짓 없이 대답했다고 생각한다.

하지만—— 그 대부분은 아직 겉모습만일 뿐. 변하려고 하는 최초의 한걸음에 지나지 않는다. 상황에 따라서는 멈춰 설 수도, 크게 후퇴할 수도 있다.

변하겠다고 생각하면 변할 수 있을 만큼 사람은 그리 단순하지 않다. 나나세도 그 부분을 알기에 나에게도 그걸 이해시키려 하는 것이다. 옆에서 걷고 있는 나나세는 앞서 가는 이케를 눈으로 좇고 있었다. 과연 어디서부터 어디까지가 이케를 생각하는 진심일까.

앞에서 이케 무리가 조금 놀라는 목소리가 들렸다.

수풀 사이로 들새가 날개를 퍼덕이며 하늘로 날아올랐다.

이러한 자연을 두 눈으로 직접 볼 수 있는 것도 무인도여서 가능하겠지.

어쨌든 지금은 조금이라도 더 오래 나나세와 같이 다녀 그 정체를 파악해내는 수밖에 없다.

1

오전 9시가 되기 직전, 우리는 I8의 남동쪽에 있었다. 길이 험했지만, 뒤에서 걷는 나나세의 호흡은 전혀 거칠어지지 않았다. 속도를 더 높여도 아직은 문제없이 따라올 수 있을 것 같다. 조금 전까지 함께했던 스도는 I8에 도착하자마자 I9에 등장한 과제 쪽으로 급히 가버렸다.

"일단 J9까지 이동하자."

"9시 시점에 지정 구역 안에 있을 확률을 낮추기 위해서 지요?"

"그래."

여기서라면 몇 분 안에 J9 구역까지 이동할 수 있다.

태블릿으로 확인하면서 J9 구역에 도착한 것은 마감 3분 전이었다.

3분은 짧지만, 둘이서 땅에 주저앉아 휴식을 취하며 두 번째 지정 구역 발표를 기다렸다.

가까이에 자리 잡은 나나세가 화면을 들여다보았다. 이제 몇 초 후면 9시.

"선배……."

지정 구역을 확인한 나나세가 고개를 들었다. 다음 구역 이동은 두 번째 랜덤 지정이긴 했지만 J5. 숲을 통과해야 해서 조금 성가시긴 하지만, 이대로 바다를 향해 동쪽으로 간 다음 해변에서 북쪽으로 올라가면 된다.

같은 테이블 학생들이 H7에 도착한다고 해도 숲을 빠져 나가려면 시간이 걸린다.

우리가 거리는 더 멀지만 라이벌들을 단숨에 제칠 가능성도 충분하겠군.

무엇보다도 랜덤 지정은 어디로 튈지 알 수 없다.

그것이 허용 범위 안이었던 게 다행이라고 할까.

우리는 더 이상 대화를 나누지 않고 바로 출발했다.

해변을 목표로 진로를 정했다.

20분도 채 지나지 않아 I8의 북동쪽으로 해변에 닿은 후 그대로 모래사장을 걸어 나갔다.

그 도중, J6 구역에 도달했을 때의 일이다.

우리는 어른들이 분주하게 뭔가를 준비하고 있는 곳을 맞닥뜨렸다.

그 모습을 곁눈질하면서 지나친 후 태블릿을 켜니 과제가 떠 있었다.

"비치 플래그 대결인가."

그야말로 해변에 딱 어울리는 과제였다. 원래 비치 플래그는 해상 구조대의 반사 신경과 달리기 능력 등을 단련하기 위해 고안된 스포츠다.

단독 참가로 남자 8명과 여자 8명을 모집하고 있었다.

동일 그룹에서는 한 명밖에 참가할 수 없기에 남녀별로 여덟 그룹이 참가하는 과제였다.

보수는 1위만 6점. 그리고 추가 보수로 몇 개의 경품 가운데 하나를 선택할 수 있었다.

게다가 참가상으로 물 500ml 한 병이 덤으로 주어진다고 했다.

과제의 존재는 태블릿으로 알 수 있지만, 이렇게 설치된 지점을 직접 지나치게 되면 남들보다 빨리 알아차릴 수 있다. 그래서 누구보다 빨리 참가할 수 있지만, 문제는 그 내용을 모른다는 점. 물론 알기 쉬운 과제의 경우 뭘 준비하고 있는지 보면 대충 유추해 볼 수도 있겠지만, 어떠한 학과 테스트라면 추측하기 어렵다. 그런데 이번 과제의 접수 마감은 60분이었다. 벌써 신청하면 여기서 움직일 수 없는 데다가 지정 구역에 가서 착순 보수를 받을 가능성도 버리게 되는 셈이다.

지금은 일단 과제를 무시하고 지정 구역에 도달하는 것을 우선하기로 했다.

그리고 J5 구역에 들어갔다고 생각한 순간, 손목시계에서 신호가 울렸다.

"해냈네요, 선배."

도착에 걸린 시간은 1시간 남짓. 원래라면 도착 보너스만 받아도 이상하지 않은 시간인데, 나는 운 좋게 1위를 차지했고 나나세 역시 확실하게 도착 보너스 1점을 획득해 둘 다 득점을 올릴 수 있었다. 착순 보수를 받을 수 있을지 없을지는 아마사와와 호우센에게 달렸기 때문에, 나로서는 알 수 없는 부분이다.

이제 비치 플래그 과제에 참가해야겠군.

점수를 더욱 모으기 위해서 J6 구역으로 돌아가 과제 참가를 노린 나와 나나세.

그런데 예상하지 못한 전개가 펼쳐졌다. 이미 많은 남녀가 비치 플래그 과제에 쇄도해 줄을 서고 있었기 때문이다.

우리가 한창 설치 중이던 과제를 스쳐 지나갔을 때는 아무도 없었는데. 그 짧은 시간에 이렇게 많은 사람이 모이다니.

"어쩌면 참가가 아슬아슬할 수도 있겠습니다."

"그러게. 다른 테이블에서 J6 구역이 지정됐는지도 모르겠다."

"그렇죠……."

"일단 가보자."

"네."

2

우리는 J6으로 가서 과제 바로 앞에 도착했다.

참가 인원인 8명을 웃도는 남자들이 있었지만, 아직 어떻게 될지 모르는 일이다.

그룹에서 한 명밖에 참가할 수 없으니 기회는 있을 터.

가까이 다가간 우리를 발견한 3학년 남학생.

직전까지 친구들과 즐겁게 잡담하던 학생회 부회장 키리야마가 우리를 알아보자마자 돌변하더니, 성급히 담당자에게로 달려가 뭐라고 말하기 시작했다.

그 이상한 행동이 마음에 걸렸지만 나는 담당자에게 향했다.

그리고 접수하고 싶다는 뜻을 전했는데, 유감스럽게도 방금 온 3학년을 마지막으로 정원이 다 차고 말았다고 했다. 이제 나는 참가할 수 없는 상황이 되었다. 인원이 마감되자 남자들은 재빨리 옷을 갈아입으러 갔다.

한편 여자는 7명으로 아직 한 자리가 비어 있었다.

"아야노코지 선배가 참가 못 하신다면 저도 그냥 패스하겠습니다. 기다리시게 하는 거니까요."

"아니, 좀 쉬고 싶던 참이기도 하고. 나나세는 참가하는 게 좋을 것 같아."

"하지만……."

"구역에 도달한 착순 보수를 나한테 양보하는 바람에 득점 차이도 나고 있겠지. 이길지 어떨지는 또 다른 문제지만, 이길 수 있을 것 같으면 참가하는 편이 좋잖아?"

마감까지는 아직 10분 남았지만, 나나세가 등록하면 정원이 다 찬다.

"감사합니다. 그럼…… 참가, 해보겠습니다."

다른 학년이 득점을 가져갈 가능성이 크니 적극적으로 나서야 할 것이다. 아무리 나에게 동행을 부탁한 입장이라도 지금은 꼭 참가해야 할 타이밍이다. 직사광선을 피하기 위한 대기용 텐트가 쳐져 있었기 때문에 나는 그곳으로 자리를 옮겼다.

남녀별로 수영복도 사이즈, 종류가 다양하게 마련되어 있는 듯했다. 자신에게 맞는 수영복을 잘 고르는 것에서부터 승부가 시작된다고 할 수 있을지도 모르겠다. 뭐, 수영에 특화된 것으로 고를 필요는 없으니까 뭘 입든 크게 차이는 없을 듯하지만.

간이 탈의실에서 옷을 다 갈아입은 남학생이 한 명씩 나와서 모이기 시작했다. 남자는 헐렁한 반바지 타입의 수영복이었다. 차이가 있다면 디자인 정도겠지. 같은 그룹 멤버가 등장할 때마다 학생들이 함성을 지르며 환영했다.

나는 이 자리에 모인 인물들의 특이한 점에 주목했다. 참가하는 남학생이 전원 3학년이었다. 여학생 역시 참가자 중 일곱 명이 3학년으로 구성되어 있었다. 거기에 혼자 끼인 것이 1학년 나나세다.

그룹에서 참가 가능한 인원은 한 명. 즉 지금 최소 열다섯 팀의 3학년이 모여 있다는 뜻이다. 지정 구역이든 과제만 하는 것이든, 다른 학년의 모습이 보이지 않는 게 아무래도 이상하다.

이렇게 되면 시선이 자연스레 부회장 키리야마에게 머물게 된다. 만약 키리야마를 이기게 하도록 많은 사람이 동원된 거라면——.

내 생각과는 별개로, 잠시 후 준비를 마친 남자들이 시합을 시작했다. 1대1로 대결해서 이긴 학생이 다음 라운드에 진출하고 세 번 이기면 우승하는 심플한 토너먼트전. 만약 키리야마의 승리가 이미 정해져 있다면, 열기를 보면 알 수 있을 것이다.

진짜로 이기려 하는 의지가 있는지 없는지에 따라 플레이에 큰 영향이 생기기 때문이다.

그런데 1회전부터 예상치 못한 접전이 펼쳐졌다. 키리야마와 대결하게 된 같은 반 남학생. 엎드려 누운 자세에서 몸을 일으킨 두 사람이 동시에 달려 나갔고, 깃발을 향해 몸을 날린 것도 거의 같은 타이밍. 승패를 결정지은 것은 팔 길이였다고 말해도 과언이 아니다. 키리야마가 깃발을 잡아 1회전을 승리로 마감했다.

그 시합뿐만이 아니었다. 3학년 모두에게서 승리하겠다는 강한 의지가 엿보이는 경기였다. 키리야마 또는 다른 누군가에게 져 주려는 느낌은 전혀 없었다.

내가 지켜보고 있어서 진지하게 하는 것도 아니겠지.

키리야마는 그 정도로 나를 경계하지는 않는 데다가 모두의 의식을 그렇게 통일시키기란 불가능하다.

그럼 저 3학년 무리를 어떻게 설명해야 하지?

뭔가, 내 예상을 뛰어넘어 움직이고 있는 건지도 모른다.

모든 시합이 흥미진진한 대결을 선보이는 가운데, 여자들도 수영복으로 갈아입고 모이기 시작했다.

그나저나—— 여덟 명 중에 다섯 명은 평범하게 수업용 기본 수영복을 선택한 반면 나나세가 고른 수영복은 상당히 대담하고 공격적인 느낌이었다.

남자들의 대결이 마무리될 때까지는 자유롭게 대기해도 상관없는 듯했다.

나는 나나세에게 다가가 말을 걸었다.

"하나만 물어봐도 될까?"

"네?"

비키니 차림으로 준비 운동을 시작하던 나나세가 이상하다는 듯 나를 올려다보았다.

"그게, 뭐랄까 귀여운 수영복을 골랐네. 무슨 이유라도 있어?"

심플하게 할 거면 수업용 수영복이 무난해 보이는데.

"이유 말씀입니까? 방송에서 본 비치 플래그는 보통 이런 수영복을 입었던 것 같아서, 수업용 수영복을 입으면 이상한가 싶었는데요. 제가 잘못 생각한 건가요?"

아니, 방송 이야기를 하는 거라면 분명 틀리지 않았다.

바다에 놀러 온 사람들이 놀이의 하나로 즐겨 하는 종목일 테니까.

그 후로 준비 운동을 하면서 시합의 흐름을 지켜보는 나나세.

남자들의 경기는 키리야마가 멋지게 우승하며 막을 내렸다. 과연 나구모에게 도전하려고 하는 만큼 신체 능력도 B+로 OAA대로였다고 할까.

이어서 여자부. 이제 나나세가 출전한다. 첫 시합부터 나나세의 이름이 호명되어, 대결 장소로 이동했다. 상대는 3학년 토미오카. 신체 능력은 C+로 만만치 않은 상대다. 한편 나나세는 신체 능력이 B+로 한 단계 위. 하지만 신체 능력이 더 높다고 해서 반드시 승리하는 것은 아니다.

종합 능력은 종합 능력일 뿐, 학생마다 잘하고 못하는 분야는 반드시 있기 마련이다.

비치 플래그 경험도 중요하지만, 단순히 반사 신경과 달리기 능력이 더 뛰어나야 유리하다고 봐도 되리라. 과연 누가 위일까. 총성과 함께 나나세가 재빨리 몸을 일으키더니 모래를 박차고 뛰어가 단숨에 깃발을 향해 몸을 날렸다.

3학년 토미오카는 접전조차 펼치지 못하고 패배, 아연실색하며 하늘을 올려다보았다.

달려 나가는 타이밍은 우연의 산물이기도 하지만 나나세의 경우는 완벽 그 자체였다.

누가 봐도 반사 신경이 토미오카보다 한 수 위라는 사실이 증명되었다.

구경하던 다른 여섯 명의 라이벌도 나나세가 얼마나 강한지 느꼈으리라. 남은 세 경기가 끝나고 상위 네 명으로 간추려졌지만 반사 신경도 달리기 실력도 나나세가 월등했다.

하지만 방심은 금물이다. 반사 신경도 방심, 거만함 또는 다른 요인에 의해 얼마든지 둔해질 수 있고, 달리기에 자신 있더라도 모래에 발이 빠진다거나 걸려 넘어지면 끝이다.

뭐, 그런 반전은 쉽게 일어나지 않지만.

나나세는 2회전도 여유롭게 승리하고 득점을 향한 결정

타를 날렸다.

"만만치 않군."

관전하던 키리야마가 1학년 나나세를 향해 솔직한 감상평을 남겼다.

물론 내가 아니라 그룹 멤버들에게. 경기는 순조롭게 흘러갔고 결승전 상대가 결정되었다. 상대는 역시 3학년 토쿠나가. 여기까지 올라오니 역시 신체 능력 B+로 같은 등급이 등장했다. 지금까지 치른 두 시합에서는 그녀도 나나세처럼 별다른 위기 없이 승리를 거머쥐는 여유로운 모습을 보였었다. 당연히 강자끼리 만난 결승전으로, 나나세와 토쿠나가가 출발 지점에 섰다.

지금까지 시끄럽게 굴던 구경꾼들도 조용히 신호를 기다렸다.

스태프의 총소리가 해변에 울려 퍼지자마자, 둘 다 비슷한 타이밍에 반응하여 몸을 일으켰다. 멋진 승부가 펼쳐질 듯한 시작이었지만, 호각을 다투던 것은 여기까지.

몸을 일으킨 후 첫발, 그리고 모래를 박차고 달리는 힘은 나나세가 훨씬 위였다. 그렇게 멋지게 모래사장을 달려나가 깃발을 뽑았다.

결승까지 올라온 토쿠나가는 완벽한 출발을 했던 만큼 더욱 실력 차이를 느꼈던 걸까. 아쉬움조차 보이지 못할 만큼 차이가 벌어지자, 왠지 어이없다는 듯 씁쓸하게 웃었다. 그리고 먼저 악수를 권하며 두 살 아래인 1학년에게 경의를 표했다.

모래를 씻어내고 온 나나세가 참가상으로 받은 물을 한 손에 들고 돌아왔다.

이 무더위에 힘겨운 대결을 세 번이나 펼쳤으니, 몸속 곳곳에 스며든 물이 한층 시원하게 느껴지리라.

"압승이네."

결승전까지 마치고 숨을 돌리고 있는 나나세에게 그렇게 말했다.

"감사합니다. 어떻게, 이겼네요."

어깨가 다소 들썩거리고 숨이 거칠었지만, 전력을 다한 인상은 별로 없었다. 아직 힘을 남겨둔 승리라고 할 수 있을 것 같다. 1학년과 3학년은 언뜻 후배가 불리할 것처럼 보이기도 하지만, 여자는 비교적 이른 시기에 신체적 피크를 맞이하는 것이 일반적 경향이다. 15, 16세와 18세의 차이가 별로 없다고 해도 과언이 아니다. 승패를 크게 가르는 것은 경기 경험이겠지만, 비치 플래그는 경험해보지 못한 사람이 다수.

아니—— 그런 분석은 필요 없나. 나나세 츠바사의 신체 능력은 OAA의 평가 이상으로 높다. 입학 직후에는 중학교 3학년 때 성적을 반영했겠지만, 이미 계절은 여름.

그런데도 나나세는 변함없이 B+라는 위치에 머물러 있었다.

A-나 A 평가를 받아도 이상하지 않을 것 같은데…….

"저, 저기, 아야노코지 선배?"

"응?"

"옆에서 그렇게 계속 쳐다보시면 좀, 당황스럽다고 할까요……."

조금 당황한 표정으로 나나세가 시선을 피했다.

"음…… 그렇겠네. 미안하다."

분석이야 나나세가 옷을 갈아입은 다음에 해도 늦지 않으리라.

키리야마를 비롯한 3학년은 과제가 끝나자마자 떠날 준비에 들어갔다. 다음 지정 구역 또는 과제를 위해 이동하려는 거라고 봐도 되겠지.

그런 키리야마가 이제야 처음으로 내게 다가왔다.

"아야노코지, 쓸데없는 소리는 하지 마라?"

그 말만 하고 내 뒤에 펼쳐진 먼바다 쪽으로 시선을 던졌다.

낚이듯이 뒤돌아보자 바닷가에 여러 사람이 움직이는 모습이 보였다.

키리야마가 한 말의 의미를 이해했다.

학생회장인 나구모가 언제부턴가 바다에서 놀고 있었기 때문이다.

나구모 역시 우리가 보고 있는 것을 알아차리고 가볍게 손짓해 나를 불렀다.

"다시 한번 말한다. 방해하지 마라?"

"알고 있습니다."

키리야마는 다음 장소로 가기 위해 그룹 멤버들을 데리고 숲으로 향했다.

"나나세, 선배랑 잠시 얘기 좀 하고 올게. 천천히 갈아입고 있어."

"감사합니다."

무시할 수도 없는 노릇이라 나구모와 잠깐 대화를 나누기로 했다.

궁금한 점도 있고.

"보아하니 과제에는 참가 못 했나 보군."

"피차 마찬가지 아닙니까? 아니면 지정 구역인 것뿐입니까? 여기 온 거."

"글쎄, 어떨까."

나구모가 얼버무리듯이 웃었다.

"너도 수영하는 게 어때?"

"그러고 싶은 마음이 굴뚝같지만, 나구모 학생회장처럼 수영복을 빌릴 수 있을 만큼 포인트에 여유가 있는 게 아니어서요."

나구모뿐만이 아니다. 아사히나와 몇몇 3학년도 수영복을 빌렸다.

게다가 놀이 도구인 비치볼까지 빌리다니 복 받았군.

"상당히 여유롭나 봅니다. 혈안이 되어 점수를 모으고 있을 줄 알았는데요."

"숨 돌리기도 필요한 법이잖아? 그리고—— 내일부터 진짜 시작이니까."

내일. 즉 중반으로 접어드는 나흘째.

모든 그룹의 상위 10팀과 하위 10팀이 태블릿에 공개되는 날이다.

"만약 3학년 말고 다른 학년에서 3위 이내에 드는 그룹이 있으면 그때부터 움직일 거다. 1, 2학년이 시상대 위에 오르는 일은 없을 거야. 그건 너도 예외가 아니고."

즉, 필승 전략을 세워 두었다는 뜻이다.

물론 지금 한 말이 거짓이 아니라면 말이다.

"충고 감사히 받겠습니다."

그래도 학교 최고의 자리에 서 있는 3학년 A반의 리더.

그것도 학생회장쯤 되면 그냥 하는 말은 아니겠지.

"하지만 저는 단독이어서 상위는 고사하고 하위에 이름이 있을지도 모르는데요."

"그럼 빨리 누군가랑 그룹이 돼야겠군. 멋대로 자폭해서 퇴학이라도 당해버리면 호리키타 선배가 실망할 테니까."

"나구모, 좀 와줄래?"

내 조금 뒤에서 3학년 마스와카가 나구모를 불렀다.

가볍게 손을 들어 답한 나구모는 바다에서 나와 마스와카에게로 향했다.

거기서도 충분히 대화 가능한 거리였지만 대화 내용을 내게 들려주고 싶지 않아서였겠지.

놀다가 멈추고 어느새 그 모습을 지켜보고 있던 아사히나.

나구모와의 거리가 충분히 멀어졌음을 확인하고 내게 다가왔다.

"안녕. 단독으로 열심히 하고 있다면서?"

"뭐, 들으셨겠지만 힘들게 하고 있습니다."

"그래……? 하지만 이번만큼은 그게 나을지도 몰라. 미야비한테 찍히기라도 했다간…… 아마 위험해질 거야. 그래서 내가 해주는 충고. 아야노코지는 빨리 한 명이라도 더 많은 그룹에──"

"시간 다 됐다. 슬슬 가자, 아사히나."

뭐라고 귀띔해 주려는데 나구모가 돌아와, 아사히나는 말을 도로 삼켰다.

"그, 그럼 힘내."

"감사합니다."

아사히나의 충고는 얻지 못했지만, 어느 정도 짐작이 간다.

나구모 미야비여서 가능한 전략.

과연 그것이 실행된다면 이번 시험의 특성상 혹독한 대결을 강요받게 되겠지.

다만 나구모가 이유도 없이 나에게 그 전략을 쓸지 어떨지는 또 다른 문제다.

지금의 나는 상위에 얼굴조차 내밀지 못하는 무해한 존재니까 말이다.

3

우리의 오늘 세 번째 지정 구역은 H5.

해변을 걷지는 않지만 비교적 무난한 곳에 걸렸다고 봐도 되리라.

"거리는 나름 되지만 도착하는 건 별문제 없겠어요."

"1시간 정도면 어떻게든 될지도."

물론 착순을 노린다면 오늘 아침보다 더 빠른 속도로 걸어야 한다.

하지만 그렇게 해도 얻을 수 있는 득점은 아마 1점에서 그치겠지.

과제를 그냥 패스하고 싶지만, 현재 과제가 섬의 서쪽에 많이 집중되어 있어서 동쪽에 있는 우리가 노릴 만한 곳이 거의 없었다. 착순의 희망을 버리지 않고 서둘러 갈 것인가, 아니면 확실하게 도착 보너스 1점만 딸 것인가. 이 무인도에 들어온 지도 벌써 3일째.

슬슬 이런 결정의 순간도 생기고 있다.

"나나세, 가진 물은?"

"가지고 있던 건 오늘 아침에 다 썼습니다. 아까 얻은 한 병뿐이에요."

나와 같은 상황이라는 거군. 나 역시 남은 물은 500ml가 전부다.

물을 아무리 아껴도 계속 장거리를 이동하면 오늘 안에 바닥나고 말 것이다.

수분 부족으로 고민하는 전개가 될 수 있다는 의미다.

내가 처음 시작할 때 가졌던 물은 3.5L. 나처럼 최대한 아낀다고 하더라도 오늘 내일이면 많은 학생이 가진 물을 다 써버리게 되겠지. 전체의 몇 퍼센트일지는 알 수 없지만, 지금부터 괴로운 나날이 이어질 것이라 예상된다.

"최초의 고비로군."

"어떻게든 물을 확보해야 할 것 같군요."

나 혼자면 오늘 안에 지정 구역 네 군데를 확실히 확보하고 남은 시간에 과제를 클리어. 다시 시작 지점으로 돌아가 수분 보급을 하면서 다음 날에 대비하기. 이런 형태를 한 가지 전략으로 세웠었는데, 나나세가 함께인 상황에서는 아무래도 어렵다. 이렇게 설명하면 반드시 따라오려고 하겠지만, 무리했다가 컨디션이 망가지면 나나세는 탈락할 것이다.

적대 관계인 후배의 사정 따위 고려해 줄 필요는 없겠지만.

지금은 그저 목적지를 향해 계속 걷고 있다.

"아야노코지 선배. 왜 단독으로 시험을 치려고 결심하신 겁니까?"

"친구가 별로 없으니까. 같이 그룹 짤 상대를 못 찾았어."

"그렇게는 보이지 않는데요."

"친한 사람이 적은 건 사실이야. 친구라고 부를 수 있는 사람이 별로 없어."

"그래도 그룹할 상대는 찾을 수 있었을 겁니다."

"궁금해?"

"궁금합니다. 단독으로 움직여서 좋을 게 하나도 없지 않나요?"

뒤에서 걷던 나나세가 속도를 높여 내 옆으로 왔다.

그리고 진짜 의도를 확인하려는 듯한 눈빛으로 쳐다보았다.

"호우센을 상대했을 때 아야노코지 선배의 몸놀림은 평범한 고등학생과 달랐습니다."

"그걸 알아차렸다면 나나세 역시 평범한 고등학생은 아니군."

내가 곧바로 그렇게 대꾸하자, 나나세가 약간 당황스러운 듯 쓴웃음을 지었다.

그리고 볼을 살짝 긁더니, 그건 그렇지요 하고 작게 중얼거렸다.

내가 이것저것 물으려고 하면 대답해주겠지만, 진실을 말할지 말지는 나나세가 정할 일.

어중간한 거짓말이야 알아차릴 수 있어도, 나나세는 쉽게 들킬 짓을 하지 않으리라.

"물론 단독 행동은 단점이 많지. 도중에 다른 그룹과 합류하기는 쉽지만, 제대로 점수를 벌어들이지 못하면 그 그룹에도 피해를 주게 돼."

"세 명이 모은 점수와 혼자 모은 점수가 평균화되는 거니까 무리도 아니지요."

"하지만 그 부분을 불평하는 건 당연히 잘못이잖아? 학교는 처음부터 그룹을 짜라고 권했지. 단독으로 싸우기로 한 사람이 이러쿵저러쿵 말할 일이 아닌 거야."

그룹을 만들지 않은 사람도 만들지 못한 사람도, 그 정도 판단밖에 할 수 없다. 그래서 규칙 때문에 불리해져 퇴학당하게 돼도 자업자득인 셈이다.

"그래도 승산이 아예 없는 건 아니야. 득점 부족으로 고민하는 그룹에 들어가서 예상치 못한 상승효과를 내는 예도 있겠지."

"아야노코지 선배는 그 상승효과를 노리려고 혼자 싸우고 있다……그런 뜻인가요?"

"글쎄. 어디까지나 나는 일반적인 이야기를 하는 거야. 나나세가 헛다리를 짚은 거고, 그냥 내가 그룹을 만들지 못했을 뿐이라고 보는 게 빠를걸."

"후후, 그렇군요. 아야노코지 선배는 말주변이 좀 없으신 것 같기도 하니까."

조심스럽긴 했지만, 나나세가 그런 말을 했다.

"예전부터 그러셨나요?"

"이런 성격인 사람들은 대체로 일관성 있지 않을까?"

"그렇지는 않다고 생각합니다. 어두웠던 사람이 어떤 계기로 인해 밝아질 수도 있고, 밝았던 사람이 어두워질 때도 있지 않나요?"

무슨 말을 하고 싶은 건지 모르는 바도 아니나, 사람의 근간이 과연 어디까지 변할 수 있을까.

"원래 어두운 인간이 밝아졌다는 소리를 들어도 무리하고 있다는 생각밖에 들지 않아."

"하지만 무리한다고 하더라도 밝게 행동할 수 있는 건 대단한 일이죠."

"……그건 그래."

갑자기 밝은 캐릭터가 되라고 말해도 될 자신이 없다.

물론 평소에 만날 일 없는 상대에게는 일시적으로 연기할 수야 있겠지만, 앞으로 1년 반 넘게 함께 지낼 반 아이들 앞에서 그게 가능하냐고 묻는다면 대답은 노다.

"나는 무리야. 나나세는 중학교 때와 비교해 달라진 게 있어?"

일단. 특별히 무리 없는 자연스러운 범위에서 중학교 시절에 관해 물어보았다.

화이트 룸생이라면 당연히 중학교에 다니지 않았을 것이다.

내 질문에 나나세는 잠시 고민하는 모습을 보였다.

"글쎄요. 없는 것 같지만, 어쩌면 조금은 달라진 게 있을지도 모르겠습니다."

조금이나마 자신이 변했다고 생각하는 요소가 있다는

뜻이다.

"어떤 식으로?"

"예전에는—— 더 잘 웃었던 느낌이 듭니다."

달라진 방향이 밝은 쪽에서 어두운 쪽으로였다.

"누군가와 떠드는 것도, 노는 것도, 중학교 시절보다 줄어든 것 같습니다."

이건 지어낸 이야기일까, 아니면 진실일까.

"스스로 변했다고 느낄 만한 사건이 있었기에……."

그 사건이 뭔데? 하고 물어보기가 왠지 꺼려졌다. 자세히 묻지 않는 것이 좋다고 판단했다. 이 이야기는 나나세가 먼저 시작했다. 그래서 마치 이 이야기가 나오도록 유도하려는 의도가 있는 듯 느껴졌기 때문이다. 내가 먼저 말하기를 기다리던 나나세는 어느새 걸음을 늦추어 내 뒤의 원래 위치로 돌아갔다. 나는 화제를 바꾸었다.

"그런데 나나세의 그룹은 어떻게 됐어? 점수를 늘렸어?"

"네. 호우센과 아마사와 씨 중 누가 과제로 많이 득점했는지는 모르겠지만, 저 이상으로 활약하고 있는 것 같았습니다."

그 말이 사실이라면 나나세의 그룹은 나름대로 고득점을 얻은 듯하다.

착순 보수만 놓고 생각해도, 보기 힘들 뿐이지 호우센과 아마사와가 하기에 따라서는 순위권에 들어갈 가능성이 있다.

"난 반대로 위험할지도 몰라."

어느 정도 착실하게 모으긴 했지만, 하위라는 건 쉽게 상상이 간다.

3인 그룹이 차곡차곡 점수를 쌓고 있다면 나를 제치기 어렵지 않다.

"그렇게 된다면 힘을 내 보자고요."

"그래야지."

우선은 다음 지정 구역에 확실하게 도착해야 한다.

그것을 목표로 우리는 길 없는 곳을 헤치며 걸어 나갔다.

4

오후 1시 55분. 1시간 좀 덜 걸려서 우리는 지정 구역인 H5에 도착했다.

역시 1점이기는 했지만 이렇게 딴 점수는 중요한 한 걸음이다.

지금부터 1시간이 비기 때문에 가능하면 과제를 해놓고 싶다.

서쪽에 치우쳐 있던 과제가 이제 동쪽으로 모이기 시작했다.

"걸을 수 있겠어?"

그 자리에 앉아 수분 보충을 하던 나나세에게 물었다.

"아, 네."

뒤처지지 않고 잘 따라온 것은 훌륭했지만 전혀 피곤하지 않은 건 아닐 것이다.

"무리하지 말고 여기서 쉬는 것도 중요해."

"하지만……."

내가 두고 가지는 않을까, 하는 불안이 생긴 듯했다.

"동행하는 것에 불만이 생기면 바로 말할게. 말없이 사라지는 짓은 하지 않아. 그리고 지금 무리했다가 나중에 따라오지 못하게 되는 게 나나세한테도 더 괴로운 일 아닐까? 랜덤 지정 이동은 오늘은 이제 없겠지만 착순 보수를 노린다면 뛰어야 하는 상황도 있을 거야. 그렇게 되면 기다려 줄 수 없어."

분한 표정을 지으면서도 나나세는 자신의 체력을 가늠해보고 고개를 끄덕였다.

나나세에게는 미안하지만, 여기서 일시적으로 제한 없이 움직일 수 있게 되었다.

참가할 수 있을지 없을지는 모르겠지만, 잘만 하면 두 군데 내지 세 군데의 과제에도 도전할 수 있으리라. 나는 같은 구역 안, 바로 근처에서 시작하는 『역사』 학력 테스트에 도전하기 위해 걸음을 옮겼다. 받을 수 있는 득점은 1위라도 5점에 불과하지만 이기면 식량을 얻을 수 있으니 꼭 받고 싶다.

참가 인원수는 8조까지로, 그리 많지 않은 만큼 서두르는 편이 좋아 보인다.

그때 다른 길에서 경쟁하듯 3인 그룹 두 팀이 달리고 있는 모습을 목격했다. 아무래도 목적지가 나와 같은 역사 과제인 듯했다.

다행히 나를 보지 못했기 때문에, 루트를 바꿔 달리기 시작했다.

느긋하게 걸어갔으면 두 조에 추월당할 뻔했다. 나는 숲을 달려 단숨에 과제 포인트에 도착했다. 이미 사람이 어느 정도 모여 있었다.

학교 교사는 아니지만, 태블릿을 들고 있는 어른에게 가서 말을 걸었다.

"접수할 수 있습니까?"

"가능합니다. 일곱 번째 조네요."

등록을 마치고 나니, 아까 봤던 두 그룹이 도착했다.

근소한 차이로 앞선 것은 2학년 그룹의 하시모토.

근처에 서 있는 나를 알아차렸지만 일단 어른에게로 향했다.

"접수는?!"

상당한 거리를 달려왔는지 땀을 줄줄 흘리며 하시모토가 소리쳤다.

"학생이 마지막입니다만……."

시선은 하시모토의 뒤쪽. 쫓아온 그룹에게 가 있었다.

2등으로 도착한 카무로는 그렇다고 치고, 3등부터 5등까지 전부 1학년 그룹이었다.

하시모토 그룹의 남은 멤버 한 명은 6등으로 많이 뒤처졌다.

이 과제는 그룹 단위로 참가할 수 있는데, 인원이 부족하면 당연히 접수할 수 없다. 지금 오고 있다는 변명은 통하지 않는다. 설령 그것이 30초 뒤일지라도.

그 사이에 1학년 3인 그룹이 다 들어오면 그쪽에 참가 자격을 빼앗기게 된다.

그래서 하시모토는 카무로가 겨우 도착했을 때——

"참가할 사람은 저와 저 여학생입니다."

한 명을 버리고 둘이 참가하는 쪽을 선택했다.

분한 표정으로 그 자리에 주저앉는 1학년들. 노력했는데 보람을 얻지 못하면 정신적으로 충격이 있겠지.

한편 세 명이 함께 참가할 기회를 놓쳤는데도 하시모토는 만족스러워 보였다. 그룹 참가가 가능한 과제는 머릿수가 많은 쪽이 유리하지만, 참가 가능한지 아닌지와는 하늘과 땅 차이다.

"미, 미안해, 제, 제때 못 와서……!"

숨을 헐떡이며 니노미야가 사과했지만 두 사람은 물론 그를 원망하지 않았다.

니노미야는 학력은 A-로 과분할 정도지만 신체 능력은 D-였다.

"꽤 하잖아, 마스미 짱."

"시끄러워, 말 걸지 마……. 덥고 땀나고 최악이야……!"

호흡을 가다듬는 데 열심인 카무로는 다가오는 하시모토에게 손사래를 치며 거리를 두었다.

"그나저나 시험 시작되고 처음 만나네, 아야노코지. 너도 여기 왔구나? ……그런데 단독으로 참가하다니 용감하군. 점수는 좀 모았고?"

"솔직히 하위 10팀에 들어가도 이상하지 않아."

"농담하지 마. 이길 자신도 없는 녀석이 단독으로 싸우는 선택지를 고를 리가 없잖아."

실제로 그 정도 여유는 없었지만, 태블릿을 보여줄 마음은 들지 않았다.

"이래놓고 상위 10팀 안에 들어가는 날에는…… 알지?"

뭔가 시험하는 눈빛으로 쳐다보았지만 그런 전개는 절대 일어날 리 없다.

"일단 이게 수학이 아니어서 다행이다. 수학 천재는 못 이기니까."

"그럼 지금부터 과제를 시작하겠습니다."

"앗, 수다는 이것으로 끝인가."

마지막 조가 다 모였기 때문에 곧바로 과제가 시작되었다. 과제에 적극적으로 참가하다 보면 같은 학년 학생과 이런 식으로 경쟁하는 일도 많이 생긴다. 여기서 어중간하게 방심하는 행동만은 해서는 안 된다. 게다가 기본적으로 테스트 문제는 전부 사지선다형.

다소 높은 점수를 받는다고 하더라도 찍었다는 변명이 통하기 쉽다.

태블릿을 보는 시간에도 이따금 상황을 살피는 듯한 하시모토의 시선이 나를 향하고 있었다.

나에 대해 일찍부터 의문을 품고 있었으니 무리도 아니다.

우리는 총 20개의 역사 문제에 도전했다. 솔직히 역사 과목을 잘하느냐 못하느냐로 묻는다면 나는 후자라고 대답할 수 있다. 화이트 룸에서 과거 역사에 대해 별로 중요하게 다루지 않았기 때문이다. 그래도 상식 범위 내에서는 잘 기억하고 있다.

4지 선다형이기도 해서 무리 없이 모든 문제를 맞힐 수 있었다.

잠시 후 결과 집계가 끝나고 총 여덟 조의 성적이 동시에 발표되었다.

1위는 100점을 맞은 나고 2위는 80점인 3학년 그룹. 3위는 70점으로 하시모토와 카무로 콤비가 획득했다. 득점과 식량을 얻자마자 나는 곧바로 걸음을 뗐다. 그 뒤를 쫓듯이 하시모토가 따라왔다.

"졌네. 역사도 잘하다니."

"나도 놀랐어. 꽤 많은 문제를 찍었는데 객관식이라 운이 좋았어."

"단순히 운이 좋아서라고? 도저히 믿을 수 없군."

"못 믿어도 어쩔 수 없지. 미안하지만 난 좀 서두를게."

"다음 과제는 어디를 노리는데?"

"화학 문제에 갈 생각이야. 그러는 너는?"

아마 하시모토 그룹도 같은 생각이었는지, 뒤따라오는 카무로를 슬쩍 쳐다보았다.

"그거 유감이네. 우리와는 다른 곳을 선택했구나."

하시모토는 계산을 잘하는 남자다. 확실하게 승리를 거머쥘 상대와 같은 과제를 할 바에야 다소 멀더라도 승산이 있는 쪽으로 방향을 틀 줄 안다.

사실은 내 실력을 알기 위해 같은 과제에 도전하고 싶었겠지만.

대화를 들은 카무로가 노골적으로 싫은 표정을 지었다.

다른 쪽 과제로 가려면 당연히 그만큼 체력을 많이 써야 하니까.

"그럼 또 보자, 아야노코지."

하시모토는 카무로를 데리고 다른 과제를 향해 서둘러 출발했다. 그 뒤에 사카야나기가 있다면 언젠가 이치노세 그룹과 합류해서 6인 체제가 되겠지.

5

그 후 참가한 화학 테스트에서도 1위를 차지한 나는 5점을 더 추가했다.

이렇게 해서 3일째 마지막 지정 구역을 남긴 시점에서 획득한 점수는 총 48득점.

3인 그룹이 착순 보수를 받지 못했고, 지정 구역에 전부 도착했고, 과제를 클리어하지 않았다고 계산하면 30득점.

현재 순위를 정확하게 파악하기란 불가능한데, 과연 48득점은 몇 위에 해당할까?

오후 3시에 풀린 오늘 마지막 지정 구역은 I4.

"체력은?"

"덕분에 회복했습니다. 뭐든 가능합니다."

그럼 오늘은 더 할 일도 없으니 전력을 다해 이동해볼까?

나는 방향을 정해서, 착순 보수를 노릴 목적으로 바로 움직이기로 했다.

우리는 조용히 걷기 시작했는데, 주변 상황이 어제까지와 크게 달랐다.

"그나저나…… 이 부근에는 길다운 길이 없네요."

"그래. 지도를 봤을 때는 D나 E 구역보다 편할 것 같았는데, 너무 안일한 생각이었어."

해를 완전히 가릴 만큼 깊은 숲은 아니어도 어쨌든 땅이 험했다. 특정 방향으로 가려고 해도 왼쪽 오른쪽으로 돌아가지 않으면 만족스럽게 나아가기가 불가능한 길이었다.

아마도 이 부근을 지나는 학생들은 상당히 고생할 것이다.

급하게 달렸다가는 발이 걸려 넘어지고, 최악의 경우 다칠 수도 있겠다.

"저기, 선배. 물은 어떻게 확보할 생각이십니까?"

역사와 화학 과제에서 연속으로 1위를 차지했지만 물 보수는 받지 못했다.

남은 물은 500ml 한 병뿐이다.

"만약 지정 구역 도달보다 물을 우선한다면 H3에 뜬 과제를 노리는 것은 어떨까요?"

H3에는 50분 동안 접수를 받는 과제가 나와 있었는데, 득점뿐 아니라 마실 물 등도 받을 수 있었다. 게다가 물은 2L짜리 페트병.

"경쟁률이 높을 텐데."

대화를 나누면서도 다리를 멈추지 않고 계속 나아갔다.

슬슬 우리와 똑같이 마실 물이 부족해지기 시작한 그룹이 나올 시기.

"과제로 얻을 수 있다지만, 기회가 너무 한정적이에요."

하루 동안 나온 섬 전체 과제는 첫날이 68회.

둘째 날이 100회. 그리고 3일째인 오늘은 현재까지 94회.

뒤로 갈수록 늘어나고 있긴 하지만 그룹 수 이하의 과제밖에 없다.

그중에는 1위만 보수를 받을 수 있는 과제도 있어서, 3위까지의 과제를 포함해도 각 그룹이 하루에 한 번 시상대에 설 수 있으면 감지덕지.

당연히 우수한 그룹은 하루에 세 번이고 네 번이고 1위를 차지할 것이다.

그런 점을 고려하면 이미 마실 물이 바닥난 그룹이 있어도 이상하지 않다.

이렇게 되면 시작 지점으로 돌아가, 안전지대에서의 대결을 강요받게 된다.

지정 구역에 도달하지 못해 제대로 득점을 올리지 못하고, 근처에 등장하는 과제는 경쟁률이 심하고.

점수를 모으기는커녕 점점 줄어들기만 하는 악순환이 심해지겠지. 무인도의 북동쪽까지 지정 구역이 뜨는 이상, 신속한 수분 보급도 뜻대로 되지 않을 것이다.

"선배에게 뭔가 생각이 있으신 것 아닌가요?"

옆에 나란히 선 나나세가 나를 쳐다보았다.

"왜 그렇게 생각해?"

"물에 대한 위기감이 없다고 할까, 별로 고민하지 않으시는 것 같아서요."

"아무 계획 없이 어떻게든 되겠지 하는 것뿐일 수도 있지."

"그, 그런 거면 좀 곤란한데요……."

약간 당황한 듯이, 나나세가 곤혹스러운 표정을 지었다.

"난 원래 비상시에는 시작 지점으로 돌아가려고 계획했었어."

"그건 상황에 따라서는 아주 힘들지 않은지? 가령 여기에서 시작 지점인 항구까지 돌아가려면 몇 시간이나 들잖아요? 게다가 한밤중이면 속도도 상당히 느려지겠지요."

물론 이 전략은 무조건 가능한 게 아니다.

시작 지점에서 멀어지면 멀어질수록 시간과 체력을 잃을 수 있다.

　"하지만 나는 그 전략도 시야에 넣고 있었어."

　"물은 꼭 필요하지만, 그것 때문에 다칠 수도 있어요. 빈 말이라도 현명한 방식이라고는 말씀드릴 수가 없습니다."

　그런 나나세의 불안은 당연하다면 당연했다.

　"그런데도 아야노코지 선배는 그 위험한 작전밖에 세우지 않으셨다고요?"

　"이 특별시험의 규칙을 보면 추가로 확실하게 물을 얻을 수 있는 방법은 시작 지점에 가서 두 배의 가격을 내고 사든가, 아니면 과제를 해결해서 얻는 수밖에 없어."

　"그건, 네. 그렇지요."

　"조만간 확실하게 안전한 물을 확보할 방법은 포인트로 구매하는 게 유일하게 될 거야."

　"안전한 물, 이라고요……?"

　"그 이외의 물은 아무래도 자연에 의지하게 되겠지. 바닷물이라든가 빗물이라든가 냇물이라든가. 지금은 무인도라지만 자세한 건 몰라. 옛날에 사람이 살았다면 물이 오염되었을 가능성도 있지."

　물론 그런 곳을 학교 측이 골랐다고 생각하긴 어렵지만 100% 아니라고 단언할 수도 없다.

　"컨디션이 무너지면 단독 그룹은 바로 아웃이야. 1%라도 위험을 높이는 행동은 하고 싶지 않아."

"하지만 밤에 이동을 강행하는 것도 충분히 위험한 행동입니다."

"실패하면 그렇지."

"……아야노코지 선배라면 문제없다는 말씀입니까?"

이 이야기를 계속 이어가도 이제 아무 의미도 없으리라.

나나세의 동행을 받아들인 이상 그 방법을 쓸 생각은 없기 때문이다.

"좀 성가시다는 듯이 말했지만 사실 바닷물이나 냇물을 쓸 수도 있어. 보험 삼아 냄비를 준비해뒀거든. 필요하면 끓여서 소독해 마실 물로 쓰려고 해."

그 말을 듣고 안심했는지 가슴을 쓸어내리는 나나세.

얼마간 걷던 나나세가 흐르는 강을 보고 당황하며 태블릿을 꺼냈다.

"저기 선배, 길에서 벗어났습니다. 더 동쪽으로 가야 할 것 같아요."

우리가 가야 할 곳은 I4인데 지금은 H4 중심을 향하는 위치에 있었기 때문이다.

최단 거리로 I4에 갈 생각이라면 나나세가 말한 대로 앞에서 좀 더 동쪽으로 갔어야 한다.

"괜찮아. 이번에는 착순 보수를 노리지 않을 거라서."

"네——?"

그대로 계속 걷는 나에게 의문을 느끼면서도 나나세 역시 따라왔다.

이윽고 H4 중앙 부근에 가까워졌을 때, 뭔가를 설치하는 사카가미 선생님을 맞닥뜨렸다.

역시 여기였군. 적어도 오늘까지는 내 짐작대로다.

"안녕하세요."

"앗…… 아야노코지인가."

놀란 표정을 짓는 사카가미 선생님이었지만, 이런 식으로 학생이 등장할 가능성은 늘 있다.

과제를 설치하려면 반드시 사전 준비가 필요하니까.

"1등으로 받아들이면 되겠죠?"

"그래."

"잘됐네요, 선배. 운 좋게 과제가 뜨기도 전에 찾아낼 수 있었어요."

"그러게."

사카가미 선생님은 나와 대화할 여유가 없었기 때문에 곧바로 작업을 재개했다.

그리고 몇 분 후. 3시 30분이 되었다.

"그럼 지금부터 과제 참가 신청을 받겠다."

그 말을 듣자마자 사카가미 선생님에게 참가 신청을 했고, 나나세도 그 뒤를 이었다.

태블릿으로 등록을 신속하게 끝냈다.

"그런데 이게 무슨 과제일까요?"

지도를 열고 확인하려 하는 나나세에게 사카가미 선생님이 말했다.

"도착한 순서대로 물을 얻는 과제 『경쟁』이야. 1등 한 아야노코지는 2L와 3점. 2등 한 나나세는 1.5L와 2점을 받는다."

"그러니까—— 이미 과제를 끝낸 거군요…… 깜짝 놀랐습니다."

사카가미 선생님은 보수인 물을 꺼내 우리에게 각각 건넸다.

"너희, 운도 실력이야. 잘됐구나."

"……정말 운이 좋았네요."

물을 받으며 왠지 겸연쩍은 듯 나나세가 머리를 숙였다.

"이제 잠시나마 마실 물 걱정은 안 해도 되겠군."

"저기…… 한 가지 확인을 좀 해도 되겠습니까?"

걸음을 멈추고 말하는 나나세를 향해 돌아보았다.

"뭘?"

"제가 잘못 본 것이 아니라면 아야노코지 선배는 더 위를 노릴 수 있는 사람이라고 생각합니다. 지정 구역도 그렇고 과제도 그렇고 좀 더 득점할 수 있지 않았는지?"

지난 이틀간 함께 다니면서 마음에 걸렸던 부분을 확인해왔다.

"초반부터 열심히 다닐 생각은 없어서. 단독으로 행동하는 이상 무모하게 굴었다가 다치거나 컨디션이 망가지면 의미가 없잖아."

"하지만 이대로라면 득점과 거리가 멀어지게 될 텐데요.

지정 구역도 과제도, 시간 효율이 있습니다. 하루에 대량으로 벌어들일 수 있는 게 아니에요."

꾸준히 쌓아가는 것 말고는 방법이 없다는 말이다.

유력한 그룹은 그 착실한 작업을 당연하게 하고 있다.

"이것도 전략의 하나라고만 말해두지."

"굳이 무리하지 않고 득점하지 않는 것이 작전……이라는 말씀입니까?"

나는 고개를 끄덕인 후 다시 걷기 시작했다. 더는 나나세에게 해줄 말이 없었다.

같이 다니고 있지만, 학년이 다른 이상 명확한 적이고 아직 모르는 부분도 많다.

"일단 아직은 지정 구역의 착순을 노릴 수 있어. 서두르자."

"아, 네엣."

당황하며 뒤따르는 나나세와 함께 우리는 I4로 서둘러 향했다.

6

행운도 연속으로 일어나지는 않는 법. I4에 도착한 우리는 역시 착순 보수를 받지 못했다. 그 후에 과제도 이렇다 할 혜택을 받지 못하고 오늘 시험은 일단 막을 내리는 형태가 되었다.

"강변까지 가시겠어요?"

"그래. 이 부근은 위치도 좋지 않고 잠자기에 별로야. 이동해보자."

"네."

우리는 길 아닌 곳을 헤치고 강이 있는 남쪽으로 내려갔다.

20분 걸려서 숲을 빠져나와 강가에 다다랐다.

"이 근처에서 캠핑할까."

"좋아요."

두 사람의 의견이 일치했을 때 멀리서 목소리가 날아들었다.

"어~이! 아야노코지!"

귀에 익은 그 남자 목소리는 강 건너편에서 들려왔다.

쳐다보니 마른 나뭇가지를 양손 가득 안고 있는 이케가 있었다.

"역시 아야노코지와 나나세네! 이 부근에 있었구나!"

이케가 다가오며 하얀 이를 드러냈다.

"이런 우연이 다 있군요! 오늘은 이 근처에서 캠핑하시나요?"

강물 소리를 지워버리듯 서로 큰 목소리로 대화를 나누다가 합류하자고 신호를 보내는 이케를 따라 강의 상류로 올라갔다.

그리고 땅이 이어지는 H4 남쪽으로 가서 만났다.

그곳에는 노상 듣는 목소리인 스도와 혼도도 있었다.

"혹시 오늘 마지막 지정 구역이······."

"I4야."

아무래도 스도 그룹 역시 같은 I4였던 모양이어서, 서로 마주 보며 깜짝 놀랐다.

"이런 우연이 다 있구나."

아침에 섬 동쪽 구역에 같이 있었는데, 마지막 지점까지 같을 줄이야. 전반적으로 스도를 본 적이 많았던 것을 생각할 때, 테이블은 달라도 비슷한 경향이 있는지도 모르겠다.

그리하여 우리는 전날과 마찬가지로 같이 캠핑에 들어갔다.

지금부터는 자유 시간이기도 해서 각자 하고 싶은 것을 하기로 했다.

물론 서로 도와야 할 부분은 도와가면서.

나는 잠깐 산책하고 오겠노라고 나나세에게 말하고 혼자 숲에 들어갔다. 특별히 깊은 의미가 있었던 것은 아니지만 굳이 말하자면 다른 학생들을 찾는 것이 목적이었다. 나나세 이외에는 아직 확실히 같은 테이블인 듯한 그룹을 찾지 못했기 때문이다.

30분 정도 뒤에 캠핑지로 돌아오자 이케가 불을 피우고 있었다.

"절약하는구나."

"직접 할 수 있는 건 해야지. 이번엔 말이야, 무인도 시험을 미리 알았잖아? 그러니까 많은 애들이 이것저것 조사해서 도전하고 있으리라 생각해."

불을 바라보면서 이케가 말했다.

"하지만 지식과 경험은 다른 거잖아? 시도한다고 다 되면 누가 고생하겠냐고."

하긴 기사와 동영상을 본 것만으로 완전히 재현 가능하다고 보기는 어렵다.

자기가 직접 해보면 할 수 있는지 아닌지 알게 된다.

"여기 계셨습니까, 아야노코지 선배."

"왜?"

"늦게까지 안 돌아오셔서 찾으러 와봤습니다."

나나세가 그렇게 말하며 숲 쪽으로 시선을 보냈다.

아무래도 길이 엇갈려 다시 강변으로 돌아온 모양이었다.

"으차. 슬슬 밥하자."

"그래."

이케가 씨익 웃더니 텐트에 가서 양동이를 들고 왔다.

그리고 자랑하듯 우리에게 양동이 안을 보여주었다.

"우와, 굉장해⋯⋯!"

그 안에는 이케가 잡았는지 물고기 몇 마리가 들어 있었다.

"바다에 갔을 때 시간이 좀 남아서 잡았지. 이거 먹자."

이케가 서둘러 식사 준비에 들어갔다.

언뜻 활기차 보이지만, 일부러 그러는 게 분명했다.

그래도 생각보다 무인도 시험을 잘 치르고 있으니 일단은 걱정할 필요 없으려나.

　"왠지 좋은 냄새가 나는데."

　이케가 생선을 구우며 준비하고 있자 지나가던 그룹이 이끌리듯 다가왔다. 강변이어서 주위가 탁 트여 있었기 때문에 의심스러운 구석은 없었다.

　다만 누구를 맞닥뜨리게 될지 모르기에, 그 부분만은 전혀 예측 불가능하다.

　"앗!"

　두 번째로 걷던 여학생이 나와 눈이 마주치자마자 무심코 소리쳤다.

　"왜 그래, 카루이자와?"

　"아, 아니. 그게 그러니까, 생선을 굽고 있어서."

　나를 만난 우연에 놀란 것을 그렇게 얼버무렸다.

　사흘째 되는 날 드디어 케이를 처음 만났는데, 아무래도 아직 씩씩하게 잘하는 중인 듯했다.

　케이의 그룹 멤버는 둘 다 2학년 A반.

　시마자키 잇케이와 후쿠야마 시노부. 둘 다 학력이 우수한 학생이다. 종합적으로 보면 체력이 불안하기는 하지만 필기 관련 과제라면 견실하게 상위를 차지할 능력을 갖추고 있었다.

　"있지, 우리도 여기서 캠핑하지 않을래? 이케가 쏠 것 같은데."

"뭐?! 어, 어째서 내가 쏴야 하는데!"

"뭐 어때, 줄어드는 것도 아니고."

"먹으면 줄어들지! 거절한다!"

원래부터 케이를 좋아하지 않는 이케가 노골적으로 거부했다.

그때 스도가 이케의 어깨에 팔을 두르며 이렇게 중얼거렸다.

"뭐 괜찮지 않아? 어쩌면 시노하라에 대해 뭔가 알아낼 수 있을지도 모른다고."

그 말을 들으면 이케도 잠자코 있을 수밖에 없다.

아직 무인도에서 만나지 못한 시노하라.

같은 반인 케이가 봤다면 당연히 기억하고 있을 것이다.

"어, 어쩔 수 없지! 그럼 추가로 생선 3인분을 더 준비해야겠군!"

"진짜? 오예. 그냥 해본 말인데."

반쯤 농담이었다지만 이렇게 해서 생각지도 못한 형태로 우리는 함께 캠핑하게 되었다.

그렇다고 바로 준비가 되는 것은 아니었다.

이케가 추가한 생선이 다 구워지려면 시간이 좀 더 걸릴 듯하다.

나는 잠깐 숲에 좀 갔다 오겠다고 말하고, 케이와 따로 만났다.

물론 길을 잃을 만큼 깊은 숲속이 아니라 어디까지나 이케 일행의 시선과 목소리가 닿지 않을 정도의 거리였다.

적당히 큰 나무를 찾아, 둘이 등을 기대고 나란히 앉았다.

"순조로워 보이던데."

케이의 그룹은 지난 사흘간 총 37점을 얻었다.

일단 하위에 이름을 올릴 일은 없어 보였다.

"난 도움받기만 했어. 그러는 너는 어때?"

"나름대로 잘하고 있어."

"뭐, 너니까 괜찮을 거라고 생각은 하지만."

으음, 하고 케이가 길게 숨을 토했다.

"그런데 이 시험 빨리 좀 안 끝나려나…… 앞으로 11일이
나 더 남았다니 믿을 수 없어."

과연 남은 나날을 생각하면 아직 초반이라는 사실을 부
정할 수 없다.

"지난 며칠 동안 특이사항은 없었어?"

"키요타카가 말한 『그거』 말이지? 으음, 딱히 아무것도
없었달까."

특별시험이 시작되기 전, 나는 케이에게 뭔가를 좀 확인
해달라고 부탁했었다.

화이트 룸생이 케이에게 접근해 올 가능성을 생각해서
한 일.

하지만 지금까지는 아무 일도 없었던 모양이다.

"일단 접촉한 사람을 태블릿에 전부 메모해뒀어."

태블릿 속 메모장을 열어 접촉한 그룹과 학생 일람을 보

았다.

주로 2학년 학생으로, 3학년과 1학년은 한 번도 만나지 않았다.

역시 쉽게 꼬리 밟힐 짓은 하지 않는 모양이다.

"그, 런, 데, 말, 이, 지?"

"응?"

케이가 얼굴을 가까이 들이밀며 내 눈을 응시했다.

"그 1학년 아이…… 키요타카랑 같이 다닌다며?"

"소문이 아주 빠르군."

"이케한테 물어보니까 바로 가르쳐 주던데? 그건 아무래도 좋아."

하긴 1학년 여자와 같이 다닌다고 하면 여자친구로서 캐묻게 되는 것은 아무리 연애에 둔한 나라도 알 수 있다. 그 어떤 어설픈 이유를 늘어놔 봐야 남녀가 함께 다니는 것을 이해하고 순순히 받아들일 리 없다.

나나세가 예의 퇴학 사건에 연루되어 있는지, 화이트 룸과 관련 있는지 어떤지.

그런 것은 케이와는 직접적인 관련이 없다.

어디까지나 다른 여자와 함께 다닌다는 부분에 큰 불만과 불안을 품고 있었다.

나는 케이의 손을 살짝 강하게 잡고 얼굴을 가까이 가져갔다.

"불안해? 내가 다른 여자랑 둘이 있는 게?"

"잠깐, 뭐, 뭐야. 딱히 불안하진, 불만은…… 불안한 게 당연하잖아."

케이는 강하게 나오려다가 곧바로 솔직하게 고백했다.

"특별시험을 잘 치기 위해서 어쩔 수 없이 나나세와 같이 다니고 있을 뿐이야."

"……정말?"

"그래. 그것 이외의 감정은 당연히 전혀 없어."

"그 말은 믿지만, 그래도 여자랑 둘이 있는 거…… 싫단 말이야."

아무것도 없다고 말해도 걱정되는 것은 여자친구로서 당연하겠지.

여기서 내가 아무리 듣기 좋은 말을 늘어놔 봐야 케이의 마음은 조금도 개운해지지 않을 것이다.

"케이."

이름만 부르자, 불만스러운 듯 입을 살짝 삐죽거리며 케이가 나를 쳐다보았다.

바로 그 순간 나는 가까이 다가가, 삐죽 내민 입술을 누르듯이 내 입술을 겹쳤다.

닿은 시간은 1초도 채 되지 않았을까.

처음 알게 된 이성의 입술은 상상했던 것보다도 감촉이 훨씬 부드러웠다.

"앗……?"

이 상황을 아직 이해하지 못한 케이가 얼빠진 소리를

냈다.

평소 같은 상황이면 더 길게 느끼고 싶지만, 지금은 한창 무인도 시험 중.

다른 학생이 우연히 지나가도 이상하지 않고.

"잠깐, 앗, 바, 방금…… 키, 키스…… 앗? 아앗?"

"나 믿고 기다릴 수 있지?"

그렇게 물으니 케이는 인형처럼 머리를 계속 끄덕거렸다.

나나세와 다니는 것 때문에 머릿속이 불안으로 가득하다면 그보다 더욱 강렬한 기억을 심어주는 것이 가장 빠른 방법이다.

"너무 긴 시간 둘이 같이 보이지 않으면 의심 살 수 있으니까. 슬슬 돌아가는 게 좋겠어."

그렇게 말한 나는, 여전히 멍한 케이를 모두가 있는 곳으로 돌려보냈다.

○보이지 않는 적

시각은 이제 막 해가 뜨기 시작한 오전 5시 전.

아직 학생 대부분이 잠들어 있을 시간, 텐트 밖에서 들리는 기묘한 소리에 나는 잠에서 깼다.

아주 어렴풋이 들리는 게 너무 소리가 작아서 이명으로 착각할 정도였다.

자세히 알아보기 위해 텐트 밖으로 얼굴을 내밀자 역시 소리가 희미하게 들려왔다.

나나세 역시 그 소리에 잠을 깼는지, 조금 늦게 텐트에서 얼굴을 내밀었다.

"무슨 소리 안 들려?"

"네…… 작긴 한데, 전자음 같은 소리가 들려요."

하지만 거리가 상당히 먼지 이명처럼 느껴지기도 했다.

태블릿으로 알람을 설정할 수는 있는데, 그것치고는 꽤 길었다.

"설마 긴급 경보?"

"그럴 가능성도 충분히 있지."

텐트에서 튀어나와 다시 귀를 기울였다.

마시마 선생님이 설명할 때 들려준 소리와 거의 같으니 틀림없으리라.

그런데 깊은 숲속에서 나는지 메아리가 울렸다.

"소리가 끊길 걱정은 없겠어요."

소리를 포착한 지 벌써 1분이 지났다. 경고 경보는 두 번 울리는데, 둘 다 5초 만에 소리가 끊기는 구조. 이렇게 계속 울리는 것은 긴급 경보뿐이다.

"5분이 지나면——."

"손목시계의 GPS로 현재 위치를 알아내서 구하러 갈 수 있을 거야."

경보음을 끌 여유가 없는 상황이라면 상당히 위험한 상태일 수도 있다.

"학교 측이 도착하기 전에 저희가 먼저 발견할 수는 없을까요?"

"그렇게 하고 싶은 이유는? 새벽녘이지만 아직 어두워. 자칫 잘못하면 2차 사고가 날 수 있어."

"누군가를 구하는 데 이유가 필요한가요?"

화났다, 라기보다는 지나치게 순진한 눈동자가 나를 찔렀다.

도와주지 않을 거면 자기 혼자라도 가겠다는 강한 의지가 담겨 있었다.

"갈 거면 사람이 많을수록 좋겠지. 스도 무리를 깨우자."

"네."

텐트에서 자는 스도와 이케, 그리고 혼도를 각자 깨우기로 했다.

우리는 잠에서 덜 깨 멍한 세 사람을 텐트 밖으로 데리고 나와 걸으면서 상황을 설명했다.

눈 앞에 펼쳐진 어두컴컴한 숲은 아직 시야가 나빠 손전등 없이는 발밑이 불안했기 때문에, 혹시 모르는 상황에 대비해 땅을 비추면서 걸어야 했다.

손전등은 나와 나나세가 하나씩, 스도 무리가 하나로 총 3개.

충분하다고 말하기는 어렵지만 가진 것 안에서 해결하는 수밖에 없다.

그리고 위치를 파악하기 위해 태블릿 한 대를 가져갔다.

"일단 내가 앞장설게."

상황이 상황인 만큼, 조금 힘이 없는 이케이긴 했지만 앞장서겠다고 나섰다.

"죄송하지만 사양해도 될까요?"

"뭐? 어, 어째서?"

"아직 어두운데 기술적으로 신뢰하지 않는 사람을 앞에 세울 수는 없어요. 위기 대처 능력이 뛰어나고 적절한 루트를 고를 수 있는 사람에게 맡겨야 한다고 생각합니다."

"아니, 하지만 말이야, 이중에서는 아마 내가 제일 잘──"

"부탁드려도 될까요, 아야노코지 선배. 선배의 판단이라면 저는 망설이지 않고 따라갈 수 있습니다."

이케의 반론을 들으려고도 하지 않고 나나세가 내게 부탁했다. 한시가 급한 상황이다.

지금은 세 명 앞에서 어설픈 변명을 하는 것은 시간 낭비일 뿐이다.

"손전등을 가진 사람은 나, 나나세, 이케니까. 나나세 뒤에 스도와 혼도가 서고, 이케는 제일 마지막에 서줘."

그것만 설명하고 선두에 선 나는 거침없이 걷기 시작했다.

"아, 엣? 아, 그건, 상관없지만…… 진짜 괜찮겠냐, 아야노코지?"

상황을 아직 이해하지 못한 상태에서 내가 선두에 서는 바람에 혼자 내버려진 이케.

"됐고 빨리 따라오기나 해. 아야노코지라면 괜찮을 거다."

억지로 이케의 팔을 잡아당기면서 스도가 그렇게 말했고, 그리하여 다섯이서 출발했다.

"이런 상황에서 움직이면 다칠 위험이 있긴 하죠."

"왜 이런 시간에 이동한 거냐고."

졸린 눈을 비비며 불만을 토로하는 혼도.

"그리 이상한 일도 아니야. 다음 지정 구역이 멀면 이런 시간부터 거리를 좁혀 둘 필요가 있으니까."

학교 측도 시간을 고려해 지정 구역을 알려주지만, 랜덤 요소가 얽히면 이런 식으로 이른 아침이나 늦은 밤에 강행해야 하는 경우도 적지 않다.

조금씩 가까워지는 긴급 경보음은 여전히 강하게 메아리치고 있었다.

아니, 이건…….

"누구 있으면 대답해——!"

조금씩 커지는 긴급 경보.

경보음이 나는 방향을 향해 스도가 소리쳤지만, 목소리도 움직임도 느껴지지 않았다.

"왜 대답을 안 하는 거냐고……. 유, 유령은 아니겠지?"

이 경보가 꺼림칙한 소리로 들리기 시작했는지 혼도가 몸을 떨었다.

"소리치는 것조차 불가능한 상황인 건 아닐까요?"

"그렇다면 진짜로 위험한 상황일지도."

어쨌든 소리가 나는 장소까지 직접 가서 두 눈으로 확인하는 수밖에 없다.

서두르고 싶은 마음을 억누르면서, 발밑을 손전등으로 비춰가며 숲속 깊이 들어갔다.

"여러분, 소리가 조금 기묘한 것 같지 않나요?"

내 뒤에서 걷던 나나세가 소리의 위화감을 알아차렸다.

"기묘? 그러고 보니 어두운 숲속이어서 그런지 꺼림칙하게 들리긴 하는데……."

"아니요, 그 말이 아니라——"

"들리는 소리의 개수, 말이지?"

내가 뒤돌아보며 대답하자 나나세가 힘주어 고개를 한 번 끄덕였다.

"처음에는 숲 안쪽에서 들려오니까 단순히 소리가 메아리치는 건 줄 알았습니다. 그런데 가까이 갈수록 아니라는 걸 알았어요. 이건 두 개의 소리가 울리는 거예요."

긴급 경보가 울리는 경우는 몹시 위험한 상황일 때.

그 소리가 동시에 복수로 울리는 것은 머릿속으로 가정해보지 않았었다.

하지만 여기까지 오면 분명했다.

일정한 리듬의 긴급 경보가 같은 장소에서 거의 동시에 울리고 있다.

타이밍이 조금 어긋나서 메아리처럼 들렸다.

"무서워…… 우리 계속 가도 괜찮은 거냐……?"

조금씩 경사가 심해지기 시작한 산길에서 혼도가 약한 소리를 했다.

잇달아 두 명이 위험한 상황에 빠진 장소라면 겁먹는 것도 무리가 아니다.

잠시 후 경보음이 크게 들리는 거리까지 가까워졌다.

우리는 일단 걸음을 멈추고 사방으로 불빛을 비추며 경보음이 울리는 곳을 찾았다.

그리고 불빛 너머로, 땅에 쓰러져 있는 한 사람을 발견했다.

"저건…… 코미야?!"

가장 먼저 그 정체를 알아차린 사람은 스도였다.

틀림없다, 분명 2학년 B반 코미야였다.

"야, 이게 어떻게 된 일이야…… 정신 차려, 코미야!"

같은 농구부인 스도가 쓰러진 코미야에게 급히 달려갔다.

"선배……."

"응."

역시 울리는 손목시계는 하나가 아니라 두 개였다.

코미야로부터 몇 미터 떨어진 위치에, 또 하나의 경보음이 울리고 있었다. 같은 B반 키노시타 미노리였다. 이상한 광경에 나나세도 순간 당혹스러운 듯했지만, 코미야에게서 약간 떨어진 곳에 쓰러져 있는 키노시타에게 달려갔다. 나는 상황을 파악하기 위해 두 사람의 안부 확인을 맡기고 주위를 둘러보았다. 코미야와 같은 그룹인 시노하라의 모습이 보이지 않는 점, 게다가 배낭이 보이지 않는 점이 마음에 걸렸다.

"어이, 코미야! 시노하라는 어떻게 됐어?!"

"안 돼, 코미야 녀석, 정신 차릴 기색이 없어……!"

그런 스도와 이케의 대화가 들려왔다.

두 긴급 경보를 수동으로 끄자 숲이 정적을 되찾았다.

"키노시타 선배도 의식이 돌아오지 않아요. 체육복이 더러워진 것과 부상 정도를 보니, 아무래도……."

근처에 있는 몇 미터짜리 높은 벼랑, 급경사를 보면서 나나세가 말했다.

스도 역시 코미야의 상태를 확인하면서 고개를 끄덕였다. 둘 중 누군가가 발을 헛디뎌 굴러떨어졌고 그를 구하려다가 다른 한 사람도 휩쓸렸다…… 이렇게 된 건가?

경사면 쪽으로 가보니 과연 사람이 구른 흔적이 있었다.

그러니까 코미야와 키노시타가 발을 헛디뎌 경사면을

굴렀다고 예상할 수 있었다.

이렇게 앞이 잘 보이지 않으니 충분히 길에서 벗어날 수 있다. 습도가 높아 땅도 약간 축축해 미끄러지기 쉬웠다. 나는 내 발밑에 손전등을 비춰 보았다. 약간 질퍽거리는 땅은 밟을 때마다 조금씩 발자국이 남았다.

코미야와 키노시타에게 달려간 두 사람의 발자국도, 길에 불을 비추니 희미하게 보였다. 그 이외에도 사람 발자국 같은 흔적이 어렴풋하게 남아 있었다.

그 발자국은 두 사람의 근처까지 나 있었는데 다시 돌아간 흔적이 보였다.

관련성은 아직 정확하지 않지만, 이곳에 코미야와 키노시타 이외에도 누군가가 있었을 가능성이 있다는 뜻이다.

시노하라인가? 하지만 시노하라라면 구하지 않고 떠났을 리 없다.

신발 사이즈를 내 발과 비교해보니 조금 작았다. 내 신발 사이즈는 260mm. 발자국은 그보다 15~20mm 정도 작아 보였다. 남자일 가능성도 배제할 수는 없지만, 여자일 확률이 더 높다.

나는 갑자기 어떤 기색을 느끼고 손전등을 그대로 둔 채 고개만 북서쪽으로 돌렸다.

하지만 시야의 끝이 굵은 나무들과 어두운 세계로 뒤덮여 아무것도 보이지 않았다.

이쪽으로 다가오지 않는 것은 뭔가 켕기는 이유라도 있

어서일까.

일단은 그 기색을 무시하고 키노시타의 발 주변을 확인했다.

어쩌면 의식을 잃기 전에 키노시타가 걸었을 가능성도 있으니까.

하지만 키노시타가 쓰러진 주위를 걸어 다닌 흔적은 전혀 없었다.

역시 저 발자국은 제삼자가 남긴 것이라고 보는 게 좋으리라.

키노시타의 얼굴과 옷은 코미야와 마찬가지로 조금 다치고 더러워지긴 했지만 심각한 외상은 없어 보였다.

"그보다 더 큰 문제는 선생님들이 도착한 후입니다."

부상 정도는 정확히 모르겠지만 메디컬 체크를 피할 수 없다. 산비탈을 굴러 의식을 잃었다면 정밀 검사가 필요하고 중도 탈락 처리되는 전개를 피하기 어렵다. 의식을 찾은 후에 거짓말로 둘러댈 여유도 두 사람에게는 아마 없으리라.

만약 시노하라마저 어딘가에서 비슷한 상황에 처해 있다면 코미야 그룹은 단숨에 전원 탈락하게 된다.

셋 다 보험 카드가 없으니 만약 그렇게 되면 퇴학을 면할 수 없다.

"시노하라!"

어둑어둑한 숲속에서 소리치는 이케.

만약 주위에 있으면 우리에게 소리로 신호를 보내와도 이상하지 않다.

그걸 못 한다는 것은 역시 코미야, 키노시타와 마찬가지로 어떠한 사고에 휘말려서일까. 시노하라를 찾으러 달려가려는 이케를 내가 서둘러 붙잡았다.

"태블릿도 없이 어둠으로 들어갔다간 길을 잃을 수 있어."

"그, 그건 그렇지만!"

"마음이 급한 건 잘 알아. 크게 외쳐도 대답이 없는 건 이상하니까 말이야."

"으, 으응. 그러니까 빨리 찾아야지!"

"하지만 만약 많이 다쳤다면 코미야 일행처럼 긴급 경보가 울려야지. 안 그래?"

하지만 두 개의 긴급 경보 이외에 울리는 소리는 하나도 없었다.

"그건…… 듣고 보니……."

"지금 시노하라가 이 근처에 없을 뿐, 크게 다쳤을 가능성은 작다고 봐야 해."

"그럼 길을 잃었다는……?"

물론 그럴 가능성도 충분히 생각해볼 수 있다.

"으……으윽……!"

상황 파악이 제대로 되지 않아 모두 당황하고 있는데, 끙끙 앓는 소리가 조금씩 들리기 시작했다.

"코미야, 내 말 들려? 코미야!"

스도의 외침에 대답하듯이 코미야가 스도의 상의를 붙잡았다.

코미야의 의식이 돌아온 것 같았다.

일단 안심해도 되나 싶은 순간 나쁜 뉴스를 동시에 알게 되었다.

"아, 아파…… 다리가……!"

오른쪽 다리는 괜찮은데 왼쪽 다리가 전혀 움직이지 않았고, 코미야가 고통스러운 표정을 지었다.

"너, 왼쪽 다리가……!"

스도가 동요하는 것을 보아 무슨 상황인지 안 봐도 알 것 같았다.

나나세도 상황을 확인하려고 키노시타를 자세히 살폈다.

"코미야 선배뿐 아니라 키노시타 선배도 왼쪽 다리 상태가 심각해요. 부러졌을지도 모르겠어요."

산비탈을 굴러떨어지기만 한 것이 아니라 두 사람 다 왼쪽 다리를 다치고 만 것이다.

직접 만져서 부상 정도를 확인해도 되지만 그런 건 이제 그리 중요하지 않다.

"만약 심각한 타박상 혹은 골절이면 무조건 바로 실격이야."

4일째로 접어드는 이른 아침 시점에서는 당연히 아무도 탈락하지 않았을 것이기 때문에 코미야 그룹의 패색이 상당히 짙어질 터였다. 시노하라가 무사하다고 하더라도 혼자 고득점을 모으기란 어렵겠지. 게다가 그 시노하라 역시 지금 행방이 묘연하다.

그나저나 이 우연은——

무엇보다 북서쪽에서는 여전히 이상한 기색이 우리를 감시하고 있었다.

일부러 아무것도 하지 않고 상황을 지켜보고 있는데, 더 가까이 다가오지도 그렇다고 떠나지도 않는 애매한 태도를 유지하고 있다. 처음에는 정말로 희미하고 미약한 기색이었다. 하지만 내가 계속 모르는 척하자 조금씩 대담해졌다. 마치 자신의 존재를 알아차려 보라고 호소하듯이.

살짝…… 아직 의식이 돌아오지 않은 키노시타에게서 떨어진 나나세가 내게 귓속말을 했다.

"좀 이상하다고 생각하지 않으세요?"

스도 일행은 모르고 있겠지만, 과연 이 상황에는 이상한 점이 있다.

"그렇지. 어쩌면 두 사람은 어떤 사건에 휘말린 건지도 몰라."

둘 중 하나라면 그나마 이해하겠지만, 둘 다 완전히 똑같은 상태인 것이 마음에 걸린다.

"코미야. 사고가 일어났을 때 기억나?"

우리끼리 멋대로 추리해봐야 진전이 없기에 의식이 돌아온 코미야에게 물었다.

학교 관계자가 달려오면 여유롭게 이야기를 들을 시간

이 없으니.

"모, 몰라…… 아무런 예고도 없이, 갑자기 종아리에 충격이 느껴지더니, 넘어져서 그대로 산비탈을—— 으윽……."

자신의 왼쪽 다리를 움직여 보려다가 고통에 인상을 찌푸렸다.

"종아리에 충격?"

"아, 아마도. 잘은 기억나지 않지만…… 미안해."

그 점을 탓할 수는 없는데, 아무래도 사고 순간의 기억이 잘 나지 않는 듯했다.

"옆에 키노시타도 쓰러져 있는데, 그건?"

"헉…… 모, 몰라. 왜 키노시타까지…… 분명, 그때는……."

코미야의 반응을 보건대 키노시타가 먼저 떨어진 건 아닌 듯하다.

적어도 코미야가 먼저 산비탈을 굴러떨어졌다고 봐야 할까.

"맞다……! 사츠키, 사츠키는? 사츠키도 떨어졌어?!"

기억이 조금씩 선명해졌는지 코미야가 통증을 참으며 소리쳤다. 사츠키, 라고 부르는 코미야를 보고 이케의 낯빛이 어두워졌지만 그런 사소한 것에 의기소침해질 때가 아니다.

"시노하라는 어디 있는지 몰라. 같이 다니지 않았어?"

"사츠키는—— 으윽……!"

왼쪽 다리가 상당히 아픈지, 제대로 이야기를 이어가기

조차 쉽지 않아 보였다.

"무리하지 마."

"아, 아니, 사츠키가 걱정돼서……. 미안한데, 스도. 몸 좀 일으켜줄래……?"

"어, 그래. 하지만 무리하진 마라."

스도가 부축하면서 천천히 코미야의 상반신을 세워주었다.

"코미야, 시노하라는 어디 있어?!"

당연히 누구보다도 이 그룹 일에 신경 쓰던 이케가 소리를 질렀다.

안절부절못하는 느낌이 코미야에게도 잘 전해졌으리라.

"……몰라…… 우리가 서두르다가……."

이따금 고통스러운 표정을 지으면서도 코미야가 상황 설명을 이어나갔다.

"기다렸어…… 사츠키가 돌아오기를…….

"기다렸다니 무슨 소리야, 의미를 모르겠다고!"

전후 설명을 잘 못 하겠는지 코미야가 고개를 두 차례 가로저었다.

그리고 다시 신중하게 기억을 떠올리면서 시간순으로 정리해나갔다.

"처음부터 다시 설명할게. 우리는 어제 두 번 연속으로 지정 구역에 도달하지 못해서 마음이 급했어. 밤에 의논해서 아침 일찍부터 거리를 좁히자고 계획을 세웠지…….

그래서 아직 어둑어둑할 때 조심하면서 이동을 시작한 거야. 사츠키가 화장실에 다녀오겠다고 해서 나랑 키노시타가 조금 떨어진 곳에서 기다렸어. 물론 손전등으로 서로의 위치를 알 수 있게 했고……."

아까와 달리 차분했다. 통증과 싸우면서도 시노하라를 걱정하고 있다는 것이 잘 느껴졌다.

"사츠키가 돌아오기를 기다리는 동안 둘이서 벼랑 아래를 내려다보며 대화를 나눴어. 여기를 지름길로 내려갈 수는 없을까 하면서. 그리고 그건 어렵겠다고 생각하고 있었는데──"

"그때 종아리에 충격이 느껴진 거군요?"

선수 치듯 나나세가 말하자 코미야가 천천히 고개를 끄덕였다.

"어마어마하게 아팠던 건 기억해……. 하지만 그런 통증을 순간 잊어버릴 정도로 단숨에 산비탈을 구른 느낌이어서…… 그리고 정신을 차려보니 스도랑 너희가 보인 거야."

사람의 팔다리는 절대 만능이 아니다. 여차하는 순간 아플 수 있는 것이다.

그 통증을 참지 못하고 넘어지면서, 내려다보던 산비탈을 굴렀다.

이게 한 사람에게 일어난 일이라면 어느 정도 설명이 된다.

하지만 키노시타까지 같은 일을 당했다는 건 역시 납득이 가지 않는다.

떨어진 코미야를 보고 놀라서 구하려다가 자신도 덩달아 떨어졌다……?

하지만 우리를 훔쳐보는 시선과 정체불명의 발자국도 마음에 걸린다.

바스락. 생각에 빠져 있는데 벼랑 위에서 뭔가가 움직이는 듯한 소리가 났다.

재빨리 그쪽으로 손전등을 비추었는데 사람의 모습은 보이지 않았다.

작은 동물이 낸 것 같기도 한, 어렴풋한 소리이긴 했는데…….

"시노하라?!"

안정을 되찾으려던 이케가 소리를 듣고 산비탈을 향해 달리기 시작했다.

"야, 칸지! 위험하니까 기다려!"

친구의 외침도 허무하게 어두운 숲에 울릴 뿐.

"선배, 이케 선배를 혼자 가게 내버려 두면 위험할 것 같은데요!"

"알아, 태블릿을 너한테 맡길 테니까 여기서 기다려줘."

서둘러 쫓아가 잡고 싶은데, 이케가 급경사인 산비탈을 오르려 하고 있었다.

다소의 시간차는 별로 큰 오차에 속하지 않는다.

"하지만 태블릿이 없으면 선배가 힘드신 게?"

"저 비탈을 오르려면 방해만 되니까."

게다가 오르기만 해서 끝나지 않을 위험이 있다. 또 만에 하나 떨어트리기라도 했다간 그게 더 위험하다. 나나세에게 태블릿을 맡기면 내가 조난했을 때 찾으러 와주는 것도 불가능하지 않다. 나는 곧바로 이케의 뒤를 쫓았다.

이케는 두 손을 열심히 놀려서 소리가 난 쪽을 향해 산비탈을 오르고 있었는데, 위태로운 그 모습을 차마 보고 있을 수 없어서, 차라리 내가 추월한 다음 길을 터주기로 했다. 괜히 데리고 돌아가려고 해봐야 저항만 할 게 뻔하고.

"아, 아야노코지?"

내가 추월한 것에 놀라기도 했고, 한편으로는 말리러 왔다고 생각했는지 당황하며 서둘러 나를 따라잡으려고 했다.

마음이 급해지면서 집중력이 흐려진 이케가 미끄러질 뻔했다.

"으, 아……?!"

뒤에서 떨어지려는 이케의 팔을 잡아 끌어올렸다.

"차분하게 나를 따라와. 못하겠으면 억지로 데리고 돌아갈 거다."

"……아, 알았어. 아야노코지를 따라갈게…… 그러니까 이대로 가자……."

나는 고개를 끄덕인 후 유도하듯 산비탈을 올랐다.

시야가 나쁘지만, 그래도 조금씩 햇빛이 비치며 길이 보이기 시작했다.

시간을 들여 신중하게 산비탈을 다 오르고 나니, 코미야 일행이 떨어진 위치로 보이는 좁은 길이 나왔다.

이케는 양손을 땅에 짚고 숨을 고르면서 주위를 둘러보았다.

가볍게 봐서는 아무도 보이지 않았다.

"시노하라!"

이번에야말로 자신의 목소리가 닿길 바라는 마음으로 시노하라의 이름을 힘껏 외쳤다.

길다운 길이 적어서, 과연 여기라면 떨어졌을 가능성이 전혀 없지 않겠다 싶었다.

그때 코미야, 키노시타, 시노하라의 것으로 보이는 배낭을 발견했다.

겉으로는 헝클어진 흔적이 없었다.

아마도 시노하라가 화장실에 다녀오는 사이에 이곳에 짐을 내려둔 것이리라.

그리고 벼랑 아래로 내려갈 수 없을까 의논하는 모습도 머릿속에 그려졌다.

"젠장, 없냐고!"

대답이 없자 이케가 분한 듯이 땅을 쳤다. 그때.

"……이케, 야?"

멀리 우거진 수풀 속에서 쭈그려 앉아 있던 시노하라가 천천히 모습을 드러냈다.

"시노하라? 시노하라!"

시노하라는 이케와 나를 똑똑히 확인하자 비틀거리며

달려왔다.

그대로 이케의 가슴에 뛰어든 시노하라는 몹시 동요하
며 울음을 터트렸다.

"주, 줄곧 여기 있었던 거야?"

"으……으응."

"그럼 더 빨리 소리를 냈어야지! 얼마나 걱정했는지 알
아?!"

"하, 하지만……."

시노하라가 뭔가를 떠올렸는지 몸을 심하게 떨기 시작
했다.

단순히 놀려주려고 숨은 게 아니라는 사실을 이케 역시
깨달았으리라.

"코, 코미야랑 키노시타는?!"

"둘 다 벼랑 아래로 떨어져서 크게 다쳤어. 도대체 무슨
일이 있었던 거야?"

단순히 동료가 산비탈을 구른 것일 뿐이라면 시노하라
도 필사적으로 구하려고 했을 것이다.

그러지 못하고 그저 수풀 안에 숨어 있었던 것은 예삿일
이 아니다.

크게 다쳤다는 이야기를 듣고 얼굴이 새파랗게 질린 채
시노하라는 떨리는 입술을 열었다.

"나, 나 움직일 수가 없었어…… 무서워서, 무서워서……
그, 그게…… 봤, 봤어……."

"보다니? 뭘?"

"……코미야랑 키노시타가 누군가에게…… 누군가에게 밀려 떨어지는 걸……."

두 사람이 떨어진 것은 단순한 사고가 아니라고 시노하라가 말했다.

"누군가? 누군가가 누군데!"

"그, 그건 몰라! 모른다고! ……왜 이런 일이!"

울며 무너지듯이 주저앉는 시노하라를 보고 이케는 분한 감정을 꾹 참았다.

시노하라는 그 누군가의 눈에 띌까 두려워서 죽은 듯이 숨어 있던 모양이다.

그렇다면 바로 동료들에게 달려가지 못한 것도, 이케가 부르는 소리에 대답하지 못한 것도 수긍이 간다. 결정적인 증거는 없지만, 가공의 인물을 만들어 내는 짓을 할 아이도 아니다.

하지만 전혀 알아차리지 못하게 상대의 등 뒤로 접근하는 것은 상당히 어려운 일이다.

손전등 같은 것을 쓰면 상대에게 들킬 테니 당연히 시야가 어두웠을 터.

"어젯밤부터 지금까지 누구 본 사람은 없어? 만약 범인이 있다면 이 근처에서 캠핑한 그룹이 의심스러운데."

나는 조금 방향을 바꾸어 시노하라에게 물어보았다.

"해가 지고 밤 8시 반이 지나서였나…… 음 1학년……

그래, 1학년 그룹이 캠핑하는 곳을 맞닥뜨려서…… 거길 지나쳐오긴 했는데."

그렇게 말하며 북쪽을 손가락으로 가리켰다.

"그 1학년의 이름은? 한 명만 알면 돼."

"미안해, 1학년은 잘 몰라. 여자 셋에 남자 하나였다는 것밖엔."

그것만으로는 그리 유력한 정보라고 할 수 없군.

하지만 만약 못된 장난을 쳐서 코미야 일행을 덮친 거라면 범인은 곧 찾아낼 수 있을 것이다.

"일단 아래로 내려가서 스도 무리랑 합류하자. 슬슬 선생님들이 왔어도 이상하지 않아."

"그, 그렇군."

온 길을 그대로 되돌아가면 시노하라와 이케가 위험할 수 있기에 길을 조금 우회하기로 했다.

1

아야노코지 선배가 이케 선배를 쫓아 산비탈을 올라간 지 5분 정도 지났을 때.

저는 안고 있던 키노시타 선배를 땅에 살며시 내려놓았습니다.

그리고 자리에서 일어나 뒤쪽의 깊은 숲을 조용히 바라

보았습니다.

"왜 그래?"

저를 이상하게 여긴 스도 선배에게는 죄송하지만 대답할 여유가 없었습니다.

누군가 분명 이쪽을 도발하고 있다.

기색을 느끼게 하면서도 모습을 드러내지 않고 시종일관 지켜보고 있는 사람이 있다.

노골적이지만 평범한 사람은 당연히 알아차릴 수 없는 어렴풋한 공기의 차이.

언제부터? 그렇다, 아야노코지 선배가 산비탈을 뛰어 올라간 후부터다.

끈기가 느껴질 만큼 줄곧 끈끈한 기운을 발산하고 있다.

이유, 자세한 건 모르지만 상관없겠지요.

누가 됐든, 이런 상황을 생각했을 때 물어볼 가치는 충분히 있을 테니까요.

저는 태블릿을 살짝 땅에 내려놓고 호흡을 가다듬었습니다.

상대는 제가 눈치챘다는 사실을 알고도 움직이려 하지 않았다.

뜀박질에 자신 있어서 그럴지도 모르겠지만 그건 나 역시 마찬가지.

"스도 선배—— 두 분을 부탁드립니다!"

"어? 앗, 야!"

누군가가 이쪽 상황을 훔쳐보고 있는 것은 확실하다.

나는 땅을 박차고, 단숨에 기색이 느껴지는 방향으로 달렸다.

상대가 당황하며 달아나려 해도, 뒷모습을 포착할 수 있을 터.

조금이나마 뭔가에 다리가 걸린다면 강제로 붙잡아서라도 물어볼 것이다.

거리는 고작 10m에서 20m. 아침 해가 뜨기 시작해 시야는 조금씩 밝아지고 있었고, 땅이 험해도 따라잡을 때까지 시간이 그리 많이 걸리진 않을 터였다.

그런데……!

"빨라——!"

숲 너머로 어렴풋이 체육복 자락을 보았지만 몸놀림이 몹시 재빨랐다.

나무를 잘 이용해서 전체적인 모습을 내게 보이지 않고 교묘하게 달아났다.

전속력으로 쫓아갔지만 거리가 좁아지기는커녕 서서히 멀어지기만 할 뿐.

"윽!"

단순히 달리기 실력에 이 정도로 큰 차이가 있다고는 생각할 수 없다.

상대는 지리를 완전히 꿰뚫고 적절하게 최단 거리를 달리는 거였다.

어떻게 그게 가능하지?

도저히 이해되지 않았지만, 그래도 열심히 뒤를 쫓았다.

"잠시만요! 저는 그냥 물어보고 싶은 게 있을 뿐입니다!"

숲속, 거침없이 달아나는 인물을 향해 소리쳤지만 멈출 기색이 전혀 없었다.

들리지 않는다기보다 무시하고 있다.

이렇게 되면 떠오르는 가능성은 달아나는 저 인물이 수상하다는 것.

"두 사람이 많이 다친 거, 당신이 무슨 짓을 해서인가요?!"

나는 일부러 심한 말을 해서 동요하게 만드는 작전으로 바꾸었다.

내가 실수하기 전에 상대가 실수해준다면 바로 따라잡을 수 있기 때문이다.

설령 예상과 다르더라도 넘어지는 것만으로도 좋다.

하지만 상대는 동요하기는커녕 더욱 속도를 붙였다.

적어도 이 학교에서, 나는 다른 그 누구에게도 지지 않을 만큼 단련해왔다고 자부한다.

그런데도 거리가 좁혀지지 않고 점점 벌어지고 있었다. 그러면서도 이따금 묘한 곳에서 거리가 좁혀지기도 했다. 그건 분명 상대의 우위성을 나타내는 것이었다.

따라잡을 수 있으면 어디 한번 따라잡아 보라는 도발.

하지만 나는 끝까지 포기하지 않고 쫓아갈 것이다.

상대가 실수하지 않는다면── 체력 승부에서 이기면

된다. 그런 결의를 한 나였는데, 앞에서 달리는 인물의 머리카락이 바람에 휘날리며 순간 내 시야로 뛰어들었다.

"저건?!"

그 특징적인 머리 모양과 색깔이 강렬하게 눈에 들어왔다.

분명히 어디서 본 기억이 있다.

"윽……!"

숲속 추격전은 내가 나무뿌리에 발이 걸리면서 어이없이 끝을 맞이했다.

"하악, 하악……!"

예상하지 못한 사실에 집중력이 흐트러지고 만 탓이다.

쌓인 피로가 급격하게 밀려오며 숨이 거칠어졌다.

"하악, 하악…… 하악, 하악……!"

격하게 뛰는 심장을 진정시키기 위해 눈을 감고 호흡을 가다듬었다.

만족스럽게 모습을 다 보지는 못했지만, 틀림없다.

"설마, 그 사람이 코미야 선배와 키노시타 선배를……? 하지만, 왜……."

숲속으로 사라지는 인물의 뒷모습을 포착하려고, 내 눈이 얼마간 주위를 방황했다.

2

시노하라를 데리고 우회하기를 15분 정도.

겨우 아래로 내려가는 길을 찾아냈을 때 혼자 걷고 있는 나나세를 맞닥뜨렸다.

"왜 나나세가 여기 있어?"

스도 일행이 있는 곳과는 아직 거리가 있을 터.

"그게—— 저기, 아야노코지 선배가 보이지 않아서 찾으러……."

그렇게 대답한 나나세의 호흡은 차분했지만, 이마에 땀이 송골송골 맺혀 있었다.

꽤 급하게 찾으러 다닌 모양인데, 눈이 우리를 보고 있지 않았다.

"뭐 찾는 거 있어?"

"아닙니다, 신경 쓰지 마세요."

굳은 표정으로 한 곳을 계속 바라보는 나나세였지만 자세히 얘기하려고 하지 않았다.

여기서 나나세도 뭔가를 전환하듯이 시노하라에게 시선을 던졌다.

"시노하라 선배를 무사히 찾아서 다행입니다."

이케에게 붙어 있는 시노하라를 보며 정말로 안도했다는 듯 한숨을 내쉬었다.

그런 다음 나와 나나세가 앞에 서고, 조금 떨어져서 이케와 시노하라가 뒤를 따랐다.

"스도 선배 일행이 있는 곳은 이쪽입니다."

돌아가는 길을 잘 알고 있다며 나나세가 앞장서서 안내했다.

그사이에 나는 나나세에게 조금 전 시노하라로부터 들은 얘기를 해주기로 했다.

누가 두 사람을 밀어 넘어뜨리는 것을 시노하라가 목격했는데 남자인지 여자인지도 확실하지 않다는 것.

들키는 게 두려워서 숨어 있었다는 것도 말해주었다.

그리고 또 하나, 중요할지도 모르는 정보.

"시노하라가 어젯밤에 1학년 그룹이랑 마주쳤다고 해."

"1학년이요?"

"근처에서 캠핑했던 모양인데 스쳐 지나가기만 했을 뿐이어서 범인이라고 단정할 수는 없어."

"그렇군요. 그런데 주위에 있었다는 그 1학년 그룹은 누구였을까요? 그걸 알면 캐물어서 뭔가 힌트를 얻을 수 있을지도 모르는데요."

설령 주위에 있었더라도 이렇게 울창한 숲속에서 찾아내기란 몹시 어렵다. 특정 장소에 계속 머무르고 있다면 이야기도 조금이나마 달라질 수 있을지도 모르지만, 목적지를 향해 계속 움직이고 있다고 봐야 하니까. 이러고 있는 동안에도 멀어지고 있다고 판단하는 게 좋겠지.

다만 1학년이라는 게 역시 마음에 좀 걸린다.

화이트 룸생이라면 필요에 따라서는 절벽에서 등을 미는 대담한 짓도 망설이지 않고 할 것이다.

잠시 침묵을 유지하던 나나세가 이윽고 입을 열었다.

"선배. 만약에…… 정말로 남을 크게 다치게 할 인물이 있다고 쳤을 때, 코미야 선배가 알아차리지 못한 게 이상합니다."

"그렇지. 보통은 시비가 붙어도 말을 섞으면서 누군지 인식했을 텐데."

이름을 모르는 상급생 또는 하급생이라도 그 사실을 우리에게 말했을 게 틀림없다.

하지만 둘 다 기억이 흐릿한 데다가 공격당했다는 확증도 없는 말투였다.

정말로 단순한 사고였나…….

아니면 두 사람 모르게 큰 부상을 내는 게 정말로 가능했던 건가.

지금보다 훨씬 시야가 어두웠다고 해도 당연히 손전등을 가지고 있었을 것이다.

"아야노코지 선배라면 두 분이 모르게 똑같은 일을 저지르실 수 있나요?"

"내가? 터무니없는 소리 하지 마."

그렇게 말을 흐렸지만, 사실 마음만 먹으면 불가능하지는 않다.

코미야는 처음에 종아리에 강한 충격을 받았다고 증언했었다.

등 뒤로 소리 죽여 접근한 다음 종아리부터 걷어찬다.

그렇게 하면 뒤돌아볼 여유도 없이 고통에 얼굴을 찌푸리면서 넘어져 산비탈을 구르게 되겠지.

"저는…… 만약 제가 코미야 선배들을 습격한다면…… 타이밍에 따라서는 불가능하지 않다고 생각합니다. 물론 상당히 힘들겠지만."

그렇게 결론을 내렸다. 역시 나나세도 시노하라의 헛소리가 아니라 습격한 인물이 있다고 짐작하고 있었다.

하지만 범인이 있다고 해도 그들을 다치게 한 목적과 그걸로 얻을 이익을 조금도 파악할 수가 없다.

내게 돌려서 하는 경고? 아니, 그건 리스크가 너무 크다.

아니면 예기치 못한 사고였고, 그렇게 할 수밖에 없었던 상황이었을지도. 하지만 두 가정 모두 지금은 설득력이 없다. 화이트 룸생이 아닐 가능성 역시 충분히 있고, 애당초 범인 따위가 존재하지 않을 가능성도 있다.

"하지만 공격한 이유를 모르겠습니다."

거의 동시에 나나세 역시 나와 같은 생각을 하고 있었다.

공격한 이유. 이것이 정답에 가까워지는 데에 가장 난해한 부분이다.

잠시 후 스도 무리가 있는 곳으로 돌아왔지만, 상황은 여전히 그대로였다.

"문제는 선생님들이 언제 도착하느냐겠지."

섬의 북동쪽에 있어서, 배나 헬기를 이용한다고 해도 나름 시간이 걸릴 것이다.

"저기~…… 무슨 일이 있으신가요?"

상황 변화를 알리듯 새로운 몇몇 학생이 모습을 드러냈다.

나와 나나세는 순간 서로의 얼굴을 마주 보았다. 말을 걸어온 사람은 1학년 그룹. A반의 미츠이 아유미, B반의 도가미 미츠코, C반의 츠바키 사쿠라코, D반의 마키타 타카시게. 조금 전에 했던 시노하라의 증언과 일치하는 남자 하나에 여자 셋 조합.

시노하라의 말을 들은 이케는 어딘지 경계하는 눈빛으로 네 사람을 응시했다.

"그냥 문제가 좀 생겨서. 학생들이 산비탈을 굴러서 크게 다쳤어."

그 말을 듣고 서로 얼굴을 마주 보는 1학년들.

"저희, 이 근처에서 캠핑하고 있었는데요. 경보음이랑 누군가 소리치는 듯한 목소리가 들려서……. 날이 좀 밝아지기를 기다렸다가 혹시 몰라 상황을 확인하려고 여기까지 온 겁니다."

경보음이 요란했으니까. 근처에 있었으면 들리긴 했겠지.

"그런데 다친 사람들은 괜찮습니까?"

대표로 나선 도가미가 마키타와 함께 불안해하며 물었다.

대조적으로 차분한 사람은 츠바키였다.

선배들에게 둘러싸여 있고, 게다가 크게 다친 두 사람을 눈앞에 두고도 당황하는 기색이 전혀 없었다.

"괜찮은 것 같진 않은데, 아무것도 모르는 우리가 판단할 수는 없으니까. 선생님들이 올 때까지 일단 기다리는 중이야."

1학년들이 모습을 드러내고도 30분이 더 지났다.

긴급 경보가 울린 지 1시간 정도 지났을 무렵, 마침내 학교 관계자가 도착했다.

제일 처음 모습을 드러낸 사람은 2학년 B반 담임 사카가미 선생님과 우리 담임 차바시라. 이어서 의료 종사자로 보이는 어른 세 명까지 총 다섯 명이 왔다.

"바로 상황을 설명해주겠어요?"

앉아 있는 코미야와 여전히 의식을 잃은 키노시타에게 다가가면서 사카가미 선생님이 말했다.

현장 검증을 하려고 학생들이 그곳에 모여들었다.

그 모습을 본 나는 조금 거리를 두고, 나를 보는 차바시라에게 다가갔다.

"언뜻 봐서 코미야와 키노시타는 시험 속행이 어려울 것 같군."

"네. 일단 탈락은 면하기 어려울 것 같네요."

우리 반 학생이 소속된 그룹인 만큼 옆에 서 있는 차바시라의 표정도 무거웠다.

"단순한 사고인가?"

"그 부분에 관해서는 지금부터 들을 수 있을 겁니다."

사카가미 선생님이 처치를 받기 시작하는 두 사람을 보면서 같은 그룹의 시노하라에게 상황 설명을 요구했다.

하지만 시노하라는 두 사람의 상태를 보고 다시 울기 시작했다.

"울기만 해서는 상황 파악에 도움이 되지 않습니다."

엄한 말투로 주의를 시키자, 이케가 그녀를 감싸듯 한 걸음 앞으로 나왔다.

"저, 제가 대신 설명해도 될까요? 시노하라한테 이야기를 전해 들었거든요."

아무래도 대변자로 사카가미 선생님에게 말할 생각인 듯했다.

"……뭐, 괜찮겠죠. 말해 보세요."

"시노하라는 두 사람이 누군가에게 밀려서 떨어졌다고 말했습니다."

두 사람이 구른 산비탈을 눈으로 보면서 설명을 들어도 바로 믿기는 힘든 듯했다.

"밀려서 떨어졌다? ……엄청난 이야기로군요."

"그러니까 도중 탈락 처리되진 않겠죠? 그렇죠?"

"물론 그게 사실이라면 그렇겠지요."

"사실이라면, 이라니요. 시노하라가 그렇게 말했다니까요!"

"증거 있습니까?"

그렇게 나오니 이케도 시노하라도 말문이 막힐 수밖에 없었다.

"음, 음, 하지만 여기는 학교가 아니니까 감시카메라가 있는 것도 아니고!"

"하지만 누군가에게 밀려 떨어졌다면 얼굴 정도는 봤겠지요."

"그건——!"

"어떻습니까, 시노하라 양. 울지만 말고 대답하지 않겠어요?"

지금 가진 증거는 같은 그룹인 시노하라의 증언뿐.

발자국에 관해 설명하려고 해도, 이미 이 근처 일대에 여러 사람이 다니면서 땅을 다 밟아버렸다.

누가 어느 발자국이라고 말해서 해결될 일이 아니다.

"어, 어두워서…… 흑."

"어두워서? 어두워서 상대의 얼굴을 보지 못했다는 겁니까?"

고개를 계속 끄덕여 보아도 사카가미 선생님은 깊은 한숨만 내쉴 뿐.

"얼굴이 보이지 않을 정도로 어두웠는데 밀려 떨어지는 건 분명히 봤다…… 이런 말은 좀 그렇지만 참 편한 대로 말하네요."

사카가미 선생님은 계속 울고 있는 시노하라에게 다가가 진실을 들으려고 했다.

울고 있어서 만족스럽게 말할 수 없는 시노하라이기는 했지만 몇 번이나 고개를 끄덕이며 사실임을 호소했다.

"시노하라가 거짓말하는 게 아니에요!"

"학생은 이 여학생과 같은 반이죠. 당연히 그렇게 말할

수밖에요."

"안 믿으시는 거예요?!"

"사실이라면 간과할 수 없는 사태지만, 증언만으로는 증거가 되지 않는답니다."

"그런! 그럼 코미야와 키노시타는 어떻게 되는 겁니까!"

"어떻게 되고 뭐고, 탈락 말고는 선택지가 없겠죠. 담임인 저로서도 두 사람의 이탈은 썩 달갑지 않은 일입니다. 하지만 저 다리를 보건대 속행은 불가능하겠네요."

사카가미 선생님도 짓궂게 굴려고 그러는 것은 아니겠지.

두 사람의 다리는 하루 이틀 만에 걸을 수 있을 정도로 가벼운 부상이 아니다.

"현 상태로는 이건 사고로 당한 부상을 얼버무리기 위한 거짓말, 방편이라고 판단할 수밖에 없는 상황이지요."

"웃기지 마! 받아들일 수 없다고, 그딴 거!"

시노하라의 어깨를 감싸 안고 열심히 설명한 이케에게 사카가미 선생님의 대응은 너무나 차가웠다.

"방금 그 폭언, 한 번만 못 들은 걸로 하죠. 알겠습니까?"

"윽……!"

교사에 대한 지나친 언동이었기에 이케가 아랫입술을 꽉 깨물었다. 지금까지 필사적으로 호소하고 있는 이케와 시노하라를 대하는 사카가미 선생님의 태도를 보고 있자니 대충 알 것 같다.

"이미 여러 가지로 파악을 끝낸 모양이군요, 차바시라

선생님."

옆에 서 있는 차바시라에게 그렇게 말하자 조용히 고개를 끄덕였다.

"우리는 코미야와 키노시타의 GPS에 의지해서 여기까지 왔다. 코미야의 긴급 경보가 울린 시각은 오전 4시 56분 24초. 그리고 7초 후에 키노시타의 경보가 울렸지. 그 시간과 겹치는 GPS 반응은 시노하라밖에 없어."

차바시라가 태블릿을 보면서 대답했다.

역시 그런 거였군.

사카가미 선생님도 그 정보를 동시에 가지고 있다.

수상한 반응이 하나라도 있었다면 의심할 여지가 있으리라. 하지만 GPS 상으로는 의심할 만한 『범인』이 확인되지 않았다. 이렇게 되면 도중 탈락당하지 않기 위해, 제삼자가 있었다고 조작해서 어떠한 구제 조치를 기대하는 거라고 여겨질 수밖에 없다.

"긴급 경보가 울린 후 코미야 일행이 있던 곳에 제일 먼저 도착한 사람은 아야노코지를 비롯한 다섯 명. 그리고 그 후에 1학년 4인 그룹. 마지막으로 우리."

누군가 그보다 먼저 코미야 일행과 접촉한 기록은 전혀 없었다.

이건 어느 정도 믿어도 되는 정보라고 봐도 되리라.

그럼 범인이 학생이 아닐…… 그런 가능성도 있을까?

교사들은 손목시계를 차지 않았으므로 GPS 반응이 나

오지 않는다.

아니── 그건 아닌가.

한 가지 가설을 세웠지만 사카가미 선생님들이 파악하지 못한 것 등 마음에 걸리는 부분이 많다.

"차바시라 선생님. 이제 코미야랑 키노시타를 데리고 시작 지점으로 돌아가나요?"

"그래. 선내에서 두 사람의 부상 정도를 확인하겠지."

"그 김에 조사해주셨으면 하는 게 있습니다. 비밀리에요."

내가 몰래 말하자, 차바시라가 깜짝 놀라면서도 딱 한 번 고개를 끄덕여 받아들였다.

하지만 그건 그거고 이건 이거다.

코미야와 키노시타의 도중 탈락은 결정 사항이고, 시노하라 혼자만 남게 되겠지.

오늘과 내일, 혼자 극복하는 것만으로도 시노하라의 입장에서는 절망적이리라.

"못해…… 나, 더는 못해…… 혼자서는 도저히……흑!"

무너지는 시노하라를 보며 이케는 차마 말도 걸지 못하고 있었다.

아연한 얼굴로 멍하니 서서 어쩔 줄 몰라 했다.

그런 이케를 보고 있는 사람은 나뿐만이 아니었다.

지금 어른들이 옮기려고 하는 코미야 역시 그중 한 사람이었다.

"이케…… 잠깐 이리로 와줘."

"왜, 왜 그러는데?"

코미야는 이케를 자기 손이 닿는 위치까지 가까이 와달라고 부탁했다.

그리고 아픈 몸을 채찍질하듯 억지로 일으켜 이케의 목에 팔을 두르고 귓속말하듯 귀를 강제로 입가로 끌어당겼다.

"남자를 보여줘라."

그렇게 짧은 한마디를 남기고 코미야는 들것에 그대로 쓰러졌다.

코미야는 이번 무인도 시험에서 시노하라에게 고백하려고 했었다.

하지만 아직 하지 않은 것 같았다.

어쩌면 반대로, 시노하라에게서 이케에 관한 고민 상담을 들었는지도 모르겠다.

그렇다면 시노하라가 이케를 마음에 담고 있다는 사실도 알았을 터.

자기가 지켜주려고 했던 시노하라를, 사랑의 라이벌인 이케에게 부탁하다니.

"쉽지 않은 일인데……."

스도도 코미야를 보고 모든 것을 깨달았으리라. 우리 반 아이들만 성장한 것이 아니다. 스도가 그랬듯 코미야 역시 나날이 성장하고 있다.

그때 나나세가 이 어려운 상황에서 벗어나기 위한 한 가지 제안을 했다.

"최소한의 짐만 가지고 거점 근처에 계속 머무는 방법도 있습니다. 지정 구역에 가서 얻는 점수는 하나도 못 모으겠지만, 중도 탈락만은 반드시 피할 수 있죠."

과연 시노하라 혼자서 할 수 있는 최선의 전략이 틀림없겠지.

남은 2주간의 무인도 생활을 버티며 다른 그룹이 탈락하기를 기대하는 것이다.

물론 모든 그룹이 도중 탈락하지 않으면 시노하라는 퇴학을 면할 수 없지만.

"시노하라. 퇴학당하라는 말을 하고 싶은 건 아니지만——어떻게 할래. 혼자 무인도 시험을 계속 이어가긴 힘들 거다."

"네……."

"아니면 방금 나나세가 말한 것처럼 항구로 돌아가서 나머지 기간을 버티는 방법도 있어. 그 근처에 뜨는 과제를 하는 건 불가능하지 않잖아."

두 사람의 제안은 잔혹하기는 하지만 혼자 남은 시노하라가 취할 수 있는, 몇 없는 방법이기도 했다. 혼자 다니게 되면 십중팔구 도중에 지칠 것이다. 체력 아니면 식량이 바닥나 기권하고 말겠지.

하지만 항구에서 버티면서, 시작 지점에 들르는 그룹에게 조금씩 도움을 받는 등 방향을 전환하면 일단 끝까지 살아남는 것은 가능하다.

지금 여기서 퇴학을 결정짓는 것보다야 훨씬 낫겠지.

시노하라는 눈물을 닦고 천천히 고개를 한 번 끄덕였다.

"시작 지점까지는 어떻게든 자기 힘으로 가보도록."

"네…… 알겠습니다."

학교 측은 개입할 수 없기에 시노하라는 여기서부터 혼자 항구로 가야만 한다.

자신의 짐을 들려고 하는 시노하라의 팔을 이케가 허둥지둥 붙잡았다.

"……뭐야?"

"뭐, 뭐긴…… 너, 시작 지점으로 돌아가서 기다리기만 해서 되겠어?"

"방법이 없잖아. 코미야도 키노시타도 이제 없는데…… 나 혼자 이 특별시험에서 살아남는 건 절대 불가능해."

"하지만, 하지만."

"어차피 난 퇴학당할 테니까 그냥 내버려 둬."

시노하라는 이케의 손을 뿌리치고 서둘러 이곳을 떠나려고 했다.

"윽……!"

그 자리에 굳은 채 입술을 깨무는 이케.

지금까지의 이케라면 여기서 더 이상 나아가지 못할 터였다.

하지만 보이지 않는 코미야의 손이 이케의 등을 밀었다.

"내가…… 내가 어떻게든 해볼게!"

작게 웅크린 시노하라의 등에다 대고 이케가 그렇게 소

리쳤다.

"하지 마. 무리일 게 뻔하니까."

그러나 시노하라는 이케의 말을 들으려고도 하지 않고 걸었다.

"무리가 아니라고!"

그 자리에 가만히 서 있을 수 없다는 듯, 이케가 달려가 시노하라의 팔을 붙잡았다.

"이거 놔……."

"못 놔. 여기서 네가 퇴학당하게 놔둘 수 없어."

"왜? 딱히 이케랑 상관없잖아. 오히려 내가 퇴학당하면 그만큼 이케가 퇴학당할 가능성이 줄어드니까…… 기뻐해야지?"

"기뻐하라고? ……웃기지 마, 기쁠 리가 없잖아!"

"뭐……?"

"그야 네가 퇴학당하면 반 포인트가 확 줄어드니까…… 그건, 그러니까, 막아야 하는 일이지. 그러니까 그렇게 되지 않기 위해서 도와주려는 거라고!"

"뭐, 그건 그렇지만……. 그렇다고 나를 돕다가 이케 그룹까지 하위로 떨어지면 어쩌려고 그래? 그럼 스도한테도 민폐잖아."

"그건——!"

"이케는 항상 생각이 없다니까. 그런 식이면 퇴학당하는 것도 시간문제야."

왠지 어이없다는 듯 웃더니 시노하라가 가볍게 손을 흔들었다.

"일단 끝까지 포기하지 않고 살아남아 볼 거니까. 이케도 열심히 해."

이케의 도움을 받을 필요 없다며 거절했다.

"기, 기다려……."

조금 전까지만 해도 강하게 나오던 이케의 태도가 초라하게 꺼져갔다.

멀어지는 시노하라를 붙잡을 수 없었다.

"칸지."

그런 이케를 부르는 스도. 스도는 대담하게 웃으면서 걱정하지 말라고 자기 가슴을 쳤다.

친구의 격려에 이케는 다시 한 걸음 앞으로 나갔다.

"기다려…… 기다려 시노하라……. 나는, 나는 그저……
그러니까…… 그게……!"

필사적으로 목소리를 쥐어 짜내 보려고 했지만 제일 중요한 말이 나오지 않았다.

목구멍까지 끌어올려 보아도 나오지 않는 것이리라.

마지막 한 번의 노력. 고작 그것 하나가 너무나 힘들다.

하지만 그 말을 꺼낼 수 있는 사람은 스도도 나도 나나세도 아니다.

이케가 스스로 해낼 수밖에 없는 것이다.

결과가 두려워 겁에 질린 그 마음을 밀어내고 앞으로 발을 내딛는 수밖에 없다.

"기다리라고 말했잖아!"

"까, 깜짝이야. 잘 들리거든? …… 아직 뭐가 또 남았어?"

"남았어! 많이 남았어! 나는 네가 퇴학당하게 두고 싶지 않아, 그러니까 도울 거야!"

사랑 고백…… 같은 아름다운 것이 아니었다.

그래도 이케가 나름대로 최선을 다해 감정을 담아낸 말임은 틀림없었다.

"좋았어, 그렇게 정했으면 작전 회의다, 료타로!"

"으, 응!"

이케를 지원하듯 뒤에 선 스도와 혼도가 시노하라에게 손짓했다.

"헐……? 그게 뭐야. 너 바보야? 나 따위 그냥 내버려 두면 될 걸……."

돌아오지 않는 시노하라를 기다리다 못해, 이케가 달려가서 팔을 붙잡았다.

절대 놓지 않겠다는 강한 결의.

그 광경을 보고, 언제나 시큰둥하기만 하던 차바시라가 아주 살짝 웃었다.

그리고 이제 괜찮다고 판단했는지, 사카가미 선생님을 뒤쫓듯 숲을 떠났다.

하지만 낙관할 수는 없다. 시노하라를 구하는 것은 그리 쉬운 일이 아니기 때문이다.

"시노하라를 확실하게 구하려면 최대 상한 세 명을 개방한 그룹이랑 반드시 합류해야 해."

네 명이 모였을 때 내가 그렇게 말했다.

스도, 이케 그룹만으로 세 자리를 개방할 수 있을지는 확실하지 않다.

"같은 반 녀석들한테 의지하는 게 현실적, 이겠지?"

"그건 틀림없다고 생각하지만, 이 특별시험의 규칙상 어느 그룹이 인원 제한을 넘어선 권리를 얻었는지 간접적으로 알기란 불가능한 데다 이미 두 사람이 탈락해버린 시노하라 선배의 그룹을 쉽사리 받아들이려고 할지도 의문입니다. 합류의 영향으로 점수가 내려갈 테니, 리스크밖에 없죠. 그렇다면 그룹에 들어가려고 애쓰는 것보다 득점을 착실히 쌓는 게 현실적일지도 몰라요. 구역 득점을 차근차근하면서 남는 시간에 과제에 도전하는 게 낫지 않을까요?"

나나세는 그룹 합류를 포기하고 시노하라 혼자 점수를 모으는 것을 추천했다.

"하지만 시노하라 혼자 힘으로 상위에 오를 수 있는 과제는 거의 없다고 보는 게 좋아. 참가자가 모이지 않았거나 하는 예상치 못한 우연과 행운을 기대할 수밖에 없는 거지."

"어떻게든 원활하게 다른 그룹에 합류하는 방법은 없냐, 아야노코지."

스도가 이 혹독한 상황을 타개하기 위한 아이디어를 요

구해왔다.

"없는 건 아니야, 높은 확률로 실현 가능한 플랜이 있어."

"그, 그래? 어떤 방법인데!"

나는 계획을 말해줄까 생각했다가 그만두었다.

여기서 전략을 말하면 분명 절망 속에서 희망이 피어나 겠지.

하지만 그와 동시에, 시노하라를 구하기 위한 결심이 느슨해질 수 있다. 그건 좋은 일이 아니다.

이케 그룹은 끝까지 강한 긴장감을 가지고 특별시험을 치르는 것이 중요하다.

그리고 전략을 실현하기 위해서는 몇 가지 꼭 해야만 하는 것들도 있다.

나는 짐이 있는 쪽으로 걸음을 옮겼다. 그리고 나나세에게도 준비하라고 신호를 보냈다.

"야, 야, 아야노코지? 작전은?"

"지금 할 수 있는 건 이케가 중심이 되어서 시노하라를 지키는 거야. 그리고 1점이라도 더 많이 모으는 거. 그러다가 기회가 생기면 그룹 최대 상한을 늘릴 수 있는 과제를 반드시 칠 것."

"넌 어쩔 건데."

"난 만일의 사태에 대비해 준비하고 있을게."

그러려면 여기서 이케 무리와 이러고 있을 시간이 없다.

"하지만 아까 말한 것처럼 확실하지는 않아. 그리고 다른 누군가가 똑같이 하위 5팀으로 떨어지게 되면…… 그 중에서 구할 사람을 선별할 필요가 생길지도 몰라."

시노하라를 버릴 가능성도 있음을 미리 전해두었다.

이 특별시험은 반드시 다섯 팀이 페널티를 받는다고 정해져 있는 이상, 구하지 못하는 학생이 나오는 것을 피할 길이 없다.

"그걸 잊지 마, 이케."

"……알았어."

소동이 있은 지 약 두 시간 반. 우리는 시노하라를 데리고 캠핑장으로 돌아왔다. 근처에 캠핑하던 케이 일행은 다음 지정 구역으로 출발한 듯했다.

코미야와 키노시타가 남기고 간 배낭은 스도와 이케가 나눠 짊어졌다.

"스도, 이케랑 애들을 잘 부탁한다. 이 안에서 제일 냉정한 판단을 내릴 수 있는 사람은 너야."

"그, 그래. 나만 믿어라."

이미 지정 구역은 발표되었기 때문에, 태블릿을 받아들고 준비했다.

"아침부터 체력을 꽤 많이 썼겠지만……."

"걱정하지 마세요. 따라갈 체력은 남아 있습니다."

4일째부터는 상위 열 팀과 하위 열 팀이 공개된다. 그리고 대그룹을 짤 수 있는 과제가 추가되는 날이기도 하다. 만약 과제로 이 보수가 등장한다면 바로 정원이 다 차는 힘겨운 싸움이 되겠지.

하지만 일단은 지정 구역 확인부터 해야 한다.

지정된 구역은 G3, 여기서 섬의 북쪽으로 가야 한다.

이미 30분이나 지체되었다. 착순 보수를 받는 것은 일단 무리겠지.

가볍게 1시간은 걸릴 듯하지만, 궁금한 순위도 봐두기로 했다.

상위도 궁금하지만, 무엇보다 중요한 것은 하위 다섯 팀. 퇴학 페널티를 받을 가능성이 있는 그룹이 어디인지 알아두는 것. 나나세도 양해를 구하고 내 태블릿을 들여다보았다. 쭉 나열되는 열 팀의 리스트. 누가 소속된 그룹인지와 득점은 물론이고, 그 내역까지 적나라하게 나와 있었다.

"이건——"

하위 일곱 팀은 전부 3학년 B반에서 D반 학생으로 구성된 그룹들. 최하위인 3학년 D반의 세 명으로 결성된 그룹은 총 21득점. 과제로 딴 5점과 지정 구역 도달에 의한 보수 16점뿐이었다. 다만 이 세 사람은 특별시험 당일에 기권한 학생이 소속된 그룹으로 다소 동정할 여지는 있다.

나머지 세 팀은 2학년 1팀과 1학년 2팀이었다.

2학년에서 유일한 하위는 우리 반의 아키토 3인 그룹.

"선배 반 사람들, 위험한 위치에 있네요."

현재까지는 밑에서 9등으로 28득점을 했다. 생각했던

것보다도 침체되어 있다. 지정 구역에 계속 들어가는 것도 상당한 체력이 필요하니까. 특히 체력 면에서 불안한 아이리를 데리고 있는 상태로는 만족스럽게 도착 보너스를 얻기도 어려우리라.

한편 1학년도 두 팀이 하위에 있었는데 둘 다 2인 그룹이었다. 네 명으로 시작한 1학년들은 역시 어느 정도 점수를 모았다고 볼 수 있다.

"그나저나 의외네요. 3학년이 이렇게 많이 하위에 깔려 있다니……."

과연 놀랍긴 하지만 단순히 능력 부족으로 하위에 깔렸다고 생각할 수만은 없었다.

상위 확인은 나중으로 돌리고 나나세에게 해야 할 말을 꺼냈다.

"일단 G3에서는 착순 보수를 노릴 생각이야. 하지만 그다음 지정 구역부터는 얼마간 패스할지도 몰라."

"지정 구역을 무시해서라도 가고 싶은 장소가 있으신 거죠?"

"그래. 만약 지정 구역을 노리고 싶다면 나나세와의 동행은 거기까지야."

"아뇨, 함께하겠습니다. 저는 아마사와 씨와 호우센이 잘 도착해준다면 패스가 되지 않기도 하고…… 그리고 시노하라 선배를 구할 방법을 떠올리신 거죠?"

가볍게 고개를 끄덕인 나는 움직이기 시작했다. G3 이후의 목적지는 시작 지점.

가능하면 내일 중에는 도착하고 싶다.

○2학년 D반의 고고한 기린아

다음 날, 시험 5일째 아침 7시 전. 우리는 D4에서 D5로 가기 위해 강을 따라 걷고 있었다. 전날인 4일째에는 G3 지정 구역을 밟은 후 다음 지정 구역이던 H4를 무시하고 서쪽으로 움직여 시작 지점에 가기로 정했다. 결과적으로 그 후에 H6, I7을 포함해 세 번 연속 패스.

랜덤 지정이 우연히 진행 방향에 뜨지 않는 한, 4회 연속 패스는 피할 수 없었다. 결국 이상적인 전개가 펼쳐질 리 없이, 7시를 맞이한 오늘의 첫 번째 지정 구역은 I8.

뭐 이렇게 먼 곳에 나와 주는 편이 애태울 필요조차 없어서 정신적으로는 차라리 낫지만.

그나저나 이른 아침이어서인지 흐르는 강물 소리가 듣기 좋았다.

나쁜 뉴스를 몇 가지 갖고 있지 않다면 흠잡을 데 없는 아침이로군.

"그런데…… 역시 시노하라 선배는 힘들겠어요."

코미야와 키노시타가 탈락하고 고립되어 버린 시노하라. 이케와 스도가 도와준다지만 역시 혼자서는 모을 수 있는 점수도 제한적이다.

어제까지는 하위 10팀에 이름이 없었는데, 오늘 아침에는 하위 8위까지 떨어져 있었다. 그 밑에 있는 그룹도 적잖이 점수를 쌓을 테니, 내일이나 모레쯤이면 최하위까지 떨어지리라. 그 덕분이라고 말하기도 아이러니하지만, 아키토네 그룹은 일단 하위 10팀에서 이름을 지웠다.

한편 어제 확인하지 않았던 상위진. 1위는 3학년 A반으로 구성된 나구모 그룹. 2위는 3학년 B반의 키리야마 그룹. 둘 다 3학년을 대표하는 얼굴들이다.

"아, 선배. 낚시하는 사람이 있어요."

멀리 보이는 학생. 한 인물이 바위에 앉아 느긋하게 낚시를 즐기고 있었다. 외모에 특징이 있는 인물이어서 누구인지 바로 알았다. 내가 지금 누구보다도 만나고 싶었던 그룹 중 하나다. 설마 이런 데서 이렇게 쉽게 기회가 오다니. 원래 찾는 상대를 만나기란 몹시 어려운 일이라, 내일부터 풀리는 GPS 기능을 이용하려고 생각했었던 만큼 꼭 말을 걸어보고 싶은 참이었다.

"나나세, 들렀다가 가도 될까?"

주위에 몇 가지 해볼 만한 과제도 나와 있었는데 아마도 그것들은 버리게 될 듯하다.

"아야노코지 선배가 저랑 동행해주시는 건데, 저는 신경 쓰지 마세요."

나나세의 고마운 대답에 나는 그 인물에게 가보기로 했다.

우리를 보지 못한 것 같지만 낚시에 방해되지 않도록 소리는 내지 않았다.

모래를 밟으며 조용히 다가갔다.

이윽고 그 인물도 우리를 알아차리고 느릿느릿 시선을 던졌다.

"단독으로 시작한 모양이던데, 하위 열 팀 안에 들지 않았더군."

2학년 B반 카츠라기가 그렇게 말하며 거부하지 않고 나를 맞이했다.

"간신히. 하지만 하루라도 쉬었다간 바로 하위행이겠지."

소란스러운 소리에 텐트에서 나온 류엔이 왠지 어이없는 눈빛을 보냈다.

"여자를 끼고 느긋한 무인도 시험이라. 카루이자와 녀석은 질려서 버렸나?"

"카루이자와? 왜 여기서 카루이자와의 이름이 나오지?"

이상하다는 듯 카츠라기가 류엔 쪽으로 고개를 돌렸다.

"크큭, 아무것도 아니야."

"그쪽은 꽤 순조로워 보이네."

태블릿을 보면 상위에 오른 조를 확인할 수 있다. 오늘 아침 시점에 내 종합 점수는 52점. 순위는 74위. 단독임을 감안하면 제법 높은 위치다.

하지만 눈앞의 류엔, 카츠라기 그룹의 순위는 총 득점이 92점에 10위.

지정 구역 도착 보너스로 29점, 착순 보수로 41점, 과제로 22점을 땄다.

"시끄러워. 너희 쪽에는 머리에 나사 하나 빠진 놈이 있잖아."

"뭐, 하긴."

류엔이 말하는 머리에 나사 하나 빠진 놈이란 코엔지를 가리켰다.

나와 같은 단독임에도 불구하고 현재 코엔지는 상위 4위. 착순 보수의 1위 획득 횟수는 상위 10팀 가운데에서도 최고였고, 과제에서도 막대한 득점을 계속 벌어들여 종합 점수는 126점. 빈틈을 보이지 않는 우수한 성적이었다.

하지만 시험은 오늘까지 합해 아직 열흘이 남아 있다. 피로 축적, 부상 등의 불상사가 일어나면 순위는 바로 떨어진다.

이 무인도 시험을 치르는 보름 동안은 마음 편히 쉴 수 있는 날이 단 하루도 없다. 어떤 인간이든 연일 몸을 혹사하면 대미지가 쌓이기 마련이다. 처음에는 근육통 같은 알기 쉬운 증상으로 시작해서, 점점 다리가 무거워져 걷는 속도가 떨어지게 된다. 또 최소한으로 필요한 영양분과 수분밖에 보급받지 못하면 권태감, 탈력감도 덮쳐 오리라.

"다음 지정 구역은?"

"어?"

"이미 아침 7시가 지났는데. 꽤나 여유로워 보여서."

"내가 말렸어."

낚싯대를 강 쪽으로 휘두르며 카츠라기가 입을 열었다.

"지난 4일간 페이스를 올려 지정 구역의 기본 이동과 과

제에 계속 도전했거든. 아까 발표된 지정 구역은 랜덤 지정으로 E10. 시간 내 도착하려면 상당히 무리해야 해. 1점을 받기 위해 체력을 쓸 수는 없다고 판단했어."

어깨를 으쓱하며 류엔이 살짝 웃었다. 언제나 한계까지 강행해오던 류엔이었는데 카츠라기가 말렸다는 말인가. 만약 이시자키나 카네다였다면 류엔을 말리기는 힘들었을 터. 벌써 2학년 B반의 중요한 역할을 맡은 모양이군.

"잘 잡히나요?"

나나세가 강에 뜬 낚시찌를 바라보며 카츠라기에게 물었다.

"아쉽게도 아직 수확은 없어. 대량으로 낚으려면 바다가 제일 낫지."

어디까지나 시간을 보내기 위해 낚시하고 있다는 뜻인가.

"식량 문제는 별문제 없어 보이는군."

어디까지 대답해줄지 모르겠지만 일단 물어보았다.

"바다와 강, 그리고 숲을 다니면 식량 문제는 어느 정도 해결되지. 물도 그래. 강물을 끓이면 되니까."

"하지만 강물을 음용하는 건 위험하지 않은지?"

"그렇지. 아무리 끓인다고 해도 100% 안전한 건 아니니까. 그래서 강물은 주로 내가 마셔. 시작 지점에서 산 물과 과제로 얻은 물은 류엔이 마시고."

리스크 관리도 완벽하군. 슬슬 행동에 제약을 받는 그룹도 나올 시기인데, 이 두 사람은 당분간 안정적인 생활을 이어갈 수 있을 듯하다.

"마침 찾고 있었어, 류엔."

"나를?"

"당연히 지금 하위 10팀에 대해서는 파악하고 있겠지?"

"대충. 우리 반 멍청이들이 8위인 건 어떻게 된 일이야."

두 사람이 중도 탈락함으로써 점수가 급격하게 떨어져,
하위 그룹에서의 우열이 드러나기 시작했다.

"코미야와 키노시타가 도중 탈락했거든."

웃고 있던 류엔의 얼굴이 진지한 표정으로 바뀌었다.

낚시하던 카츠라기 역시 중단하고 이리로 왔다.

"도중 탈락? 무슨 일이 있었는데."

이제 2학년 B반 학생이 된 카츠라기에게는 코미야도 키
노시타도 지켜야 할 동료였다.

"두 분 다 크게 다쳤습니다. 당분간 걷지도 못하리라 생
각합니다."

"사고인가."

"아니, 그게──"

"그룹에 남은 한 사람, 시노하라의 증언으로는 누가 뒤
에서 밀었다고 했어."

"그럼 그 누군가도 똑같이 탈락했겠지?"

"유감이지만 누가 공격했다는 증언은 시노하라뿐이어
서. 코미야도 키노시타도 정말 공격당했는지조차 자각하
지 못하고 있는 모양이야. 학교 측에서 조사하겠지만 불확

실하지."

"탈락당하기 싫어서 시노하라 선배가 거짓말을 한다는 식으로 처리되고 있어요."

"어떡하지, 류엔? 우리가 3위 안에 든다고 해도 코미야랑 애들이 퇴학당하면 의미가 없어."

꼴찌가 되면 우리도 류엔의 반도 타격이 크다.

"나를 찾고 있었다고 말했지? 시노하라는 너희 반이고. 퇴학당하지 않게 할 계획이 있다고 받아들여도 되나?"

역시 류엔. 작전 내용까지는 짐작하지 못해도, 나에게 방법이 있다는 사실을 직감했다.

"나나세한테는 미안하지만 이 이야기는 들려줄 수 없어. 2학년의 생존이 걸린 문제여서."

"알겠습니다."

거리를 두듯 나나세가 멀어지자 나는 류엔에게 다가가 작전 내용을 들려주었다.

카츠라기는 나중에 류엔이 직접 말해주면 되겠지.

"크큭, 그렇군. 하긴 그렇게 하면 시노하라가 살아남을 길이 있지. 하지만…… 잘 될까?"

"네가 도와주는 것만으로도 확률이 확 올라가지. 나머지는 착실하게 하고."

"상황이 달라질 테니까. 이걸 알게 되면 다른 놈들도 움직일 거다."

나는 작게 고개를 끄덕였다. 나나세에게 들려주지 않은

이유. 그건 1학년이 이 이야기를 알면 2학년 VS 다른 학년이라는 대결 구도가 만들어질 위험이 충분히 있기 때문이다.

"1학년 중에 감이 좋은 학생이 있어. 우리가 생각하는 것 이상으로 빨리 눈치챌지도 몰라."

더구나 이 상황을 알게 된 3학년이 어떻게 나올지도 짐작할 수 없다.

"잔챙이들이야 망설임 없이 버리겠지만 코미야랑 키노시타는 아직 쓰임새가 있으니까."

"손을 잡는다…… 그렇게 받아들이면 되겠지?"

"이해관계가 일치하니까. 그거 말고 다른 방법이 없잖아."

둘 다 자기 반 학생이 들어 있는 그룹이니까.

여기서 손을 잡지 않으면 시노하라도 코미야도 키노시타도 구할 길이 없다.

"그런데 이치노세는 착하니까 그렇다고 치지만, 사카야나기는 쉽게 협력하지 않을 텐데?"

"1학년한테 유리하게 일이 돌아가는 것을 그대로 받아들일 타입도 아니지."

"크큭, 그렇지."

예상치 못한 만남에 이별을 고하고 우리는 바로 출발하기로 했다.

1

잠시 후 우리는 남하해서 시작 지점으로 갈 예정이었는데, C5의 산 정상 부근에 과제가 떠서 진로를 변경했다. 과제 내용은 1대1 줄다리기. 출현 시간은 40분으로 짧았고, 참가 인원수가 남녀별 두 명까지로 조건은 까다로워 보였지만 참가하기만 해도 5점을 받을 수 있는 데다가 이기면 추가로 10점을 받을 수 있어서 총 15점. 단시간에 산 정상으로 올라가야만 하는 만큼, 주위에 있지 않은 라이벌은 일단 제때 도착하는 것부터 불가능하다. 패스가 곧 4회째를 맞이하여 2점이 깎인다는 점에서도 반드시 노리고 싶었다. 부전승으로 15점이 그냥 굴러 들어올 가능성도 크니까.

표고가 있는 산이지만 우리는 빠른 속도로 올라가, 5분 정도를 남겨두고 과제에 다다랐다.

일단 1등인가 했는데, 아무래도 먼저 온 사람이 있는 듯했다.

그 남자는 내 존재를 알아차린 것 같았지만 눈길을 줄 기색도 없었다.

"저 사람 꽤 빨리 왔네요. 근처에 있었던 걸까요?"

"글쎄."

가령 C5의 남쪽에 있었다고 해도 여기까지 도착하려면 나름대로 시간이 걸린다.

"보면 참고가 될지 모르겠지만, 저 애가 코엔지 류노스케야."

"코엔지…… 지금 4위인, 아야노코지 선배 반의 학생이시죠? …… 과연 뭔가 엄청난 기운이 느껴지는 것 같습니다."

우리보다 일찍 도착한 것도 그렇지만, 이상한 점은 짐이 어디에도 보이지 않는다는 것이었다. 손에 달랑 물병 하나만 쥐고 있을 뿐.

몸이 가벼운 상태라면 과연 우리보다 일찍 정상에 도착한 것도 수긍은 가는데…….

여기까지 태블릿 없이 올라오다니, 과연 코엔지로군.

등산을 끝내고 만족하던 차였는지, 코엔지가 물을 한 모금만 마시고 나머지는 전부 머리에 끼얹었다.

"아아…… 촉촉하고 아름답고 멋진 남자. 1년 전보다 더 파워업 한 것 같아."

"뭐라고 말하는데 저희한테 하는 건가요……?"

"아니, 틀림없이 혼잣말이야. 자기 자신한테 취한 거겠지."

"아, 아하……."

잘 모르겠다는 듯 나나세가 코엔지의 행동에 고개를 갸우뚱거렸다.

다른 라이벌은 오지 않을 것 같지만, 남은 접수 시간이 얼마 되지 않는다. 일단 참가 신청을 끝내둬야지. 둘이 신청해 과제 참가가 결정되었다. 다만 1대1이어서 나와 코엔지의 맞대결이 벌어지는 것은 피할 수 없었다. 한편 여자인 나나세는 라이벌이 나타나지 않아 부전승이 확정되었다.

"내 상대는 아무래도 그대인가 보군, 아야노코지 보이."

"그러네."

지금까지 치른 과제 중에는, 집단에 섞여 간접적으로 같은 반 아이와 경쟁을 벌인 것도 있었다.

하지만 이런 식으로 1대1 대결하는 건 이번이 처음. 그 첫 상대가 코엔지가 될 줄이야. 이것이 기묘한 인연의 시작이 아니기를 바란다.

이 과제를 담당한 스태프가 밧줄을 준비해 각자 몸에 감으라고 지시했다.

아직 패스 횟수가 늘어날 수 있다는 것을 생각하면 1점이라도 더 많이 모으고 싶은데…….

현시점에서 상위 10팀에 들어 있지 않은 나보다 4위를 차지한 코엔지에게 득점을 양보하는 것이 최종 승률이 높다고 판단해야 할 것이다. 상위 2위인 키리야마 그룹의 135점을 일시적이나마 넘어서서 단독 2위로 부상할 수 있다.

어차피 승리를 양보할 거라면 쓸데없이 체력을 쓰지 말고 부전패 하는 편이 낫다.

시간도 아끼고 5점을 받아 하산, 시작 지점인 항구로 향할 수 있다.

"곧 시작할 테니 빨리 준비하도록."

"왜 그러세요? 선배."

"아니, 나는……."

"후후, 그대는 효율적으로 머리를 굴리는 남자로군."

코엔지가 당연하다는 듯 내 생각을 바로 간파했다.

"지금은 4위인 나에게 득점을 양보하는 게 반을 위하는 길이지. 시간도 아끼고. 그래서 굳이 나와 대결할 것 없이 부전패 하는 게 낫다고 생각했지?"

"그렇습니까?"

"나야 코엔지가 활약해준다면 불만 없으니까."

"하지만 호리키타 걸이 받아들이지 않을 것 같은데? 그녀는 내가 1위를 차지하는 것보다 2위나 3위를 하는 게 더 좋다고 생각해도 이상하지 않으니."

마치 우리의 대화를 엿듣기라도 한 듯 코엔지가 핵심을 찔렀다.

"그건 D반 학생이 상위 그룹과 경쟁하고 있을 경우지. 지금 상위 10팀 중에 2학년 D반만으로 구성된 그룹은 단독인 코엔지뿐. 괜히 득점을 빼앗아버리면 결과적으로 반에 방해가 될 수 있어."

"물론 이해는 해, 하지만 난센스네. 애초에 그대는 이 과제에서 나를 이길 가능성을 품고 쓸데없는 생각을 하는데. 누가 덤비든 이 승부에서 이기는 사람은 나야."

지금까지 코엔지는 많은 과제에 도전해 전부 입상해왔다.

하는 과제마다 확실하게 해낸 사람은 전 학년 모든 그룹을 통틀어 코엔지가 유일하다.

1, 2위를 양보한 과제도 있지만, 체력, 운동과 관련된 것

은 전부 1위.

이 과제 역시 당연히 1위를 차지할 거라는 절대적 확신을 품고 있었다.

"속으로 하는 자기 자랑은 그 정도로 하지, 아야노코지 보이. 의욕을 드러낸 나와 맞붙을 기회 따위는 쉽게 오지 않으니까 말이야."

자기 능력을 믿어 의심치 않는 점이 코엔지의 최대 매력이겠지.

나는 천천히 발밑에 있는 밧줄을 잡아 들어 허리에 감았다.

"그럼 열을 세겠다. 내가 0을 외쳤을 때 당기도록."

형식적으로만 당기고 코엔지에게 지면 쓸데없이 체력을 낭비할 일도 없다.

"의욕이 느껴지지 않네."

코엔지의 눈에 내 의도가 다 읽혔으리라.

"뭐, 시험 삼아 해봐라. 아무리 발버둥 쳐도 승리의 여신이 너를 향해 웃을 일은 없으니."

각자 밧줄을 단단히 잡자 카운트가 시작되었다.

"──3, 2, 1······0!"

0을 외치는 소리와 동시에 나는 밧줄을 가볍게 잡아당겼다.

코엔지가 진지하게 굴면 1초 만에 끌려가고 말겠지.

하지만 밧줄은 조금도 상대 쪽으로 당겨질 기색이 없었다.

맞은편에 있는 코엔지가 뻔뻔하게 웃으면서 내가 진지하게 하기를 기다렸다.

그럴 생각은 전혀 없지만, 시간을 낭비하고 싶지는 않다.

그럴 바에야 조금 반격해서 코엔지를 겁주는 게 승부가 더 빨리 날지도 모르겠군.

상대가 상상하는 그 이상의 힘으로 줄을 당기면 코엔지도 당황할 수밖에 없다.

줄다리기에서 이기려면 단순히 힘을 뒤로 주기만 해서는 안 된다.

손이 밧줄로부터 받는 마찰력, 다리가 지면으로부터 받는 마찰력과 수직항력.

더 자세하게 말하자면 중력도 상관있다.

악력을 최대한으로 발휘해 밧줄을 쥐고 다리를 쭉 뻗었다. 그대로 몸은 굽히지 않고 뒤로 기울였다.

그리고 무릎을 굽혀 허리에 가까운 위치에서 줄을 잡아당기면――.

살짝 중앙에서 벗어나 밧줄이 내 쪽으로 끌려왔다. 여기까지는 계산대로다.

하지만 예상보다 그 폭이 작았다.

내 쪽으로 기운 밧줄을 원래 자리로 되돌리려는 흉악한 힘이 내 반격을 단숨에 봉했다.

"줄다리기에서 이기는 데 필요한 건 테크닉이 아니라 순수한 파워지."

결코 힘을 빼고 있는 게 아닌데, 코엔지가 잡아당기는 힘 때문에 내 쪽으로 오던 밧줄이 다시 정확히 가운데로 돌아갔다.

이 상황으로 보건대 나와 코엔지의 완력은 거의 비슷한 듯하다.

상대는 나보다 몸무게가 나간다. 줄다리기에서 가장 중요한 무게 부분에서 지는 이상, 다른 요인으로 어드밴티지를 받을 수 없으면 이기기 어렵다. 체력의 한계를 이용하면 접전을 벌이다가 코엔지가 미끄러지는 등 실수를 범할 때까지 기다릴 수도 있지만, 시간과 체력 낭비일 뿐이다. 내가 이기는 전략을 쓰는 건 아직 멀었다.

통증이 느껴질 정도로 밧줄을 단단히 잡으며, 완력이 거의 비슷하다는 사실을 다시금 확인했다. 코엔지라는 남자의 신체 능력은 역시 차원이 다르다. 고등학생 중에서 손에 꼽히는 스도, 알베르트도 이 남자에게는 한참 떨어진다. 고등학생을 넘어섰다는 표현조차 약하리라.

내가 다시 힘을 실어 잡아당기자 코엔지 역시 똑같은 힘을 주었다.

그 순간을 놓치지 않고, 나는 순간 힘을 뺐다.

당연히 밧줄은 코엔지 쪽으로 기울었고 승부가 어이없이 결정 났다.

"끝까지 효율 중시네."

약간 황당해하는 코엔지였지만, 이제 나에 대한 흥미를

잃었는지 더는 말을 걸어오지 않았다.

"아쉽네요, 선배."

"아니, 코엔지한테 도전해봐야 나는 상대도 안 되니까. 당연한 결과야."

결과적으로는 이렇게 해서 2학년 D반이 속한 그룹에 20점이 들어오게 되었다.

그것만으로도 여기까지 온 것에 큰 의미가 있었다.

"체력은 괜찮아?"

"솔직히 말씀드리면 다리에 슬슬 느낌이 오긴 합니다."

나나세가 그렇게 말하며 허벅지를 살짝 만졌다.

"하지만 처음 동행할 때 말씀드렸다시피 아야노코지 선배가 하시고 싶은 대로 하시면 됩니다."

어디까지나 나나세는 함께하겠다는 자세를 무너뜨리려고 하지 않았다.

"그럼 전력을 다해 간다."

"네."

코엔지는 어느새 다른 루트로 내려갔는지 이미 모습이 보이지 않았다.

2

그로부터 2시간 정도 걸려 마침내 시작 지점인 D9의 항구로 돌아왔다.

1분 정도 늦게, 숨을 헐떡이며 나나세도 도착했다.

"후우…… 겨우 따라왔네요."

수건으로 땀을 닦으며 호흡을 가다듬었다.

"도저히 고등학교 1학년 여학생이라고 생각할 수가 없네. 체력이 이 정도일 줄은 몰랐다."

여기까지 동행하면서 몇 번이나 감탄했지만, 이번이야말로 최고였다.

"아닙니다, 아야노코지 선배는 숨소리 하나 흐트러지지 않았는데…… 역시 대단한 분이네요."

"억지로 괜찮은 척하고 있을 뿐이야. 그보다도 저것 좀 봐."

"와── 굉장해요."

숨을 고른 나나세가 바쁘게 오가는 많은 사람을 보고 깜짝 놀랐다.

이곳에서는 물자를 추가로 살 수 있을 뿐만 아니라 무료로 치료를 받거나 샤워도 할 수 있고 깨끗한 화장실도 이용할 수 있다.

말하자면 학생들의 오아시스이자 유일하게 마음 놓고 의지할 수 있는 거점이었다.

지정 구역에 가는 김에 들르는 사람, 또는 작심하고 한두 번의 기회를 패스할 생각으로 쉬러 오는 사람, 다양한 마음으로 이곳을 찾고 있겠지.

이곳의 관리를 맡은 학교 관계자 역시 분주히 움직이고

있었다.

"그런데…… 시작 지점에 온 이유는 무엇입니까?"

"그전에 과제부터."

"아, 그러고 보니 그렇군요."

코엔지와 줄다리기를 했던 C5에서 이동해 C8 구역에 들어갔을 때, 시작 지점인 D9에 과제가 떴다.

과제: 오픈 워터 스위밍

시작 지점에서 골 지점까지 약 2㎞를 수영하는 경기.

지금까지의 과제 중에서도 신체 능력을 묻는 종류 중 최고로 난도가 높았다. 그래서인지 얻을 수 있는 득점이 20점으로 가장 많았다.

구역 자체는 도달하기 쉬워서 참가 인원이 금방 찰 것 같지만, 내용이 내용인 만큼 참가 의사를 밝힐 학생의 수가 필연적으로 적을 것이다.

그나저나 오늘 바다는 파도가 꽤 거치네.

바다 수영은 수영장에서 하는 것과 차원이 다르다. 위험도 동반하기 때문에 이 시작 지점 부근에서만 개최 가능한 과제라고 할 수 있다.

만일의 사태가 벌어졌을 경우 인명구조대가 즉시 출동하기 위해 대기하고 있을 터다.

등록 접수는 항구 쪽에서 받는 것 같아서 그리로 움직였다.

멀리서 봐도 인원이 꽤 모여 있는 것 같은데 과연.

우리는 등록하기 위해 항구에 도착했다.

"죄송합니다. 남자 쪽은 불과 몇 분 전에 마감되었습니다."

비치 플래그 때처럼, 여자 쪽만 한자리 남아 있는 상황이었다.

결코 요구하는 능력이 큰 과제는 아니지만, 그냥 넘기는 학생이 많을 줄 알았는데.

그런데 무엇보다도 놀랐던 것은——.

"선배…… 저 사람, 코엔지 선배 맞죠?"

앞에 보이는 것은 틀림없는 코엔지의 등이었다.

설마 과제가 발표되고 나서 여기 온 것은 아닐 텐데……
놀랍군.

"으음……."

"경기에 나가고 싶으면 다녀와. 그런데 체력 괜찮겠어?"

여기까지의 여정도 쉽지만은 않았다.

이미 나나세의 체력은 바닥을 치기 시작했다고 봐도 과언이 아니다.

옷을 갈아입고 과제를 시작하기 전까지 얼마 안 되는 시간 동안 체력을 회복해야 한다.

"완전하다고 말씀드리긴 어렵지만…… 모처럼 생긴 기회니까 열심히 해보려고 합니다."

투지는 충분한 것 같군.

"저쪽에서 기다릴게. 끝나면 와라."

"네."

나는 나나세를 보낸 후 일단 그 자리를 떠났다.

　그리고 시작 지점에 들른 제일 큰 목적을 달성하기 위해 어느 인물에게 접촉을 시도했다. 목적의 인물은 해변에 파라솔을 펼치고 비치 체어에 우아하게 앉아 있었다.

　"안녕하세요, 아야노코지 군. 오늘도 아주 무더운 하루가 될 것 같네요."

　"시험은 좀 어때?"

　"그럭저럭이라고 할까요. 이치노세 씨와 시바타 군이 열심히 해주고 있으니 분에 겨운 소리는 할 수 없지요."

　사카야나기의 그룹 멤버는 이치노세와 시바타. 사카야나기는 다리가 불편해서 반기권이라는 형태로 시험에 임하고 있었다. 당연히 인원이 적은 만큼 도착 보너스는 한 번에 2점밖에 들어오지 않는다.

　"하나 궁금하던 게 있는데, 착순 보수는 받을 수 있어?"

　기권한 학생이 있으면 착순 보수가 사라지지만, 사카야나기의 입장은 특수하니까.

　"감사하게도 인정이 되고 있어요. 의도적인 기권이 아니니까요."

　지금은 상위 열 팀에 이름을 올리지 못하고 있지만 나름의 성과를 남기고 있다고 봐도 되겠지.

　"그런데 오늘은 무슨 일로 시작 지점에?"

　"용건 중 하나는 헛걸음으로 끝나버렸어."

　나는 지금부터 시작될 오픈 워터 스위밍 쪽으로 시선을

던졌다.

"아쉽게도 마지막 자리를 코엔지가 가져갔거든."

"오늘 아침 시점에는 4위였는데 지금은 2위인가요. 2학년 D반의 기린아로군요."

"동감해."

상위는 대부분 근소한 차이로 경합을 벌이고 있다. 만약 이 수영 과제에서 코엔지가 1위를 차지하면 일시적으로 종합 점수에서도 1위에 오르게 된다.

"과제가 끝나고 나나세 씨가 돌아올 때까지 30분은 걸릴 것 같으니 이쪽으로 오세요. 그늘이어서 시원하답니다."

사카야나기가 파라솔 아래, 빈 곳에 있어도 괜찮다며 내게 권했다.

"나나세를 어떻게 알지?"

"무인도에서의 정보가 정기적으로 저에게 들어오니까요."

2학년 A반 학생이 소속된 그룹과도 마주칠 기회가 적지 않다. 그중 누군가가 시작 지점에 있는 사카야나기에게 보고해도 이상하지 않은가. 하긴 후배 여학생과 단둘이 다니는 건 안 좋은 의미로 눈에 띄니까 말이지.

"그런데 괜찮겠어? 나는 적인데."

고작 30분, 이라고 낙관할 수 있는 기온이 아니다.

그늘이라고는 없는 이곳에 계속 서 있으면 그만큼 체력이 소모되겠지.

"후후, 괜찮으니 사양하지 마시고."

상위 10위 안에 들지 않은 나는 적으로 볼 필요도 없다는 뜻인가.

　과제에 참가하는 학생들이 해변을 걸어 입수 준비를 시작했다.

　그리고 잠시 후, 남자부 수영이 시작되었다.

　"압도적이네요."

　코엔지가 시작하자마자 가장 빠른 스타트를 보이더니 쫓아오는 선수들을 따돌리고 골 지점으로 쭉쭉 나아갔다.

　"이번 특별시험에서 코엔지 군은 의욕이 넘치는 상태. 다른 그룹 입장에서는 위협적인 존재입니다."

　과연 여기 무인도에서만큼은 현재까지 믿음직한 우리 편이라고 할 수 있다.

　"사실은 사카야나기에게 한 가지 부탁할 것이 있어."

　"아야노코지 군이 저에게? 몹시 흥미로운 이야기로군요. 꼭 들려주세요."

　보통은 적의 부탁 따위 들어주고 싶지 않은 법이지만, 사카야나기는 눈을 반짝거렸다.

　"특별시험이 시작된 지 5일이 지났는데 중도 탈락한 사람은 아직 두 사람뿐이야."

　"코미야 군과 키노시타 씨지요. 잘 알고 계시네요."

　"그 두 사람이 중도 탈락하게 된 현장에 나도 우연히 있었거든."

　그렇게 설명하자 사카야나기가 흥미롭다는 듯 고개를

한 번 끄덕였다.

"남은 시노하라 씨가 아직 고군분투하는 걸 보면…… 어느 분과 협력하면서 버티고 있는 건가요."

"그렇지."

"하지만 그녀의 능력을 생각하면 후반전도 혼자 해내기란 꽤 어렵겠지요. 하루빨리 어느 그룹에 흡수되는 게 좋을 텐데…… 그렇군요."

내가 군이 설명하지 않아도 무슨 부탁을 하려는지 알아차린 사카야나기. 계속해서 말을 이었다.

"그래서 제 도움을 받고 싶다는 말씀이군요. 류엔 군은 만나셨나요?"

"코미야와 키노시타를 꽤 높이 사는 것 같아서 말이지, 내 제안을 받아들였어."

"그런가요."

흥미롭다는 듯 미소 지은 사카야나기가 확인하는 눈빛으로 쳐다보았다.

"류엔 군이 도와주는 것은 자연스러운 이야기입니다만, 저는 얻을 이익이 없어요. 굳이 말하자면 2학년의 반 포인트가 다른 학년으로 넘어가는 건 문제지만, 솔직히 A반에 손해가 없으면 별로 신경 쓸 일이 아니라고 생각한답니다."

순순히 이야기는 들어주지만, 그것과 이것은 별개의 문제라는 의미였다.

"하지만 같은 조건으로 협력해주신다고 하면 이야기는

달라지지요."

그 제안은 지극히 당연했다. 눈치 빠른 사카야나기 덕분에 금방 이야기가 정리되는 방향으로 흘러갔다.

"조건을 받아들이지, 라고 확답하고 싶지만 아무래도 의논을 해야 해서."

"물론 기다리겠습니다. 다만 이 전략에는 시간과 노력이 드는 만큼 할 거라면 서두르는 편이 좋지 않을까 하네요."

"그렇지."

게다가 비슷한 것을 나구모는 일찍부터 실행하고 있다고 봐야 한다.

아마도 중반에서 후반까지, 이 전략을 이용한 대결이 펼쳐질 것이다.

"그럼 다시 연락할게."

"전달 역할은 맡기도록 하죠. 호리키타 씨든 류엔 군이든."

나는 고개를 끄덕인 후, 오래 머물지 않고 사카야나기가 있는 곳을 떠났다.

여기는 나쁜 의미로 지나치게 눈에 띄는 장소니까 말이지.

그 후, 나는 다시 항구의 중심으로 돌아왔다.

그런 내 눈에 들어온 것은 여러 명의 학생. 1학년들이 마시마 선생님에게서 상품을 받는 모습이었다. 아무래도 마시마 선생님이 판매 담당인 모양이었다.

나는 포인트가 거의 없었지만 들러 보기로 했다.

"안녕하세요."

"아야노코지구나. ……마침 잘 됐다. 구경하면서라도 좋으니 이야기를 좀 들어줘."

마시마 선생님의 제안에 나는 적당한 상품에 시선을 던지면서 가까이 다가갔다.

"무인도 시험이 시작된 후로도 츠키시로 이사장 대행 쪽에 이렇다 할 움직임이 보이지 않아. 너에 대해 뭔가를 계획하는 듯한 모습도 찾아볼 수 없고."

"즉 무슨 짓을 벌일 걱정은 없다는 뜻입니까?"

"……그래. 하고 대답하고 싶지만 묘한 움직임이 전혀 없는 건 아니야."

"그러면요?"

천천히 움직이면서 이따금 물건을 들어보기도 했다.

"이 시험은 누가 언제 어디에서 위험에 휘말릴지 모르지. 특히 심각한 부상 같은 긴급 사태의 경우 소형선이나 헬기를 사용해 구하러 가도록 준비도 되어 있어."

"당연하겠죠."

섬 반대쪽에서 도움을 기다리는 경우라든지, 날씨에 따라서는 배, 일각을 다툴 때는 헬기 등 쓰임새를 구분해 미리 대기하고 있는 것은 이상한 일이 아니다.

"헬기는 한 대, 소형선도 한 척 준비하기로 되어 있었는데 무슨 영문인지 배가 두 척 있었어. 알아보니까 츠키시로 이사장 대행이 혹시 모른다며 준비시켰다고 하더군."

시험 중에도 마시마 선생님은 감시와 함께 정보 수집도

게을리하지 않은 모양이었다.

"구조 활동이 겹치는 상황을 예측해서 그런 것일 수도 있죠."

"물론 그렇지. 어디까지나 한 가지 마음에 걸리는 게 있다면 그거란 소리야."

원래 한 척만 준비하기로 되어 있던 소형선이 두 척이라.

하지만 아무리 소형이라도 배를 움직이게 되면 필연적으로 눈에 띌 수밖에 없다. 학생들의 SOS도 없는데 소형선을 움직이기란 일단 어렵겠지. 무엇보다, 배를 끌고 나온다고 해도 나와 어떻게 연결 지을 것인가라는 문제도 있다.

"이사장 대행은 평소 어디에?"

"평소에는 텐트 안에 설치된 모니터실에서 대기하면서 학생들의 손목시계에 이상이 없는지 확인하고 있어. 물론 다른 스태프들과 함께. 그리고 하루에 몇 번인가 무인도 순찰을 몇 시간씩 돌고 있어."

"이사장 대행이 굳이 자기 발로, 말입니까?"

"그래."

뭘 하는지 알 수 없는, 감시 불가능한 시간이 하루에 몇 시간 있다는 것.

"아무래도 불길한 예감이 들어. 조심해라, 아야노코지."

"충고 감사합니다."

물론 최대한 경계할 생각이지만 시험을 무시할 수는 없

는 노릇이다. 기본 이동이라는 강제적 문제에 계속 발이
묶여 있으니 말이다.

3

시작 지점에서 진행되고 있는 오픈 워터 스위밍.

그 결과, 나나세는 비록 1위는 놓쳤지만 3위로 들어와
득점에 성공했다.

힘든 장거리를 단시간에 돌파한 것을 생각하면 훌륭하
다고 할 수 있겠지.

돌아온 나나세에게 고생했다고 말해주었지만, 썩 기쁜
표정이 아니었다.

"1위는 우리 반 오노데라. 원래 수영을 아주 잘하는 녀석
이니까 졌다고 너무 주눅들 필요 없어."

수영부인 오노데라를 상대로 잘 싸워주었다.

"네. 말씀하신 대로 오노데라 선배는 정말 굉장했습니
다. 다만 제가 마음에 걸리는 것은——"

뒤돌아본 나나세가 응시하는 한 인물.

그는 남자부에서 압도적인 실력을 선보이며 1위를 차지
한 코엔지였다.

"저희보다 더 일찍 시작 지점에 도착했는데, 경이로운
기록으로 1위를 했어요."

심지어 코엔지는 호흡 하나 흐트러지지 않고 우아하게 바다를 바라보고 있었다.

"괴짜 또는 초인이야. 저 애야말로 의식할수록 시간만 낭비하는 거야."

그렇게 말하면서도 같은 반인 나조차 코엔지에 대해서는 특별시험에서 두 번 세 번 평가를 다시 하고 있다. 아까 했던 줄다리기 하나만 해도 그렇다.

그는 바닥이 보이지 않는 잠재력을 가지고 있다.

그냥 있는 그대로 하는 거라면 기린아가 분명하다고 표현할 수 있으리라.

보수 20점이 추가되면서 코엔지가 일시적으로 1위가 되었다.

하지만 그렇다고 나구모가 불리해지는 것은 아니다.

오히려 나구모 쪽이 압도적으로 우위인 입장이라는 점은 흔들리지 않겠지.

앞으로 나구모는 틀림없이 최대 인원까지 그룹 인원수를 늘릴 것이다.

6명이 된 나구모 그룹은 가속도를 붙이며 득점을 늘려서 독주를 시작할 것으로 예상된다.

지금까지 단독으로 싸우고 있는 코엔지가 아무리 대단하다지만 물량에는 이길 수 없는 특별시험이다.

과연 그때 코엔지는 어떻게 나올까.

우리는 다음 구역이 발표될 때까지 쉬기로 했다.

무료로 받을 수 있는 물을 마셔가며, 누워서 일시적 휴식에 들어갔다.

그리고 오후 1시, 세 번째 구역이 발표되었다.

H9였던 지정 구역에서 갑자기 랜덤으로 B6.

지금까지 5번 연속으로 패스해온 우리는 점수가 조금 깎인 상태였다.

이번에는 어떻게든 지정 구역을 밟고 싶다.

"거리는 좀 되는데요…… 선배."

B6을 본 나나세가 눈을 반짝이며 나를 보았다.

"숲을 통과할 때 많이 힘들 거야. 하지만 해변을 따라 D8이랑 C8을 지나 B8의 해변으로 나간 다음에 거기서 북쪽으로 올라가면 헤맬 일 없이 B6 구역이 나오지."

같은 루트를 떠올린 나나세가 고개를 끄덕이며 자리에서 일어났다.

"다행히 체력도 회복했고 수분 보충도 했습니다. 문제없이 갈 수 있습니다."

아쉬움은 있지만, 시작 지점을 떠나 다시 숲으로 걷기 시작했다.

얼마간은 많은 학생을 볼 수 있지만, 숲에 발을 들이는 순간 고독과의 싸움이 다시 시작된다.

직사광선이 강했던 해변과 달리, 눅눅한 습기를 머금은 무더위가 점점 몸을 침식해간다.

"벌써 목이 마르네요."

"시작 지점에서 수분 보충을 할 수 있었던 것은 고맙지만, 그만큼 물을 더 갈구하게 되니까."

마음껏 마실 수 있었던 만큼, 다시 물이 부족해지면 그 반동이 아무래도 클 수밖에 없다. 그렇기에 점수를 벌어야 하는 상황에도, 시작 지점 근처에 머무르려고 하는 그룹이 필연적으로 나온다.

"제 생각보다도 더 많은 그룹이 시작 지점에 머물러 있었던 것은 역시 4일, 5일이나 무인도에서 지내다 보니 괴롭고 힘들어져서일까요?"

"그런 이유도 있겠지만 그게 전부는 아닐 거야. 제일 큰 요소는 하위 10팀의 가시화겠지."

"……그렇군요. 퇴학 위험이 있는 건 꼴찌를 포함해 다섯 팀까지. 4일째부터는 태블릿으로 하나하나 자세히 알 수 있는 만큼 여유가 생긴 거군요……."

사흘째 일정이 끝났을 때까지는 아마 거의 모든 학생이 전력을 다해 시험에 임했을 것이다. 한 치 앞도 알 수 없는 무인도에서 분주하게 지정 구역과 과제에 치이며 1점이라도 더 모아야 했기 때문이다. 바탕에 깔린 『퇴학』의 위험에서 벗어나기 위하여.

하지만 4일째로 접어들자 큰 변화가 일어났다. 자신이 가진 점수와 하위 점수를 비교해 하루에 얼마만큼 득점하면 될지, 3일이라는 얕은 경험으로 얻은, 정확하지도 않은 잣대로 재면서 유리한지 불리한지 판단하게 된 것이다.

"하지만 가령 10점 20점 리드한다고 해도 절대적인 보장은 없잖아요? 저라면 열심히 해서 30점이든 40점이든 더 많이 모아 리드하고 싶을 것 같은데요."

"물론 이성으로는 누구나 그래야 한다는 걸 알고 있지. 처음부터 끝까지 전력을 다해 싸울 생각으로 이 특별시험에 임하고 있을 거야. 하지만 현실은 그리 만만하지 않아. 지금 우리가 물을 마시고 싶다고 간절히 생각하듯이, 한 번 편한 맛을 봐 버리면 단단히 조였던 마음이 느슨해지기 마련이야."

"그렇군요…… 듣고 보니 알 것 같기도 합니다. 필기시험 전날 밤샘하려고 각오해놓고도 5분만 자자, 10분만 자자, 그렇게 무심코 이불 속으로 파고들었다가 아침까지 자 버리고……."

그런 경험이 있는지, 나나세가 과거를 떠올리며 창피한 투로 말했다.

"4일째부터는 식량도 물도 얼마 남지 않은 데다가 피로도 쌓이게 되지. 시작 지점에 들러봤으니 알겠지만, 그곳에서 다른 그룹이 쉬고 있는 모습을 보면 자신들도 조금 쉬어야 한다는 생각이 드는 게 자연스러운 흐름이야."

만약 시작 지점에서 아무도 쉬고 있지 않았다면 많은 그룹은 열심히 할 수밖에 없다고 생각을 바꾸고 다시 출발했을 터.

"시작 지점에서 쉬면서 서로 의논했겠지. 일단 득점은

리드하고 있으니까 물과 안전이 확보되고 나면 그때 다시 출발하자고."

이야기를 들으며 나나세가 고개를 끄덕였다. 그런데 문득 새로운 의문이 생긴 듯했다.

"그럼 그 편안함을 버리고 강행하는 것이 정답⋯⋯이라고 생각하면 될까요?"

"나나세는 많은 점수를 쌓기 위해 리드하고 싶다고 말했지만, 점점 피로가 쌓이고 있는 거 아니야? 나보다 훨씬 몸을 움직이는 과제를 많이 했잖아."

"네, 네에. 아까는 열심히 하겠다고 대답했습니다만, 실제로 페이스는 첫날보다 떨어졌다고 생각합니다. 내일, 모레가 되면 더 떨어질 것 같고요."

말로는 하지 않았지만, 육체적 대미지가 상상 이상으로 크겠지.

과제뿐 아니라 지난 5일간 과연 몇 km를 걸어왔는가.

"쉬는 것도 중요하고, 때로는 자신을 채찍질해서라도 득점해야 할 때도 있지. 요컨대 어느 타이밍에 그것을 하는가가 중요하다는 거야. 반드시 피해야 하는 건 남들과 똑같이 행동하는 거야."

대부분 쉴 때 움직이고, 대부분 움직일 때야말로 쉬어야 한다.

"저는 지난 며칠간 아야노코지 선배가 특별시험을 대충 치고 있다고 생각했습니다. 그런데 사실은 전반에 피크가

오지 않도록 하려는 거였죠?"

"기본적인 방침은 그래. 물론 기회라고 생각하는 순간이
오면 과감하게 나서기도 하지만, 경쟁률 높은 과제에 기를
쓰고 덤벼봐야 얻을 수 있는 점수는 한정적이니까."

참가하면 점수를 딸 수 있을 것 같았던 과제가 지금까지
몇 개나 있었지만, 대부분은 먼저 도착해 등록한 사람들
때문에 도전할 기회조차 잡지 못했다.

"저기…… 그런데 왜 저에게 그런 이야기를 해주신 거
죠? 지금까지 선배는 왠지 그런 이야기들을 회피한다고
할까 얼버무리신다고 생각했습니다만."

왜라. 과연 그 말대로다. 나는 평소 이런 이야기를 남에
게 하지 않는다.

왜 나는 감추지 않고 전략의 『일부』를 말한 것일까——

둘이서 무인도를 며칠 돌아다니다 보니 그녀에 대해 좀
알게 된 부분이 있었다.

나나세 츠바사라는 학생이 어떤 성격이고 어떤 사고방
식을 가졌는지. 공부도 운동도 남들 이상으로 하는 성실한
우등생. 지시받은 일은 불평하지 않고 따르지만, 잘못된
일이나 의문을 느끼는 일이 있으면 상대가 누구든 망설이
지 않고 지적한다. 무엇보다 심지가 굵고 단단해서 쉽게
꺾이지 않는다. 그것은 장점이자 동시에 단점이기도 해서,
삶의 방식이 서툴다고도 말할 수 있었다. 그런 나나세이기
에 호우센과 손잡은 것에 위화감을 느낄 수밖에 없었다.

화이트 룸생이어서 나를 퇴학당하게 하려고 한 것일까.

아니면 다른 어떤 이유가 있는 것일까.

무인도에서 내게 동행하고 싶다고 말을 꺼낸 것은 그 빈틈을 노리려는 심산이라고 생각했었다.

그래서 나는 다양한 상황에서 일부러 방심한 모습을 보여주었다.

어두운 숲속이면 무슨 일이 일어나도 감시의 눈이 미치지 않는다.

하지만 결국 나나세는 단 한 번도 그런 행동을 보이지 않았다. 이케의 고민도, 시노하라 그룹이 힘든 상황에 부닥쳤을 때도 최선을 다해 도와주려고 했다.

"이해하기 쉽게 말하자면 나나세는 명확한 적이야. 다른 학년과 경쟁하는 특별시험이어서도 그렇고, 나를 퇴학시키면 2,000만 포인트를 받을 수 있다는 그 일도 있으니까."

"……네. 저는 선배를 속이고 공격하려고 했었죠."

"그런데 아무리 해도 적으로 느껴지지 않는 부분이 있어."

"명백한 적대 행위를 저질렀는데도, 말입니까……?"

"참 이상하지. 그리고 또 하나는 내가 말하지 않아도 어느 정도는 내 전략을 네가 이해하고 있다고 생각해서야."

여기서 다시 한번 놀란 척했지만, 사실은 알고 있었을 것이다.

눈치챘으면서도 시치미 떼면서 나에게서 뭔가를 끌어내려 하고 있다.

"이건 어디까지나 내 느낌일 뿐이지만."

거기까지 말하자 나나세가 입을 꾹 다물었다.

나도 더 이상 깊이 언급하지 않고, 둘이서 숲속을 조용히 걸었다.

일단 오늘은 지정 구역에 도달하는 것을 최우선으로 생각해야 한다.

4

"후우. 겨우 마지막 구역에도 무사히 도착했네요."

온몸의 피로를 날리듯 나나세가 숨을 토하며 그 자리에 주저앉았다.

오늘 네 번째 지정 구역은 B6 바로 위인 B5.

이 거리를 이동하는 것만으로도 나나세는 상당히 부담스러웠을 터다.

"많이 무리한 것 같으니까."

시작 지점에서 걷기 시작한 뒤 얼마간은 괜찮았지만, 서서히 속도가 느려졌었다. 때에 따라서는 나나세를 남겨두고 나 혼자 지정 구역에 가는 방법도 시야에 넣고 있었는데 결국은 끝까지 끈기 있게 따라왔다.

"솔직히 말씀드리면 수영 과제가 너무 힘들었습니다."

그때 남은 힘을 몽땅 써버린 게 틀림없겠지.

"오늘은 이걸로 끝이야. 텐트 칠 곳을 천천히 찾아보면 좋을 것 같다."

잠시 쉬면서 나나세가 걸을 수 있게 될 때까지 기다린 후 적절한 장소를 찾았다.

주위를 잠시 탐색하다 보니 탁 트인 곳이 나왔다. 그곳에서 한 그룹을 맞닥뜨렸다. 이제부터 저녁을 먹으려던 참인지, 여러 가지 조리도구가 텐트 앞에 늘어서 있었다.

"야아."

넓고 좋은 장소이긴 하지만, 특별히 친하지도 않은데 그곳에 텐트를 치자니 좀 껄끄러웠다. 그래서 곁눈질 하면서 그냥 지나가려고 했는데, 그룹 중 한 사람이 말을 걸었다.

2학년 C반 하마구치 테츠야였다. 가볍게 손을 들어 대답하자 나를 따라 나나세도 고개를 꾸벅 숙여 인사했다.

"서둘러 가야 해?"

"아니, 바다 쪽으로 가볼까 싶어서. 이 구역이 오늘의 목적지야."

"그러면 여기 좀 있다가 갈래?"

하마구치와 이야기하는 것은 작년 무인도에서 돌아오는 길에 치른 선상 시험 이후 처음이다.

그때 시간을 조금 공유했을 뿐, 평소 학교생활에서의 접점은 없었다.

친구라고 부를 수 있는 사이와는 거리가 먼데…….

무슨 생각으로 나를 부른 것일까.

"힘들면 무리할 필요는 없지만."

내 침묵이 길어지자, 조금 미안한 듯 말을 덧붙였다.

지금껏 불평 하나 없이 따라온 나나세는 피로가 절정에 달해 있다.

"그럼 잠시 쉬었다가 갈까."

"어서 와, 어서 와."

꼭 친한 친구를 방에 초대하듯 하마구치가 자기 거점으로 우리를 들였다.

이런 분위기일 수 있는 것은 이치노세와 같은 반이어서일까.

하지만 신경 쓰이는 것은 하마구치가 아니라 나머지 두 사람이다.

대화 소리에, 텐트 안에서 두 사람이 거의 동시에 얼굴을 내밀었다.

안도 사요와 미나미카타 코즈에였다.

이따금 우리를 쳐다보면서, 자기들끼리 귓속말을 했다.

"무리해서 권한 거면 금방 갈게."

다른 반 학생이 와서 불편해졌다면 빨리 자리를 뜨는 게 좋다.

그렇게 생각했는데, 안도와 미나미카타가 당황하며 말렸다.

"아니야, 아니야. 다른 이야기를 하던 중이었어. 아야노 코지랑은 이야기 나눠보고 싶었으니까 오늘은 여기서 캠핑하고 가. 그렇지, 코즈에?"

안도가 미나미카타에게 동의를 구하자, 동조하듯 고개를 끄덕였다.

"그럼 쉬고 가는 걸로 결정됐으니까 환영회를 해야지."

하마구치가 그렇게 말하며 텐트 안에 있던 배낭을 가지고 나왔다.

내용물을 숨기려고 하지 않고 지퍼를 확 열어젖히자 대량의 통조림이 모습을 드러냈다.

"엄청난 양이네."

눈에 보이는 식량만으로도 일주일은 거뜬히 보낼 수 있을 것 같았다.

"우리는 사실 셋 다 1.5배 포인트로 시작했거든. 그래서 다른 그룹보다 식량에 투자할 여유가 있었어."

그 사실은 조사해서 이미 알고 있지만, 여기서는 그냥 감탄하는 척했다. 원래라면 세 명이서 15,000 포인트. 하지만 하마구치 그룹은 22,500 포인트. 풍부한 고기와 바비큐 그릴을 사고도 충분히 남는다. 물론 이런 류의 아이템은 이동할 때 불편하지만. 무게도 늘어나고.

2학년 C반의 강점은 학생의 개인플레이가 적다는 것이다. 언뜻 봐서는 잉여 포인트를 써서 쓸데없는 쇼핑을 하는 느낌도 들지만, 사실은 아닐 것이다.

아마 이치노세의 생각이 아닐까. 많은 식량을 가지고 돌아다니면 몹시 힘들다. 특히 바비큐 그릴 같은 도구는 그저 방해만 된다. 하지만 누군가가 가지고 있으면 이야기는 달라진다. 고기와 생선을 조리하기에 편리한 아이템을 공유하자는 생각.

이번 특별시험에서는 음식을 나누는 것이 정식으로 인정되고 있다. 이 세 사람이 2학년 C반의 부엌 역할을 맡고 있다고 생각하면 딱 들어맞는다는 이야기다.

하마구치가 배낭에서 꼬치 다발을 꺼냈다.

"무척 재미있는 전략이군요."

나나세도 나와 비슷한 생각을 했는지 그렇게 중얼거렸다.

"그럴지도 모르겠군."

"저희 1학년은 단결력이 부족합니다. 누군가를 위하는 마음을 가진 학생이 그리 많지 않을 거예요."

하지만 그렇게 되면 다른 문제가 부상하게 된다.

식량을 지키는 역할은 중요하지만, 그에 따른 득점 문제가 발생하기 마련이니까.

구역의 지정 이동에 대한 페널티는 최악의 경우 한 사람이 커버해주면 되지만, 그렇더라도 주위에 있는 라이벌들과 차이가 서서히 벌어져 간다. 그렇게 되면 필연적으로 퇴학의 입구에 서는 것을 피할 수 없다.

"두 사람 다 고기 구워 먹는 거 괜찮아?"

"앗, 그게 무슨?"

"오늘 저녁 정도는 우리가 쏠게. 괜찮지, 너희 둘도?"

동의를 구하는 하마구치에게, 두 여학생은 싫은 기색 하나 없이 바로 고개를 끄덕였다.

"아니, 잠깐만. 마음은 고맙지만 그럴 수는 없어."

"맞습니다. 귀한 식량인걸요."

나와 나나세는 세 사람의 호의를 감사하게 느끼면서도 사양했는데, 하마구치는 들은 척도 하지 않고 식사 준비를 계속했다. 착한 정도가 지나치군. 어려움에 빠진 같은 반 친구를 위해 써야지, 다른 반과 다른 학년을 위해 소비해서야 되겠는가.

하마구치는 상관없다는 듯 아이스박스에서 팩에 담긴 고깃덩어리를 꺼냈다.

"정말로 마음 쓸 거 없어. 오늘 어쩌다 과제 보수로 소고기를 받았거든. 어차피 오래 보관 못 하니까 우리가 다 먹어야 해."

아무래도 썬 고기를 꼬치에 꽂아 본격적인 요리에 들어가려는 모양이었다.

또 쾌적한 공간을 만들기 위해서인지 모기 기피제까지 꺼냈다.

"정말로 괜찮을까요…… 저까지 얻어먹어도."

"사양하지 말고."

아무리 베풀기를 좋아하는 경향이 있는 반이라지만 왜 나를?

지나가는 학생 모두에게 이렇게 권하는 것도 아닐 테고.

"왜 널 불렀는지 궁금해?"

"음식까지 대접해준다고 하니까. 당연히 궁금하지."

조금 생각한 후, 하마구치가 그 이유를 살짝 말했다.

"아야노코지 이야기는 요즘에 자주 듣고 있거든. 그래서 우리도 대화를 나눠보고 싶었어. 안 그래?"

"응응."

설명에 맞춰서 미나미카타와 안도도 고개를 끄덕였다.

"그게 무슨?"

"그러니까…… 그렇지?"

무슨 말인지 알지? 하고 안도가 내게 확인을 구했다.

내가 아무 대답도 하지 않자, 안도와 미나미카타의 얼굴이 점점 놀란 표정으로 바뀌었다.

"엥, 그럼 정말 아직 아무런 진전도 없는 거야?"

"거짓말?! 친구 이상 연인 미만 정도는 된 줄 알았는데?"

"진짜, 그렇지? 요즘에 호나미 짱 입에서 아야노코지 이름이 자주 등장하니까."

"그래?"

"이런 걸 우리가 말하기도 좀 그렇지만…… 안 사귈 이유가 없지 않아?"

여자는 이런 이야기를 좋아한다고 들었는데, 당사자 앞에서 잘도 말하는군.

나나세도 이제야 상황을 이해했는지, 왠지 모르게 흥미진진한 눈빛이었다.

"……잘은 모르겠지만 사귈 일은 없다고 생각하는데."

"아니아니아니, 아니라니까. 이미 한 번 말했지만, 그 호나미 짱이잖아?"

"남자는 아무도 말 꺼내지 않지만, 아마 2학년의 8~90%는 호나미 짱을 좋아할걸?"

"그건 틀림없다고 생각해."

그야 이치노세의 인기 요소를 부정할 재료는 어디에도 없지만, 90%는 좀 지나치다. 실제로 스도는 호리키타를, 이케는 시노하라를. 그 이외에도 많은 애들이 연애 기미를 보이지 않는가.

"반이 달라도 연애는 해도 괜찮지 않아? 반이나 학년과 상관없이 사귀는 커플도 꽤 있잖아."

"그보다 대전제로, 이치노세는 나 같은 애한테 관심 없을 텐데."

"우왓, 겸손 떠는 거야? 아야노코지는 입학 초기부터 여자애들 사이에서 꽤 화제가 됐었는데?"

돌이켜 생각해보면 쿠시다에게서도 그런 이야기를 들은 적이 있었지.

별로 진지하게 받아들이지 않았다고 할까, 깊이 생각해보진 않았지만.

"아야노코지 선배, 인기 많으시네요."

"아니, 전혀. 여자한테 그 비슷한 얘기도 들어본 적이 없는데."

"정말~? 아, 하지만 화제가 바로 사라지긴 했지."

"그것도 어쩔 수 없지 않겠어? 상대를 좋아하게 될지 어떨지는, 제대로 이야기를 나눠보지 않으면 모르는 건데. 1년 전의 아야노코지는 남이랑 잘 얘기하는 타입도 아니었고."

"그건 지금도 별로 다르지 않은 느낌이지만~."

여자 둘이 나를 도마에 올려놓고 아주 재미있다는 듯 흥분하며 웃는다.

"그럼 지금의 아야노코지 선배는 많이 변했다는 거군요."

이야기를 듣고 있던 나나세가 두 사람에게 질문하듯 말했다.

"왠지 인상이 부드러워졌다고 할까?"

마침 화장실에 다녀온 하마구치가 나나세에게 대답했다. 안도와 미나미카타와는 이야기를 나눠본 적이 없지만, 하마구치는 선상 시험 때 같이 시간을 보냈었으니까.

딱 1년 전의 인상과 비교할 수 있는 인물이라 하겠다.

그나저나…… 이 세 사람에게서 퇴학당할지도 모른다는 두려움은 느껴지지 않는다. 구체적인 득점은 물론 모르지만, 결코 상위에 있지는 않을 텐데.

그렇다면…….

그 후에도 우리는 극진한 대접을 받으며 이곳에서 하룻밤을 함께 보냈다.

○움직이기 시작한 1학년들

특별시험 『6일째』. 첫 이동지는 B6. 일직선으로 남하해 무사히 1위를 차지했다. 그 후 두 번째는 A5. 역시 가까이에 있었지만 아쉽게도 도착 보너스만 받는 선에서 그쳤다.

그리고 오후 1시에 발표된 세 번째는 랜덤 지정으로, C3으로 이동해야 했다. A5에 있는 우리가 지정 구역인 C3으로 가는 루트는 여러 가지가 있다. 하나는 A4와 B4에 우뚝 솟은 험준한 산을 넘어 최단 거리로 가는 방법. 지도상으로는 확실하지 않지만, 벼랑을 올라가야 할 수도 있겠지. 또 하나는 다소의 위험을 피해 C4를 지나가는 방법. 그리고 마지막으로 D5까지 이동해서 강변을 따라 크게 우회하는 방법.

"분명 다른 그룹은 C4를 지나거나 크게 우회하는 길을 고르리라 생각합니다."

"그렇겠지."

A4, B4를 잘 넘으면 착순 보수 1위도 현실적이리라.

"피로가 아직 덜 풀렸겠지만, 좀 힘든 길로 갈 거야."

"최단 거리를 말씀하시는 거죠?"

지금까지 어떻게든 잘 따라온 나나세지만, 과연 산도 잘 넘을 수 있을지.

그것을 단단히 각오하고, 나나세가 내 뒤를 따랐다.

그런 나나세의 앞에 잠시 후 큰 시련이 닥쳐왔다.

지금까지는 급경사밖에 없었는데, 눈앞에 커다란 벼랑이 모습을 드러낸 것이다.

좌우를 둘러보아도 온통 벼랑 일색이니, 간단히 우회하기란 불가능하다.

그렇다면 돌아가든지 벼랑을 오르든지 둘 중 하나다.

"오, 올라갈 수 있습니다."

말할 것도 없이 자발적으로 나오는 나나세부터 오르게 한 다음 상황을 지켜보기로 했다.

나나세는 배낭에서 리본을 꺼내 긴 머리카락을 묶어 벼랑을 오르기 쉽게 했다.

"윽……!"

오른 지 얼마 되지 않아 발을 헛디디며 땅에 떨어졌다.

"아앗……!"

엉덩이를 문지르면서도 다시 일어섰다. 다행히 그리 높지는 않았지만, 2m만 더 올라가서 떨어졌으면 그 정도 선에서 끝나지 않았으리라.

난도는 별로 높지 않다고 해도, 높이 10m 가까이 되는 이 벼랑을 나나세 혼자 오르기란 어렵다.

"여기까지 같군."

눈앞에 놓인 현실의 벽은 생각했던 것보다도 높았다.

지난 6일간 잘 따라왔지만, 이제부터는 나 혼자 가야 할 듯하다.

"오, 올라갈 수 있습니다!"

"설령 올라갔다고 해도 거기서 체력이 다 바닥난다면 무슨 의미가 있겠어. 이 벼랑을 올라가는 건 위험을 무릅쓰면서 시간을 단축하기 위해서야. 모두가 반드시 우회할 거라는 보장도 없으니 1분 1초가 아깝다."

쓸데없는 대화가 시간 낭비라는 사실은 나나세 역시 잘 알고 있을 터다.

"나는 간다. 만약 그래도 오르고 싶으면 마음대로 해. 자기 책임이야."

분한 감정을 감추려 하지 않는 나나세를 내버려 두고, 나는 벼랑에 손을 얹고 오르기 시작했다.

나나세라면 냉철한 판단이 가능할 터. 그런 생각에 뒤돌아볼 마음도 없었는데, 등 뒤로 따라오는 기색이 느껴졌다.

"뭐 하는 거야."

"신경……쓰지 마세요. 저는 저대로 아야노코지 선배를 따라갈 거니까……."

그렇게 말하며, 떨어지는 것도 두려워하지 않고 팔을 뻗었다.

다 가시지 않은 피로 때문에 원하는 대로 팔에 힘이 실리지 않아, 바위를 붙든 손이 떨렸다.

"잘못하면 탈락으로 끝나지 않는다고."

그렇게 재차 충고했지만, 나나세는 포기하지 않고 따라오려고 했다.

왜 이렇게까지 나를 따라오려는 걸까.

만약, 내 손발을 묶어 방해하려는 거라면 어떤 의미로는 정답이다.

중간 지점까지 올라갔던 나는 발밑을 잘 확인하면서 다시 내려갔다.

그리고 나나세에게 손을 내밀었다.

"잡아."

"아, 아니요, 그럴 수는 없습니다. 도움을 받지 않는 조건으로 동행을 허락받은 거니까……. 저는 신경 쓰지 마시고 먼저 가세요."

"먼저 갔다가 네가 다치기라도 하면 마음 불편해지니까. 나나세가 부탁한 거면 모를까, 이건 내가 마음대로 베푸는 친절이다. 마음 쓸 거 없어."

"하지만……!"

"이렇게 이야기하는 동안에도 아까운 시간이 흐르고 있어. 아니야?"

다시 한번 같은 설명을 하자 나나세는 반론하지 못했다.

"……네."

나나세는 조금 분해하면서도 내 손을 잡았다. 그녀의 체력이 떨어진 것도 있지만, 만전을 기했어도 클라이밍이 가능한지는 또 별개의 문제다.

"선배…… 클라이밍 경험이 있으신가요?"

"아니, 이런 식으로 올라가는 건 처음이야."

뭐든 감으로 해야 하는 시험. 원래는 이렇게 손을 내밀어 돕는 것도, 위험을 생각하면 옳은 방법이라 할 수 없겠지.

"그렇군요……."

손을 끌어당겨, 잡을 위치까지 인도했다.

그렇게 비효율적인 행동을 반복하면서 우리는 겨우 벼랑을 다 올랐다.

하지만 거기서 끝이 아니다. 여기에서만 10분 넘게 시간이 지체되었다.

나는 쉬지 않고 바로 걷기 시작했다. 여기서부터는 최악의 경우 나나세 혼자라도 시간을 들이면 내려갈 수 있을 것이다. 뒤늦게 걷기 시작하는 나나세였는데, 열심히 따라오려고 하는 자세는 지금까지와 다르지 않았다.

왠지 강아지 같다고 생각하면서, 나는 서두르기로 했다.

마침내 도착한 C3. 시간이 좀 들긴 했지만 다른 라이벌들이 없어 무사히 1위를 획득했다.

"다, 다행입니다……!"

자기가 2위의 착순 보수를 받을 수 있는 것도 아닌데 기뻐하며 가슴을 쓸어내리는 나나세.

다음 지정 구역이 뜰 때까지는 시간도 남았기 때문에 잠시 같이 쉬기로 할까.

산 위여서 이따금 불어오는 바람이 기분 좋았다.

"어제까지는 바람이 거의 안 불었는데 오늘은 좀 강한 편이군."

맑았던 하늘도 두꺼운 구름이 깔리며 점점 흐려지기 시작했다.

"고등학생이 되고 갑자기 무인도 생활이라니, 좀 놀랐지?"

"물론입니다. 굉장한 학교라고 생각했습니다."

쓴웃음 지으며 멋쩍어하는 나나세.

"선배는 이 학교가 즐거우십니까?"

"글쎄. 힘든 것도 많지만, 재미없다고 생각한 적은 없어."

학교는 매일 똑같은 것 같으면서도 어딘가가 다르다.

그래서 매일 다른 모습을 보여주는 학교를 질리지 않고 계속 즐겁게 다닐 수 있다.

"졸업 때까지 긴 시간이 남은 것 같지만 분명 순식간에 찾아올걸. 그러니 후회 없이 지내는 게 최고야."

"……졸업……."

"왜 그래?"

"아, 아니요. 아무것도 아닙니다."

거리가 가까워진 지난 며칠과는 어딘지 다른 분위기를 풍기는 나나세.

입학하고 얼마 되지 않았을 때 내가 보았던 그녀의 모습이었다.

다만 그것은 미약했다. 기분 탓이라고 한다면 그렇게 끝날 이야기.

뭔가 생각이 있다면 나중에 말해주기를 기다리는 수밖에 없다.

1

시험 6일째 오후 9시. 1학년을 대표하는 몇 명이 F9에 모였다.

A반 타카하시 오사무, B반 야가미 타쿠야, C반 우토미야 리쿠, 같은 C반 츠바키 사쿠라코. D반 호우센 카즈오미. 원래 뿔뿔이 흩어져 다니는 학생들이 이렇게 만나기는 힘든데, 특별시험 시작 전에 미리 약속 장소를 정해두면 꼭 그렇지만도 않다.

또 해변인 이 장소라면 모닥불 하나만으로도 확실한 안표(眼標)가 된다.

이번 만남을 주도한 것은—— 지금까지 이렇다 할 공적이 없는 츠바키였다.

약속 시간이 지났지만, 호우센은 아직 도착하지 않았다.

"츠바키 씨, 호우센 군은 아직 안 온 모양이네요."

"뭐, 시간 맞춰서 오는 타입 같지도 않으니까. 어쩌면 아예 안 올지도 모르고."

잠시 기다리는 방향으로 이야기를 진행하려는데 타카하시가 배를 누르며 손을 들었다.

"미안해, 다들…… 배 아파서 잠깐 화장실 좀. 꽤 오래 걸릴지도 몰라."

그렇게 말하고 타카하시가 황급히 숲 쪽으로 뛰어갔다.

그런 타카하시를 바라보며, 야가미가 츠바키에게 말했다.

"모두 모인 다음에 시작하는 게 좋기는 합니다만…….."

잠시 뭔가를 생각한 야가미가 바로 다시 입을 열었다.

"아직 호우센 군은 오지 않았지만 잠깐 괜찮을까요?"

불을 응시하던 츠바키가 조용히 돌아보았다.

"뭘……?"

"슬슬 구체적인 방안을 들려줘도 되지 않을까 싶어서요."

"그게 무슨 말이야?"

"뭔가 큰 걸 계획하고 있죠? 그렇지 않고서야 후반전이 다가오는 이 타이밍에 모든 반 대표의 모임을 제안하진 않았을 테니까요. 단순히 중간보고를 하자는 건 아니겠죠?"

츠바키가 눈만 야가미 쪽을 향했다.

"츠바키 씨의 OAA는 언뜻 봤을 때 중하. 결코 주목할 만한 점이 없어요. 그런데도 지금까지 1학년끼리 대결하면서 츠바키 씨는 종종 핵심을 찌르는 발언을 해왔어요. 게다가……."

"게다가?"

"아야노코지 선배의 퇴학에 조금도 관여하지 않는 것처럼 보이는 C반이지만, 사실은 수면 아래로 츠바키 씨가 움직이고 있다고 저는 보고 있어요. 우토미야 군이 주도하는 척하면서 사실 뒤로는 츠바키 씨가 조종하고 있는 것 아닌지?"

"흐음. 재미있는 소릴 하네, 야가미. 내가 무슨 생각을 하는지 알아서 이 모임이 성사되게 힘을 보탰다, 그 소리야?"

츠바키 혼자 모이자고 했으면 각 반의 거물들은 절대 움직이지 않았을 것이다.

눈에 띄는 활약을 보이지 않은 츠바키를 따를 학생은 없을 테니까.

그런데도 이번에 별 어려움 없이 모일 수 있게 된 것은 야가미가 강하게 밀었기 때문이다.

"저는 1학년 전체가 힘을 합해야 한다는 생각을 처음부터 일관적으로 하고 있습니다. 가령 츠바키 씨에게 별로 깊은 생각이 없었더라도, 상황을 확인할 수 있는 것만으로도 유의미하다고 생각했어요."

"얘, 야가미. 재미있는 사실 하나 알려줄까?"

"재미있는 사실이요? 무척 궁금하군요."

"하지만 그 재미있는 사실이 뭔지 알게 되면…… 아무것도 보장할 수 없게 되지만."

"……더 흥미로운 얘기로군요."

야가미는 살짝 경계했지만, 오래 끌지 않고 츠바키의 말을 기다렸다.

"야가미는 지금 나랑 우토미야가 뒤로는 아야노코지 선배를 퇴학시키려 한다고 말했었지?"

"네. 그냥 봐서는 그 시험에 뛰어든 사람이 호우센 군과 아마사와 씨뿐인 것 같지만, 사실은 츠바키 씨네 반도 노리고 있다고 생각합니다."

"퇴학시키면 받을 수 있는 보수가 2,000만 포인트인데. 누구나 매력적으로 느끼지 않겠어?"

"그럴지도 모르지만 저는 아닙니다."

딱 잘라 부정하는 야가미를 보면서 츠바키가 눈을 가늘게 떴다.

"아니라고? 미안하지만 도저히 그런 생각은 안 드는데. 무해한 얼굴을 하고 있지만, 사실은 아야노코지 선배의 퇴학을 노리고 있지 않아? 어쩌면 호우센, 아마사와 이상으로."

"왜 그렇게 생각하죠? 전 지금까지 아무것도 하지 않았는데요."

"그냥 보면 알 수 있어. 통찰력에는 좀 자신 있어서."

야가미는 여전히 미소를 유지했지만, 표정이 분명히 굳었다.

"같은 편인 척 접근한 다음 뒤통수치기. 평소 야가미의 모습으로는 상상도 할 수 없는 전개지만…… 그걸 노리는 거야. 안 그래?"

눈동자를 깊이 들여다보는 듯한 츠바키의 눈에 야가미는 무심코 시선을 피했다.

츠바키가 평범한 학생이 아니라 상상 이상임을 피부로 느꼈다.

"당신은……."

"뭐, 그건 그렇다고 치고. 지금 좀 상황이 안 좋아."

"안 좋은 상황이라니요?"

"지금 아야노코지 선배한테 나나세가 쭉 붙어 있는 모양이거든. 게다가 본인한테 동행 허락까지 받았다나. 일단 GPS를 검색해 확인해봤는데, 둘 다 C3 구역에 있으니까 틀림없는 것 같아."

"그렇군요. 호우센 군이 다음 방법을 쓸 기회를 호시탐탐 노리면서 준비하고 있다는 거군요."

"빨리 우리도 뭔가 손을 써야 해. 만약에 호우센이 아야노코지 선배를 퇴학시켜버리면 승리가 확정되어 버리니까. 가능하면 야가미가 무슨 방법으로 퇴학시킬 생각인지, 참고할 수 있게 말해줬으면 좋겠어."

"말씀드렸다시피 저는 아무것도……."

하지만 츠바키는 확신할 만한 뭔가를 쥐고 있는지 야가미에게 가까이 다가갔다.

"협력하는 자세를 보여주지 않으면 여러 가지로 손해 볼 텐데?"

"손해……?"

"소중한 사람에게 위험이 닥친다던가."

"서, 설마 쿠시다 선배한테 무슨 짓을 할——!"

쿠시다라는 이름을 듣자, 츠바키의 무표정한 얼굴에 처음으로 옅은 미소가 번졌다.

이미 야가미가 쿠시다와 연결되어 있다는 것.

그리고 그 뒤에 뭐가 더 있다는 사실까지도 알아차렸다.

"쿠시다 선배가, 뭐?"

"아, 아니…… 미안하지만, 제가 할 이야기는 아무것도 없—— 으윽?!"

등 뒤에 서 있던 우토미야에게 갑자기 붙잡힌 야가미.

벗어나려고 저항해 보았지만 강력한 구속을 풀기란 불가능했다.

"뭐 하는 짓이야…… 우토미야."

"미안하다, 야가미. 난 너를 싫어하지 않지만…… 어쩔 수가 없어."

우토미야의 뒤에 츠바키가 숨어 있다는 것은 분명한 사실이었다.

"저, 저는 1학년 모두가 한편이라고 생각합니다. 쓸데없는 싸움은 그만두죠?"

"가진 정보를 순순히 알려줄지, 지금 이 자리에서 탈락할지. 둘 중 하나를 골라."

이 자리에 모인 것은 주요 멤버들뿐이어서 도움을 청할 수도 없었다.

"너는, 야가미는 쿠시다 선배가 아야노코지 선배를 퇴학시키기 위한 퍼즐 조각이라고 판단하고 있지. 그건 어째서야? 어떤 식으로 이용할 생각이었는데?"

"말할 수 없어요……."

대답을 거부하자 우토미야의 조르기가 더욱 심해졌다.

"그건 역시 관계가 있는 거구나. 털어놓을 생각 없니?"

"저는—— 저는 쿠시다 선배를 그저…….."

우토미야가 구속을 푼 후 이번에는 곧바로 야가미의 목에 팔을 감았다.

"크흑!"

"이젠 달아날 길이 없어, 야가미. 여기서 말하지 않으면 쿠시다 선배한테 직접 물어볼 수밖에."

단순한 협박이 아니라, 츠바키는 정말로 실행에 옮기겠다는 강한 의지를 드러냈다.

실제로 우토미야를 이용해 협박하고 폭력을 쓰고 있는 것이 그 증거였다.

"마지막으로 물을게. 말할래? 말 안 할래?"

하나밖에 없는 선택지를 들이밀자, 야가미는 각오하는 수밖에 없었다.

"……알겠습니다. 전부, 말하죠."

야가미는 고개를 푹 숙이며 쿠시다 키쿄의 과거, 그리고 그 사실을 아는 아야노코지 키요타카에 대해 전부 털어놓았다.

이야기가 끝나고 타카하시가 돌아갈 때까지도, 결국 끝까지 호우센은 모습을 드러내지 않았다.

○드러난 정체

7일째 아침이 밝았다. 지금까지 내가 모은 점수는 총 67점.

설령 4인 그룹의 과제 참가 회수가 0회라도, 지정 구역에만 다 도달해도 92점. 그것만 보면 67점인 나는 힘든 상황 같지만, 이 시험은 그리 안이하지 않다. 현시점에서 내 종합 점수는 51위로 차근차근 순위를 올리고 있다. 패스 없이 계속 이동하는 게 얼마나 힘든 일인지 은근히 드러난다.

전체 그룹의 대략 절반은 시작할 때 가진 식량과 물이 바닥나는 초반 3, 4일 동안 최선을 다해 시험에 임하고, 5일째부터는 정체를 겪으며 항구에서 재기를 노리기 시작했을 것이다. 하지만 그룹이 만전의 상태로 돌아오기는 그리 쉽지 않다. 게다가 계속 쌓여만 가는 스트레스와 피로는 풀리지 않고, 장거리를 이동하게 되면 정신적 타격도 피할 수 없다. 지정 구역의 패스만은 어떻게 해서든 피해야 하기에, 회의를 거쳐 누군가가 혼자 구역에 들어가는 등의 방법을 쓰는 곳도 나오겠지. 그러면 패스는 면할 수 있겠지만 착순 보수를 얻지 못하고 도착 보너스 1점에서 그치게 된다.

반면 나의 체력은 계획대로 첫날과 다름없이 유지하고 있다.

앞으로 있을 후반전을 향해 서서히 기어를 높여갈 것이다.

그 와중에 시종일관 지친 기색 없이 진격을 이어가고 있는 사람은 코엔지였다.

현시점에서 2위를 유지하고 있으며, 1등 나구모와의 점수 차이가 8점으로 사정권까지 좁혔다.

그리고 또 하나, 2학년에서는 류엔과 카츠라기 그룹이 순위를 하나 높여 9위에 올랐다.

그나저나── 강물에 얼굴을 씻은 나는 뒤쪽 텐트를 돌아보았다.

지난 며칠간 함께 다닌 나나세는 언제나 일찍 일어났었다.

그런데 오늘은 이제 6시 50분이 다가오는 이 시간까지도 모습을 드러내지 않았다. 아직 자는 걸까, 아니면 몸 상태에 변화라도 생기기 시작한 걸까.

연일 이어지는 힘든 이동과 격한 과제 참가로 상당한 부담을 받았을 테니 말이다.

수건으로 얼굴을 닦은 후 텐트 근처로 돌아온 나는 태블릿을 꺼냈다.

그 소리에 나나세가 겨우 텐트 밖으로 나왔다.

"……좋은 아침입니다, 아야노코지 선배."

"좋은 아침. 몸은 좀 괜찮아?"

"네? 아, 네. 아무 문제 없습니다."

피곤해할 줄 알았는데 말투나 움직임에 이상은 느껴지지 않았다.

하지만 푹 자지 못했는지 눈 밑에 다크서클이 살짝 깔려 있었다.

"순위를 확인하고 있었어. 처음 공개된 후로 오늘까지 잘 싸우고 있는 1학년 그룹이 있군."

현재까지는 제일 높은 학년이 강세를 드러내고 있는 형태다.

"그 잘 싸우고 있다는 그룹, 우토미야 군과 야가미 군 그룹이죠?"

어제 7위, 오늘 아침에는 6위로 높은 순위에 올라 있었다.

"그렇군요. 1학년 중에서도── 네, 특히 정예 그룹이니까요."

정예라고 말한 것치고 나나세의 말투가 어딘지 탐탁지 않았다. 멤버는 1학년 A반 타카하시 오사무, 1학년 B반 야가미 타쿠야, 1학년 C반 우토미야 리쿠까지 남자 세 명으로 구성된 그룹.

"D반인 저로서는 그들의 활약을 순수하게 응원해줄 수 없네요."

"그렇겠지."

이런 경우라면 타카하시 그룹이 3위 안에 들어가는 것보다 차라리 다른 학년이 활약하는 편이 1학년 D반의 입장에서는 더 고마운 전개니까 말이다.

"그나저나 3학년은 역시 대단하네요. A반부터 D반까지 고루 상위 10팀에 올라 있으니까요."

그 점에 관해서는 나도 감탄하고 있다.

3학년 그룹은 지금 6팀까지 늘어나 있는 상태다. 그들을 견인하는 것은 틀림없이 1위 나구모 그룹이겠지.

과제에 도전한 횟수도 가장 많은데다가 남긴 성적도 1등이 압도적으로 많다.

3학년의 의지를 봐라, 하는 것만 같은 기백이 느껴진다.

"하지만 아야노코지 선배도 굉장해요. 혼자인데도 점수를 꾸준히 모으고 계시니까."

"하지만 이제부터 상위로 올라가는 건 쉽지 않아. 결국 3위 내에 들지 못하면 큰 보수는 못 받으니."

퇴학을 면하고 상위 50%의 보수를 얻는 것만으로는 결실이 많지 않다.

호리키타에게 빌린 돈을 갚는 것도 힘들겠지.

"쉽지 않다고 말씀하시지만, 선배에게 초조함은 보이지 않네요."

"횡재하기를 기대하는 거야. 슬슬 그룹에서 도중 탈락하는 사람이 늘어나도 이상하지 않으니."

"……그렇군요."

서로 할 말이 없어지자 동시에 하늘을 올려다보았다.

어제까지 6일간은 날씨 덕을 봤는데 오늘부터는 상황이 많이 달라졌다.

두꺼운 회색 구름이 하늘을 뒤덮어 금방이라도 빗방울이 후두둑 떨어질 것 같다. 확인한 일기예보에 따르면 오전 중으로 비가 내리기 시작할 거라는데, 앞으로 두세 시간 남았으려나.

적어도 나는 비에 대비한 도구에 포인트를 쓰지는 않았다. 옷과 신발이 비에 젖으면 무게와 추위 때문에 체력이 떨어질 수 있다. 땅이 질퍽해지면 이동 속도도 느려질 것이다.

태블릿으로는 상위 10팀과 하위 10팀 이외의 그룹에 대해 자세히 알 수 없다.

단독으로 행동하는 호리키타는 괜찮을까. 이 시험이 시작될 때 대화하고 지금까지 단 한 번도 마주친 적이 없다. 다쳤거나 컨디션이 무너지면 그 길로 아웃이다.

아무튼 날씨가 나빠지기 전에 첫 번째 지정 구역에 도착하고 싶다.

준비를 마친 우리는 아침 7시의 구역 지정을 받고 이동을 시작했다.

아침 첫 지정 구역은 고맙게도 C3으로 이 근처였다.

여기서라면 그리 많은 시간이 필요하지 않으리라.

태블릿을 끄려고 하는데 메시지 하나가 도착했다.

생각해보니 학교 측에서 모든 학생에게 연락할 수 있다고 했었지.

『날씨 상황에 따라서는 기본 이동, 과제가 중단될 가능성이 있습니다. 정기적으로 태블릿을 확인해 주십시오.』

아무래도 날씨가 이 모양이니 학교 측도 잘 판단해야 하겠지.

점수를 얻을 기회를 잃는 것은 하위 학생들의 명운을 가를 가능성이 있다.

아슬아슬할 때까지는 결행하겠지만, 그래도 잘 기억해 두자.

"자, 그럼 갈까."

몇 걸음 내디뎠을 때 나나세가 따라오지 않는 것을 알아차렸다. 뒤돌아보니 멍하니 서 있었는데, 출발하기 시작했다는 것조차 모르고 있는 눈치였다.

"나나세?"

내가 이름을 부르자 그제야 자신이 늦었다는 것을 깨달았다.

"죄송합니다, 지금 갑니닷."

사과하며 허둥지둥 따라왔다.

몸에 이상이 없다면 정신적 문제인가?

어제오늘 변화가 생긴 것만은 확실하다.

나와 대화할 때 특별히 이상한 점은 없었을 터.

그렇다고 나 아닌 다른 사람과 대화를 나눈 것도 아닌데.

1

착순 보수 1위를 획득한 나는 근처에 과제가 뜨기를 기다리고 있었는데, 날씨 탓도 있어서 어제보다 뜬 개수가 적어 참가할 만한 곳이 없었다.

결국 남은 1시간 반 정도 되는 시간을 느긋하게 보냈다.

그리고 오전 9시에 뜬, 오늘 두 번째 이동인 새 랜덤 지정 구역은 E2.

랜덤 지정인 것을 감안하면 꽤 가까운 구역이 걸렸다고 할 수 있다.

이곳은 꼭 획득하고 싶은데…….

"여기서부터는 이동을 좀 생각할 필요가 있겠어요."

"그렇지."

목적지까지 최단 거리를 노린다면 D2와 D3의 산을 넘는 것이 가장 빠르다.

어제까지였다면 고민할 것도 없이 그 루트를 선택했으리라.

하지만 겨우 버텨오던 날씨가 슬슬 한계를 보이고 있었다.

한 번 비가 내리기 시작하면 평소 지나갈 수 있는 길도 힘들어지기 마련이다.

"어떻게 할까요?"

"글쎄……. 우회해서 E2를 노리는 게 무난하겠지."

만에 하나 비가 내려서 위험하다고 판단되면 중간에 포기하기도 쉽다.

"그건 알고 있습니다. 앞으로의 날씨에 따라서는 걷기조차 쉽지 않을 테니까요."

안다고 말하면서도 나나세의 표정은 받아들이지 못하는

듯 보였다.

"저는 산을 넘고 싶습니다."

"비 오면 땅이 질퍽해져서 많이 위험한데."

실족할 위험도 없다고 단언하기 힘들다.

"라이벌들은 대부분 날씨 때문에 우회할 겁니다. 이럴 때일수록 더욱 1위를 차지해야 하지 않을까요? 비가 오기 전에 돌파해버리죠."

지난 며칠간 한 번도 내 결정에 불만을 드러낸 적이 없었다.

그건 동행을 부탁한 사람으로서 최소한의 매너.

물론 나나세는 그 사실을 잘 알면서도 말을 꺼냈을 터다.

단순히 내 의지를 꺾고 싶어서 그러는 것은 아니리라.

"내가 산을 넘는 선택지를 고르지 않으면 어떻게 할 거지?"

그것을 확인하기 위해, 이렇게 질문해 보았다.

나나세는 잠시 뭐라고 대답할지 고민하다가, 나를 똑바로 응시했다.

"……그럼 저 혼자 산을 넘어 도전할 겁니다."

"비효율도 정도가 있지. 호우센과 아마사와가 E2에 온다는 보장도 없잖아."

나나세가 가장 먼저 지정 구역에 도달한다고 해도 착순 보수를 받을 보장은 어디에도 없다.

가령 날씨가 나빠지기 전에 산을 넘는 데 성공한다고 해도, 그룹의 두 사람 역시 비슷한 타이밍에 도착하지 않으면 아무런 가치가 없다. 왜 이번만큼은 무의미에 가까운 산행을 고집하는 것일까.

나야 별로 상관없지만, 여자 혼자 산을 넘는 것은 몹시 위험하다.

책임질 필요는 없어도, 적어도 안전한 곳까지는 같이 가 주고 싶은데.

그리고 아직 나나세가 동행을 원한 이유를 알아내지 못했다.

여기서 헤어지는 길을 선택하면 그 답을 영원히 알 수 없겠지.

"알았어. 나나세가 그런 각오라면 나도 산을 넘어 같이 갈게."

"감사합니다."

그렇게 대답한 나나세의 얼굴을 보고 한 가지 사실을 깨달았다.

나나세는 내가 산을 넘어 같이 가주리라고 확신했다는 것을 말이다.

"루트가 정해졌으면 바로 움직여야지."

결사의 심정으로 산을 넘었는데 1점밖에 얻지 못하면 웃을 수 없으니까.

얼마간 동쪽으로 걷다가 경사가 가파른 길로 접어들었을 무렵 바람이 강해졌다.

회색빛 하늘도 더욱 짙어지며 이제는 언제 비가 내려도

이상하지 않았다.

태블릿으로 GPS 위치를 확인하니 머지않아 D3에 도달하려 하고 있었다.

지정 구역에 도착할 때까지 조금만 더 버텨줬으면 좋겠는데——.

뒤에서 조금 빨라진 나나세의 숨소리가 들려왔다.

오늘은 아직 딱히 힘든 루트를 지나지 않았는데. 숨이 차오르기에는 아직 이르다.

그동안 쌓인 피로 때문인가?

만약 몸 상태가 나쁘면 여기서 텐트를 치고 비구름이 지나가기를 기다리는 것이 현명한 선택이다. 만에 하나 감기라도 걸리면 손목시계를 통해 학교 측에 그 증상이 담긴 데이터가 전송된다.

나는 나나세가 눈치채지 못하게 아주 조금 속도를 줄였다. 나나세가 조금이라도 힘든 소리를 내면 거기서 멈출 작정이었는데, 그리 간단히 소리 낼 애도 아닌가. 지금 페이스보다 더 떨어지면 강제로 멈추는 수밖에 없다.

아무 말 없이 비탈길을 한 걸음 한 걸음 나아갔다. 기온이 쑥 내려가고 습도는 올라간 듯했다. 나도 나나세도 평범한 런닝화를 신고 있었다. 빈말이라도 이런 길을 걷기에 적합하다고 말할 수 없다. 실제로 걸으면 걸을수록 나나세의 페이스가 확실히 떨어져 갔다. 슬슬 결단의 순간이 다가온다. 나는 일단 걸음을 멈췄다.

"저기…… 저는 아직——!"

"배낭 줘봐."

"네?"

"배낭을 멘 상태로 넌 지금의 페이스를 유지할 수 없어."

"그런…… 하지만 선배가 들게 할 수는 없어요."

"그 말은 페이스를 유지하는 녀석이 할 수 있는 말이지. 이대로라면 나까지 순위권에 들어 득점하는 걸 단념해야 해. 그럴 바에야 내가 짐을 들어서라도 빨리 걷게 하는 편이 낫잖아."

허세와 실속, 둘 중 무엇을 취할 것인가라는 이야기.

그런 말을 들었으니, 나나세에게 거부할 권리가 있을 리 없었다.

"하지만 꽤 무겁습니다. 아무리 선배라도 힘드실 텐데요."

"그건 들고 나서 생각할게."

"……알겠습니다."

내키지 않아 하면서도 나나세는 등에 멘 배낭을 내려놓았다. 그리고 미안해하면서 두 손으로 내게 건넸다. 내용물에 차이는 있겠지만, 나와 별반 다르지 않은 무게의 배낭.

이거면 원래 페이스대로 걸어도 별로 지장 없으리라.

보통은 허리로 받쳐 부담을 덜지만, 지금은 어쩔 수 없다.

나는 두 손으로 안아 들고 다시 걷기 시작했다.

"저, 정말로 괜찮으시겠습니까?"

"지금은 말보다 발이야."

나나세는 내 충고를 받고 입을 꾹 다물었다.

그리고 등 뒤 2m 정도까지 찰싹 달라붙어 걸었다.

2

주위에 점점 옅은 어둠이 깔리며 시야가 나빠지기 시작했다.

바람도 한층 강해져, 이따금 몹시 맹렬하게 불어오기도 했다.

악조건이 겹쳐지는 가운데, 그나마 다행인 것은 산비탈을 거의 다 올랐다는 사실이다.

이제 조금 평탄한 길을 걸어 내려가기만 하면 된다.

물론 내려갈 때도 넘어지지 않게 주의해야 하니 방심은 금물이지만.

"여기까지 왔으니 이제 괜찮습니다. 배낭…… 제가 들겠습니다."

"정말로 괜찮겠어? 다시 주고받게 되면 시간이 또 지체되는데."

"네, 괜찮습니다. 도와주셔서 감사합니다."

자신의 상태를 확인한 다음 갈 수 있다고 대답한 것이기에 순순히 배낭을 넘겼다.

그것을 두 손으로 받은 후, 나나세는 배낭을 메지 않고 물끄러미 바라보았다.

"괜찮아? 걸어도?"

그렇게 물어보았지만 아무 대답도 하지 않았다. 1초라도 빨리 목적지로 가려는 태도가 아니었다.

"아야노코지 선배. 선배에게 물어보고 싶은 것이 있습니다."

"오늘은 아침부터 줄곧 뭔가 생각이 많은 얼굴이네."

아니, 정확히 말하면 동행을 부탁했을 때부터 뭔가를 알고 싶어 하는 것 같았다.

"역시…… 들켰습니까?"

별로 놀라지도 않고, 나나세는 내 말에 순순히 고개를 끄덕였다.

"제가 지난 며칠 동안 아야노코지 선배 옆에 쭉 있었던 것에는 이유가 있습니다."

여전히 멈춰 서 있는 나나세가 그렇게 말하며 이유를 털어놓기 시작했다.

단순히 같은 테이블이어서가 아니라는 건 확실했다.

마침내 대답을 들을 수 있게 되었군.

"하지만 그전에 한 가지 사과드리겠습니다."

돌아서서 배낭을 근처에 있던 큰 나무 아래에 내려놓는 나나세.

"오늘, 선배는 다음 지정 구역인 E2에 가실 수 없을 겁니다."

"그거 이상한 이야기군. 우리, 서둘러 거기로 가던 중 아니었나?"

"제가 산을 넘길 희망했던 것은 선배를 여기까지 유도하기 위해서였습니다."

즉 나나세의 목적지는 지정 구역인 E2가 아니라 이곳 D3 북부였다는 말이다.

"여기 있는 사람은 어쩌면 우리뿐이겠군."

"그렇습니다. 저도 그렇다고 생각합니다."

나나세가 배낭에서 멀어져 이쪽으로 돌아왔다.

"오늘까지 합해서 6일간, 아야노코지 선배 옆에서 여러 가지를 보아왔습니다. 선배는 이 학교에서 많은 친구를 사귀었고, 많은 신뢰 관계를 쌓았고, 또한 느리기는 하나 확실하게 실력을 발휘하고 계십니다."

무인도 생활의 전반을 돌이켜보듯 나나세가 총평을 늘어놓았다.

"그리고 종종 보여주신 뛰어난 통찰력과 신체 능력에 경의를 표하고 싶습니다."

"특별히 뭘 한 기억은 없는데."

"그렇다면 더 놀라운 일이 아닌가요."

나를 칭찬하는 나나세지만 표정에는 조금의 미소도 없었다.

"하지만 아야노코지 선배. 선배는 이 학교에 있으면 안 되는 사람입니다."

여기서 공기가 달라졌다. 지금까지 온화하던 나나세와는 확연히 달랐다.

"있으면 안 된다고? 그 이유를 물어봐도 될까?"

나나세는 한 번 고개를 끄덕이더니 느릿느릿 내 쪽으로 몸을 돌렸다.

"그건, 당신이 화이트룸 인간이기 때문입니다."

여기 와서 마침내 제삼자의 입에서 『화이트 룸』이라는 단어가 튀어나왔다.

이 단어를 아는 사람은 극히 한정적이다.

원래라면 이 단계에서, 츠키시로가 보낸 자객이라고 단정 지어버렸을 것이다.

"이제 아셨겠지만, 저는 츠키시로 이사장 대행의 명령으로 이 학교에 입학했습니다. 그리고 그 명령의 내용은——아야노코지 선배를 퇴학시키는 것."

지금까지 수면 아래에서 움직여 온 사람으로 보이지 않을 만큼 대담하게, 전모를 털어놓았다.

"지난 며칠 동안 언제든 작업할 수 있었는데 굳이 이 장소를 고른 건? 남들 눈을 피하는 것 말고도 다른 이유가 있겠지?"

"여기서 저는 아야노코지 선배를 다치게 만들어 긴급 경보음을 울리게 할 겁니다. 그러면 도착한 선생님이 도중 탈락 처리해서 퇴학. 그런 흐름이 되는 거죠."

"요컨대 코미야 쪽과 같은 수법이라는 건가. 설마 그 두 사람을 탈락시킨 것도 나나세야?"

"글쎄요……. 어떻게 생각하시나요?"

"도저히 그 짧은 시간에 왕복 가능했을 것 같지 않지만, 화이트 룸생이니 가능하다고 딱 잘라 말한다면 과연 자신은 없어."

그리고 지금 그런 건 별로 중요하지 않다.

"만약에 내가 너한테 당했다고 치고, 달려온 교직원에게 그 사실을 알리면 어떻게 되지?"

"변명은 통하지 않을 겁니다. 왜냐하면 여기에 오는 사람은 츠키시로 이사장 대행일 테니까요."

그렇다면 변명의 여지가 없겠군. 아무리 호소해도 츠키시로는 나나세를 편들 것이다.

"그렇군. 그러니까 여기서 지면 곧 퇴학이라는 건가."

나는 메고 있던 배낭을 천천히 내려놓았다.

그리고 적당한 나무 밑에 둔 다음 나나세와 대치했다.

"츠키시로 이사장 대행이 나를 이길 거라는 생각에 나나세를 투입한 거라면 꽤 힘든 싸움이 되겠군. 그렇다고 여자한테 손대는 건 그것대로 큰일인데."

어린애들끼리 벌이는 귀여운 싸움 선에서 끝나지는 않겠지.

서로 치고받는 전개가 된다면 그것만으로도 충분한 페널티 감.

츠키시로가 강제로 둘 다 똑같이 처벌하겠다면서, 탈락

처리하고 퇴학 결정을 내리지 않는다는 보장이 없다.

무승부는 곧 나의 패배.

"선배가 취할 수 있는 수단이 있다면 그건 배낭을 버리고 도망치는 것뿐입니다."

"그렇군."

"그것도 하나 마나 헛수고겠지만."

태블릿과 텐트도 없이 무인도에서 시험을 이어나가는 것은 곧 자살 행위.

나나세의 입장에서는 어느 선택지나 충분히 대응할 수 있다는 뜻이다.

"어떻게 하시겠습니까?"

"이렇게 된 이상, 여기서 내가 고를 수 있는 선택지는——하나밖에 없어."

나나세를 상대하기로 했다.

"저와 싸워서 이기겠다는 뜻이로군요. 하지만 그렇게 해서 원하는 바를 얻으실 수 있을지? 비겁하다고 느끼실지도 모르지만, 저의 패배는 곧 아야노코지 선배의 패배이기도 합니다."

"그럴지도 모르지."

이야기하면서, 나는 언제든 공격이 들어오도록 일부러 빈틈을 만들었다.

하지만 나나세는 노골적으로 생긴 틈을 경계하며 쉽사리 덤비지 않았다.

무턱대고 공격하는 타입이 아니라 확실하게 상대를 궁지로 내모는 정통파.

상대의 페이스에 휘말리지 않는 것은 올바른 선택이다.

"갑니다."

굳이 그렇게 알리는 것은, 허를 찌르는 것을 어려워한다는 증거도 된다.

물론 그조차 페이크일 수 있지만.

땅은 부드러웠는데, 그것이 오히려 토대 역할을 제대로 해줄 것 같았다.

"하앗!"

땅을 박차며 나나세가 순식간에 거리를 좁혔다.

팔이 주체인가 다리가 주체인가.

아니면 둘 다인가.

평소 같으면 나나세의 싸움 방식을 파악하는 것부터 시작했으리라.

잘못 반격했다간 나나세가 크게 다칠 가능성이 있다.

아까도 말했다시피 그건 나에게 불리하기만 하다.

그렇다면 우격다짐으로 붙잡는 방법을 고민해본다.

아마 나나세 역시 그것을 예상했을 터.

하지만―― 그것도 현명한 선택지가 아니다.

나나세의 증언만으로는 약하다지만, 아까부터 뒤에서 누군가의 기색이 느껴졌으니까.

일정 거리를 유지하면서, 우리를 몰래 훔쳐보는 사람이

있는 것은 확실했다.

만약 나나세의 원군이 아니라면 태블릿 등을 이용해 결정적 증거를 남기는 역할을 맡았다고 보는 편이 좋다.

따라서 내가 지금 취할 수 있는 유일한 선택은——.

나나세가 왼쪽으로 페인트를 넣으면서 나를 향해 일직선으로 팔을 뻗었다.

주먹이 아니라 부드럽게 펼친 손바닥이었다. 첫수는 잡기 공격.

그것을 본 나는 뒤늦게 첫 동작으로 나나세가 뻗은 팔보다 더 빨리 움직였다.

내 팔이 나나세의 팔을 교차하듯 앞질러 눈앞까지 다가갔다.

불끈 움켜쥔 주먹이 나나세의 눈을 때리기 직전, 불과 1cm 앞에서 멈췄다.

"윽!"

남들보다 훨씬 동체시력이 뛰어나서, 코앞까지 다가온 충격에 몸이 자기도 모르게 굳어버렸다.

"우선 한 방."

만약 진짜로 때렸다면 지금 이 공격 한 방에 바로 끝났을 것이다.

순간 정신이 혼미해진 나나세는 그 자리에 쓰러질 수밖에 없었다.

"지쳤나? 아니면 주저하는 건가? 네 잠재력은 이보다 훨씬 뛰어나잖아, 나나세."

지난 며칠 동안 보여주었던 나나세의 날카로운 실력이
나오려면 아직 한참 멀었다.

정말로 나를 쓰러트리려는 결의가 아직 약하다.

"급하게 반격하지 않아도 충분히 저를 이길 수 있다는
건가요?"

나는 대답하지 않고 주먹을 뺐다. 그와 동시에 나나세가
2m 정도 뒤로 물러났다. 그러더니 다시 땅을 박차고, 이
번에는 조금 전보다 좀 더 빠르게 치고 들어왔다. 일단 가
라앉힌 다음 다시 타격을 시도하는 방식이다. 이번에는 왼
쪽 팔을 거침없이 노렸다.

그 공격을 직전에 피한 다음, 이번에는 나나세의 뺨을
향해 주먹을 날렸다.

물론 이번에도 조금 전처럼 1cm 정도의 거리를 남기고
멈췄다.

"이걸로 두 방. 이번에도 직격했으면 바로 기절했을 거다."

"하지만 직격하지 않았죠."

바로 눈앞에서 멈춘 주먹을 보고도 겁먹은 기색이 없었다.

"그렇지."

"우위를 말씀하시는 거야 자유지만, 반격하지 않으면 승
산은 없습니다."

"어차피 반격해도 마찬가지잖아?"

"그렇죠. 그럼 어떻게 하시겠습니까?"

아직 나나세도 진지하게 싸우는 게 아닌 듯했다.

내가 어떻게 나오는지 살피면서, 피할 여유를 두고 공격하고 있다.

"생각 중이다."

"멀쩡하게 서 있는 동안에 답이 나오면 좋겠네요."

나나세의 눈앞에 멈춘 채 그대로 둔 오른쪽 주먹.

나나세가 움직여 그 팔을 잡았다. 처음으로 진지하게 나선 나나세는 그대로 나를 땅에 넘어뜨리려고 시도했지만, 힘의 흐름이 내 쪽으로 끌려왔다.

"안 움직이는——?!"

동요가 초조함이 되어 나나세를 덮쳤다.

체술은 성별과 체격 차이에 영향을 받긴 하지만 유(柔)로도 강(剛)을 이길 수 있는 뛰어난 기술이다.

다만 그것은 상대의 강(剛)이 유(柔)보다 못할 때 한한다.

목표를 잃은 나나세의 힘은 흩어졌고, 그 빈틈에 내가 주먹을 휘둘렀다. 아래턱까지 1cm를 남겨두고 휘두른 왼손 어퍼컷이 공간을 찢으며 나나세의 머리카락을 휘날리게 했다.

"윽!!"

휘둥그레진 눈이, 주먹을 본 다음 내게로 향했다.

"일단 말해두는데, 이걸로 세 방."

나를 본 나나세의 눈동자가 처음으로 흔들렸다.

"소문과 다르지 않은 실력이군요. 아야노코지 선배……."

반격조차 허락하지 않는, 지금의 내가 유일하게 취할 수 있는 수단은 『다치지 않게 하면서 나나세를 무릎 꿇게 만드는 것』.

절대 이길 수 없는 상대라는 사실을 절절히 깨닫게 해주는 것이다.

"선배가 노리는 게 뭔지 잘 알았습니다……."

아무래도 나나세 역시 내 의도를 읽은 듯했다.

"과연, 이대로 계속해봐야 이길 수 있는 상대는 아닌 것 같네요. 그건 인정하죠."

벌써 꺾였나……? 아니, 그럴 리는 없다.

그녀가 나를 보는 눈에는 분명한 열량 그리고 증오가 담겨 있었다.

『저(私)』는—— 이길 수 없겠죠."

지금까지 내 마음대로 휘둘리던 나나세에게서 희미하게 있던 초조함이 사라져갔다. 아니, 원래 지니고 있던 분위기 자체가 달라지기 시작했다. 정신 통일이라도 하려는 건가?

잠시 침묵한 후 소리 없이 땅을 박차는 나나세, 그리고 날아드는 빠른 일격.

나는 냉정하게 상황을 지켜볼 여유도 없이 얼른 몸을 피해야 했다. 아까보다 두 배는 빨라서, 충분히 피할 수 있게 거리를 두는 여유를 부릴 수 없었다.

사람을 사살하는 듯한 날카로운 눈빛이 나를 똑바로 향했다.

도저히 같은 사람이라고 느껴지지 않을 만큼 분위기가 달라졌다. 제대로 맞으면 나도 꽤 타격을 입을 것 같다. 유로 강을 이길 수도 있는 상황.

　그만큼 조금 전까지와 실력이 전혀 다르다.

　『내(僕)』가 여기서 당신을 멈추게 할 거야.

　『저』와 『나』

　단순히 일인칭의 변화 때문에 몸놀림이 달라질 리는 없다. 그 정도로 직전과 직후의 공격 수준이 달랐다.

　"너 누구야."

　이런 상황에 나는 그렇게 물을 수밖에 없었다.

　"난 당신을 멈추게 하려고 그곳에서 여기로 돌아온 것입니다."

　그곳? 순간 화이트 룸인가 생각했지만 그렇지 않다.

　"그 어두운 곳에서…… 돌아왔다고."

　도대체 무슨 소리를 하는 건지 모르겠지만 방심은 금물이다.

　'나'라고 말한 나나세가 조금 전까지의 부드러움을 주체로 하던 공격에서 가라테로 전환했다. 뛰어들면서 시도한 재빠른 찌르기는 그대로 맞으면 남자라도 기절할 정도로 위력이 크겠지.

　그 공격을 차분히 막으면서, 일인칭의 변화에 따른 미스

터리에 대해 생각했다.

"언제까지 피할 수 있을 것 같습니까!"

열 번, 스무 번, 계속 공격하다 보면 언젠가는 맞는다.

분명 나나세에게 그런 확신이 있기에 망설이지 않고 계속 공격하는 것이리라.

아마 이 싸움을 목격하는 학생이 있다면 같은 생각을 하겠지.

무한정 피하기란 불가능하다.

그러니 몸을 지키려면 반격해야 한다.

"하, 하아——!"

맹공을 거듭하는 나나세의 숨이 조금씩 거칠어졌다.

당연히 계속해서 빠른 공격을 이어갈 수 있을 리 없다.

그래도 반격만 당하지 않는다면, 체력이야 언제든 회복시킬 수 있다.

"하악, 하악……."

내 생각보다 더 숨이 거칠어진 나나세가 거리를 벌리고 호흡을 가다듬었다.

"반드시…… 반드시 나는 당신을 쓰러트릴 거야…… 반드시 쓰러트릴 거라고……."

염불하듯 중얼거리며, 마치 실인자라도 보는 듯한 눈빛으로 노려보았다.

"나는, 나는 당신을 쓰러트리기 위해 돌아온 겁니다……."

"돌아왔다니, 도대체 무슨 소리야?"

아까부터 나나세가 하는 말이 하나도 이해되지 않는다.

"무리도 아니지요. 나는 당신과 직접 만난 적이 없으니까."

직접 만난 적이 없다면 더욱 이러한 증오가 이해되지 않는다.

화이트 룸생이 나를 증오하는 거라면, 만난 적은 없어도 상상은 할 수 있다.

하지만 정말로 나나세는 화이트 룸생일까?

평소에 접하던 나나세와는 목소리 톤도 약간 다르다.

꼭 겉모습은 여자 그대로지만, 속은 남자가 되어 버린 것처럼.

"반격하지 않을 거면 마음대로 하면 돼. 쓰러트릴 때까지 계속하면 그만이지——."

20초도 채 지나지 않았지만, 다시 공격할 만큼은 충분히 회복한 모양이었다.

"하앗!"

증오의 감정이 점점 더 나나세를 흥분시켰는지, 오늘 중 가장 빠른 찌르기가 들어왔다.

하얗고 가느다란 팔이 눈앞까지 다가오며, 주먹이 내 앞머리를 살짝 스쳤다.

그것으로 짐작할 수 있는 한 가지 사실.

다중인격, 정식 명칭은 해리성 정체 장애.

간단히 말하면 한 사람 안에 두 개 이상의 인격이 존재하는 상태다.

만약 나나세가 해리성 정체 장애를 앓고 있다면 모든 것이 쉽게 설명이 된다.

이 장애는 단순히 인격이 바뀌는 게 전부가 아니다. 인격 중 하나에 지병이 있어도 다른 인격으로 바뀌면 그 질병이 일시적으로 없어지는 희귀한 케이스도 있다고 한다.

요컨대 나나세 속에 있는 다른 인격인 『나』는 원래의 나나세보다 뛰어난 신체 능력을 갖추고 있을 가능성도 충분히 있다는 뜻이다.

그리고 그 인격이 남자라면 남자와 다르지 않은 힘을 발휘할 수도 있다.

"나나세가 아닌가 보네."

그렇게 말하자, 짜증이 났는지 나나세가 발을 멈췄다.

"아직도 모르는 겁니까."

떨리는 목소리로, 주먹을 내밀며 노려보았다.

"나는 나나세가 아니야. 지금 여기에 서 있는 것은……마츠오 에이치로다."

"마츠오 에이치로?"

적어도 성은 들어본 적이 있다. 그것도 결코 오래된 기억이 아니다. 고도 육성 고등학교에 왔던 그 남자의 입에서 나온 이름이다. 이걸로 추측할 수 있는 것이 있다.

"당신 아버지에게 살해당한 남자의 아들입니다."

내가 모르겠다는 반응을 보이자, 화난다는 듯이 말했다.

"이 몸은 빌린 겁니다. 난 당신을 쓰러트리기 위해, 여기서 있는 것."

"빌렸다고? 농담도 참 재미나게 하네."

현실에 존재하는 다른 인물의 인격이 남의 몸을 빌렸다니, 그건 말도 안 되는 소리다.

"농담이라고 생각한다면, 마음대로 하시고."

충동에 손을 떨면서 나나세는—— 또다시 땅을 박찼다.

무술의 형식을 갖추던 공격 방식이 서서히 흐트러지며 단순히 힘에 기대는 식으로 바뀌었다.

"당신을 쓰러트리기 위해, 나는 여기에 있어…… 있는 거라고!"

유연한 몸놀림을 보이던 나나세와 달리 지금의 동작이 제법 거칠었다.

군더더기도 있는데 재빨리 몸을 움직여 커버하고 있었다.

정통이고 자시고, 맞으면 매한가지. 그런 거겠지.

"복수하겠습니다!"

능력치가 올라갔는데도 쉽사리 공격하지 않았다. 나나세도 여기까지 오니 깨달았을 것이다. 평정을 가장하고는 있지만, 물러설 데가 없는 쪽은 내가 아니라 나나세.

조금씩 기력을 회복했어도, 어깨가 들썩이는 모습을 보건대 한계가 가까워진 게 분명하다.

하지만 그 한계를 기다리는 것도 의미가 없다. 나나세는 언제까지라도 물러서지 않고, 계속해서 도전하겠지. 나는 반드시 나나세를 좌절시켜야 한다.

"이렇게까지 공격을 피하는 사람은 처음입니다. ……하지만 끝까지 피하는 건 절대로 불가능해요. 나라면, 내 공격이라면, 당신을 반드시 쓰러트릴 수 있어…… 있다고."

서서히 정신적 타격을 받으면서도, 나나세는 덤비려고 이를 드러냈다.

"네가 무슨 말을 하고 싶은 건지는 잘 알겠어."

자세한 사정은 모르겠지만, 드러난 사실도 있다.

나는 잠시 생각한 후, 상황 정리를 끝냈다.

"나나세, 넌 다중인격도 아니고 다른 인격이 몸을 빌린 것도 아니야."

"말하지 않았습니까. 농담이라고 생각한다면 마음대로 하시라고. 하지만 나는 여기 존재해."

내 말을 부정하듯 힘주어 말하며 땅을 힘껏 짓밟았다.

하지만 그것이 바로, 존재하지 않는다는 증거이기도 했다.

"아니, 미안하지만 믿을 수 없어. 차라리 누구도 아닌 제 3의 인격이라고 했으면 백번 양보해서 믿어줬을지도 몰라. 하지만 너는 실재하는 『마츠오 에이치로』가 몸을 빌렸다고 주장하고 있지. 미안한데 그건 너무나 비현실적이야."

"그럼…… 그럼, 이런 나를 어떻게 설명할 거야!"

그럼이고 뭐고, 복잡하게 생각할 필요가 하나도 없다.

"단순히 마음속에서 또 다른 인격을 억지로 만들어냈을 뿐이야. 『저』와 『나』라고 굳이 구분해서 쓰는 것도, 자기 자신에게 들려주기 위해서고."

나나세는 기본적으로 비폭력적인 인간.

그렇기에 폭력으로 상대를 굴복시키는 행위를 원하지 않는다.

그래도 싸워야만 한다면, 싸우는 인격을 만들어내는 수밖에 없다.

아니, 더 단적으로 말하자면 『연기』하는 수밖에 없다.

"이 힘이, 무엇보다도 내가 나라는 증명이다!"

뻗은 주먹은 과연 속도와 위력이 훨씬 컸다.

"이건, 원래 나나세가 가진 실력의 범위 내에서 변동 폭을 보이는 것에 불과해."

핵심을 찌르자, 색을 잃었던 나나세가 동요했다.

"아, 아니야! 나는―― 나는 마츠오다!"

"만약 정말로 네가 마츠오인지 뭔지 하는 인간이라면 내 말에 동요할 필요가 없는데."

당당히 마츠오로서 내 빗나간 추리를 비웃어주면 그만.

"좋을 대로 일인칭이 바뀌는 것도 위화감이 들었어. 단순한 자기 암시의 일종이지."

『나』를 트리거로 삼아 공격적인 자신으로 바꾼 것일 뿐.

"아니야!"

"마츠오의 인격이 깃들어 있다고 믿고 싶은…… 아니, 넌 사실 믿지도 않아."

필사적으로 자기 암시를 걸려고 하지만, 걸리지 않았다.

"우오오오오오!"

더 이상 내 말을 듣고 있기 힘들었는지, 나나세가 달려들었다.

이제는 조금 전까지의 실력이 아니라, 눈 감고도 피할 수 있는 수준이었다.

"포기해라, 나나세. 넌 나를 이길 수 없어."

"이겨! 이겨야만 한다고!"

팔을 뻗어 내 멱살을 붙잡았다.

천재일우의 기회라고 판단한 나나세가 팔을 높이 쳐올렸다.

완전한 사정권. 보통은 피할 수 없는 위치.

그러나 얼굴을 때릴 셈으로 날아오는 오른팔을, 나는 멱살을 잡힌 채 보란 듯이 피했다.

"윽!"

바로 다시 날아드는 주먹. 하지만 그것도 피했다.

"어째서! 어째서 안 맞는 거야! 왜 안 맞는 거냐고!"

세 번, 네 번, 다섯 번, 그 모든 공격을 피했다.

계속 빗나가자 지쳐버린 나나세가 강제로 내 머리카락을 움켜쥐었다.

머리카락을 붙잡으면 확실히 때릴 수 있다고 판단했겠지.

나는 그녀의 오른손을 잡았다.

"이, 이거 놔!"

"놔도 상황은 달라지지 않아."

"놓으라고!"

강제로 내 손을 떼어내고 다시 헛수고를 거듭했다.

이제 몇 번째인지도 잊어버릴 만큼 주먹이 계속 허공을 갈랐다.

"하아, 하아, 하악……!"

체력과 함께 마음도 한계를 맞이했다.

"어째서, 어째서…… 조금만 더 하면 됐는데…… 조금만 더, 하면!"

나나세는 이제 덤빌 의지조차 남아 있지 않았다.

떨리는 무릎으로 어떻게든 다가오려 했지만, 몸이 싸움을 거부했다.

"계속 공격하다 보면 언젠가는 맞는다, 애초에 그 생각부터 틀렸어. 너 정도 되는 실력으로는 죽을 때까지 공격해도 나를 절대 때리지 못해."

물론 이건 과장된 말이다.

영원히 공격을 피하는 게 가능할 리 없다.

하지만 실제로 한 번도 때리지 못한 나나세에게는 뼈저리게 와 닿겠지.

"만약 정말로 나를 퇴학시키고 싶다면 피해자인 척 구는 게 제일 좋을 거야. 옷이라도 흐트러져 있으면 그것만으로도 날 궁지로 내몰 수 있겠지."

적을 돕는 행동을 했지만, 나나세는 그렇게 하지 않을 것이다.

진심으로 나를 퇴학시키고 싶은 것 같지는 않으니까.

"나는…… 나는!"

소리치면서도, 나나세는 그 자리에 무릎을 꿇었다.

싸울 의지를 드러내려고 노력해 봐도, 마음이 꺾이면 전의도 잃기 마련이다.

3

나는 바람 소리가 들려오는 숲속에서, 어느 두 사람을 열심히 추적하고 있었다.

오늘 아침 이곳 D3에 도착하기까지 내가 얼마나 고생했는지…….

이제 얼마 남지 않았어—— 그렇게 나 자신에게 말하면서, 후들거리는 다리를 한 걸음 한 걸음 앞으로 내디뎠다.

만약 뒤를 밟은 사실이 들킨다면, 지금까지의 노력은 전부 물거품이 되고 만다.

원래 상대를 미행할 때는 놓치지 않도록 최소한의 모습을 눈에 포착해야 할 필요가 있다.

그건 당연히 상대도 나를 볼 수 있음을 의미한다. 위험을 동반한 미행.

하지만 상대가 어떤 인간이든 내 미행이 들킬 일은 절대 없다.

왜냐하면 나는 지금 내 목적인 아야노코지의 뒷모습을

눈에 담지 않고 있으니까.

체육복 주머니에 넣어둔 무전기가 그 열쇠다.

어떤 인물과 이어져 있는 이 무전기가 늘 상대의 위치를 알려준다.

6일째부터 모든 학생에게 허락된 권한, 점수를 소비해야 하는 GPS 검색 기능.

이게 있으면 상대방의 대략적인 위치를 알 수 있다.

어떤 방법을 써서라도, 어떻게든 해서 손에 넣어야만 한다.

만일의 사태가 일어났을 때는 내 태블릿으로 득점을 소비해서라도 상대를 추적해야 한다.

결정적인 증거.

아야노코지를 퇴학시키기 위한 정보를, 어떻게든 찾아야 한다.

이제 더는 물러설 곳이 없다. 우선해서 쓰러트려야 할 존재는 호리키타 따위가 아니었다.

나는 그 사실을 어렴풋이 느끼고 있으면서도 왠지 부정했던 것을 몹시 부끄러워했다.

생각해보면 류엔이 D반의 X 찾기를 멈췄을 때부터 의심했어야 했다.

그 일련의 흐름에는 아야노코지가 얽혀 있었다. 그걸 알면서도 아직 믿기 어려운 부분이 있다. 언뜻 봐서는 어디에나 있는 무해하고 모자란 남자로만 보이니까 말이다.

주머니 속 무전기에 연락이 왔다. 그 음성은 이어폰 마이크를 통해 내 귀에 바로 들어오기 때문에, 걸음을 멈출 필요도 없이 귀를 기울일 수 있었다.

"잠깐 멈추세요, 쿠시다 선배. 아무래도 전방의 두 사람이 걸음을 멈춘 듯합니다."

"하아, 하아…… 드디어? 드디어 쉴 수 있네……."

그 지시에 나는 안도하듯 걸음을 멈추었다. 이제 나도 조금 쉴 수 있다.

"많이 힘드시겠지만 조금만 더 버텨 주세요. 이제 곧 결정적인 순간이 찾아옵니다. 그렇게만 되면 선배를 속박하는 것은 하나도 없어지겠지요."

송신 버튼을 누르지 않아 내 목소리가 들리지 않을 텐데도, 꼭 이쪽 상황을 전부 아는 것 같은 발언을 했다.

"알아, 안다고……."

마치 말 앞에 당근을 매단 것 같은 행동, 지금 와서 당해 봐야 우울하기만 할 뿐.

이쪽은 큰 위험을 무릅쓰고 종일 단독 행동을 하고 있는데.

여러 가지로 뒤에서 미리 물밑작업을 해야 하건만…….

5분 정도의 짧은 휴식으로 몸을 추스르고 있는데 무전기로 지시가 날아들었다.

"움직임이 사라졌습니다. 아무래도 완전히 멈춘 모양이에요. 북서쪽으로 천천히 몰래 이동하세요. 태블릿 녹화도 잊지 마시고."

일일이 정중하게 설명하는 투가 신경에 거슬렸지만, 지금은 빨리 모든 것을 끝내고 싶다.

뛰어가고 싶은 충동을 억누르며, 배낭에서 꺼낸 태블릿을 손에 쥐고 지시받은 방향으로 걸었다. 그러자 시야의 끝에 두 사람의 모습이 작게 들어왔다.

멈춰 선 나나세가 뒤돌아 아야노코지와 뭐라고 대화를 나누고 있었다.

둘 다 배낭을 멘 상태가 아닌데, 역시 쉬고 있었던 걸까.

태블릿으로 카메라 어플을 켜고 녹화 모드로 전환했다.

들키지 않는 아슬아슬한 선까지 나무 뒤에 숨어서 접근하기는 했지만, 바람 소리가 시끄러워서 아무리 귀를 쫑긋 세워도 말소리가 잘 들리지 않았다.

답답한 감정이 온몸을 휘감았다.

빨리—— 빨리 싸워. 그런 감정이 나를 몹시 초조하게 만들었다.

대화가 들리면 더 자세한 상황을 알 수 있을지도 모르는데, 가까이 접근하는 것은 너무 위험하다.

지금 위치에서 더 움직였다간 뒤돌아보고 있는 나나세의 시야에 들어갈 수도 있다.

애타는 감정을 일단 진정시켰다. 조금 위험하지만, 차분하게 돌아 들어가는 수밖에 없다.

나는 숨죽여 조용히 이동하기 시작했다.

일단 거리를 벌리고 우회해서──

"아앗?!"

그때, 아무도 없을 터인 등 뒤에서 오른쪽 어깨를 누군 가가 붙잡아, 나는 하마터면 소리를 지를 뻔했다.

누군지 알 수 없는 사람의 손이 내 입을 틀어막았다.

예기치 못한 사태에 머릿속이 새하얘졌다.

그런 내 귓가로 촉촉한 입술이 다가왔다.

"쉿. 놀랐겠지만 조용. 아야노코지 선배와 나나세 짱이 눈치채면 곤란하잖아?"

마치 내 마음속을 훤히 들여다보고 있는 듯한 목소리. 1 학년 A반 아마사와 이치카였다. 아직 대화를 나눠본 적은 없다. 거의 처음 보는 거라고 해도 될 것이다.

그런데도 아마사와는 내 이름을 잘 알고 있었다.

반쯤 강제로 아야노코지 일행으로부터 거리를 벌리고 나서야 구속을 풀어주었다.

"음…… 왜 아마사와가 이런 곳에?"

겨우 마음을 가라앉히고, 아마사와를 보내기 위한 대화 를 시작했다.

만약 이러는 사이에 싸움이 벌어진다면 모든 것이 끝장 이다. 피어오르는 조바심.

그러나 차분함만은 유지한다.

"지나가다가 우연히 몰래 뭘 하는 쿠시다 선배를 발견 했지."

"몰래 뭘 한 건 아니야. 그냥…… 그래. 잠깐 혼자 산책 나온 거야."

억지스러운 변명이라는 건 잘 안다. 나는 그룹과도 떨어져 혼자 행동하고 있다.

이상한 상황이라는 건 누가 봐도 뻔하다.

그리고 아마사와는 아야노코지와 나나세에게 들키면 큰일이라는 말을 했다.

이 일에 관해 뭔가 알고 있을지도 모른다.

그 녀석의 말로는 이미 1학년 중 일부가 나에 대해 알고 있다고 했으니까.

"흐음?"

어딘지 의심스러운 눈초리를 하고서, 아마사와가 내게 접근했다. 그나저나 이 아마사와라는 여자애, 배낭은커녕 태블릿도 없이 어떻게 여기를──

찰싹!

메마른 소리가 숲속에 울려 퍼졌다. 물론 그 소리는 거센 바람 소리에 묻혀 금세 사라졌다.

생각에 잠긴 나는 소리에 이어서 오른쪽 뺨에 날카로운 통증을 느끼고 손으로 눌렀다.

"뭐, 뭐하는 짓이야?!"

"이런 깊은 숲속까지 혼자 오고 말이야, 여기저기 캐고 다니면서 뭘 어쩔 생각이었을까?"

"무, 무슨 말이야? 아마사와, 도대체 무슨 소리를 하는 거야?!"

"언제까지 그 가면을 계속 쓰고 있을 수 있을지 기대가 되네."

내가 갑자기 맞아 공포를 느끼는 척하자, 다시 거리를 좁혀왔다.

"이, 이러지 마!"

"싫은데에~."

그렇게 말하면서 왼손을 다시 들어 올렸다.

곧바로 방어했지만 아마사와가 억지로 밀고 들어왔다.

찰싹!

이번에는 오른쪽 뺨을 세게 얻어맞았다.

어떻게든 피할 생각이었는데, 그녀의 속도를 도저히 따라갈 수 없었다.

"네, 네가 지금 무슨 짓을 하고 있는지 아니? 이러면 안 돼!"

"그래도 살살 때렸는데? 안 아파, 안 아파."

"왜 이래, 이유를 모르겠다고!"

"몰라? 그렇구나, 그럼 한 번 정도는 주먹으로 때리면 그때는 이유를 알려나~?"

"뭐라고?"

때린다. 라는 단어를 머리로 이해하는 사이에 내 시야가 갑자기 일그러졌다.

뺨을 때린 소리는 나중에 들려왔고, 어느새 나는 흐린

하늘을 올려다보고 있었다.

아, 방금 나 맞은 거야……?

마치 따뜻한 피가 서서히 흘러나오기 시작하는 것처럼.

내 뺨은 뜨거웠고 점점 통증이 느껴지기 시작했다.

"윽, 아……악!"

"방금 건 좀 아팠으려나~? 남을 때리는 경험, 평소에 하지 않으니까."

이해되지 않는다. 갑자기 등장한 이 애가 나한테 도대체 왜 이러는 거지?

그리고 갑자기 폭력이라니, 점점 더 의미를 모르겠다.

"그럼 다음은 반대쪽을 가볼까?"

그렇게 말한 아마사와가 나에게 가까이 다가왔다.

지금 아는 사실. 그것은 그냥 농담으로 하는 말이 아니라는 것뿐.

더 이상 무의미하게 맞는 것은 죽어도 싫다.

뻗어오는 손을, 온 힘을 다해 뿌리쳤다.

"아, 미, 미안해. 갑자기 때리니까 나도 모르게……."

"아직도 내숭 떠니? 쿠시다 선배에 대해 나, 아주 자~알 알아. 자기가 귀엽다고 굳게 믿는 성격이지만 개 못생김. 남의 비밀 캐기가 제일 재미있고, 자기가 궁지에 몰리면 주위까지 휘말리게 하면서 자폭. 그야말로 어마어마한 지뢰녀."

"무슨 말인지 모르겠어, 아마사와……. 하지만 폭력은

절대로 쓰면 안 돼…… 응?"

"그럼 맞았다고 학교 측에 울면서 일러바쳐 보지 그래? 그럼 나를 퇴학시킬 수 있을 텐데. 하지만 선물은 남기고 갈 거니까? 감춰왔던 중학교 시절 어두운 과거를 전부 까 발려서 발붙일 데가 없게 해줄게."

"어떻게——"

빈손으로 갑자기 등장한 아마사와…… 단순한 우연이 아니다, 뭔가 이상하다.

"그걸 어떻게 알았어? 아야노코지 선배한테 들었니? 하 는 얼굴이네?"

전부 꿰뚫어 보는 듯한 눈으로 나를 쳐다보았다.

"그건 땡. 나는 특별한 존재여서 하나부터 열까지 다 꿰 뚫어 보고 있지."

"하나부터 열까지라니……."

"이를테면, 그래. 나구모 학생회장한테 빌붙으려다가 문 전박대당했던 이야기라든가? 뭐, 설령 잘됐다고 해도 호 리키타 선배가 학생회에 들어간 이상 쿠시다 선배는 뒷배 를 기대할 수 없겠지만."

"어떻게…… 어떻게 그런 것까지……."

"어떻게 알고 있을까나?"

장난감을 가지고 놀듯 미소 짓는 아마사와를 보자 나의 인내가 한계에 달했다.

"누구한테…… 누구한테 들었어!"

"드디어 본심을 드러내는구나. 하지만 쉿! 지금은 아무도 없는 것 같지만 넓은 무인도라도 언제 누가 올지 모르는 일이니까."

아마사와는 내 코끝을 쿡 찌르며 친절하게 충고했다.

그 얕보는 듯한 태도가 최대의 모욕이었다.

"미친년, 그만하라고!"

참지 못하고 단전에서부터 끌어올린 목소리.

쿠시다 키쿄라는 사람의 겉모습만 알고 있다면 이것만으로도 깜짝 놀랄 일이었다.

그러나 그 모습을 보고도 아마사와는 놀라지 않고 오히려 기쁘다는 듯 웃었다.

"아하하하! 그래그래, 그쪽이 더 어울린다고, 쿠시다 선배는."

역시── 역시 이 녀석은 나에 대해 알고 있다.

그것도 아야노코지 따위보다 훨씬, 훨씬 많이…….

"뭐야, 너 도대체 뭐냐고!"

"뭐냐고 물어도, 난 그냥…… 응, 아야노코지 선배를 구하러 왔을 뿐이야."

"구해? 뭘 구한다는 거야?"

"모르는 척하지 마, 쿠시다 선배. 무슨 꿍꿍인지 다 아니까. 거기 떨어져 있는 태블릿으로 아야노코지 선배의 약점이라도 잡아서 퇴학시킬 생각이었잖아?"

"무슨 소린지 모르겠네. 태블릿으로 약점? 뭐래?"

안 된다. 이 아이는 전부 다 알고 있다……. 나의 저항 따위 아무런 의미도 없다는 것을 안다. 그래도 나는 사실을 인정하지 않고 저항하는 수밖에 없었다.

"1년 넘게 같은 반에 있었으면서 하나도 모르네, 쿠시다 선배는. 그만큼 얕은 지혜로 아야노코지 선배를 궁지로 내모는 건 불가능한데 말이지."

아마사와가 아야노코지 일행이 있는 방향으로 시선을 보냈다.

"아~아, 사실은 특등석에서 구경할 생각이었는데. 분명 아야노코지 선배, 나나세 짱을 손끝 하나 건드리지 않고 밟겠지. 보고 싶었는데 아쉬워라~."

그렇게 투덜거리며 아마사와가 다시 내 쪽으로 몸을 돌렸다.

"누구한테 사주받았는지는 모르겠지만 쿠시다 선배는 멋지게 이용당한 거야. 어떤 악조건이라도 아야노코지 선배는 분명 쿠시다 선배가 미행하는 걸 알아차렸을걸. 초보나 다름없는 쿠시다 선배를 모를 리가 없잖아."

"하, 하지만 난 충분히 거리를 두고……!"

"뭐? 충분히 거리를 둬? 어라? 미행한 건 인정하는 거네?"

"그, 그건…… 나, 나는 그냥…… 두 사람 분위기가 수상해서…….."

"호기심에 뒤를 밟았다? 이 험한 산길을 그것도 혼자?"

더는 변명하지 말자. 그렇게 생각했건만, 아무리 해도

빠져나갈 길을 찾고 마는 버릇이 있다. 눈앞의 상대를 강적이라고 생각하고 대해야 하는데.

"너랑 상관없잖아."

"그래그래, 그렇게 정색하는 게 좋아. 하지만 말이지, 아주 많이 상관있거든. 왜냐하면 아야노코지 선배는 나한테 특별한 사람이니까."

"뭐? 그게 뭐야…… 좋아한다는 뜻이야?"

"저속한 차원의 발상이네. 좋아하는 게 아니라 사랑하는데……? 아니, 좀 더, 좀 더 그 이상으로……랄까. 사랑을 넘어선 감정."

"뭐라고?"

"그러니까. 나한테 이것저것 많이 배웠으니, 순순히 산에서 내려가 그룹으로 돌아가길 바라. 곧 날씨도 나빠질 테니 돌아가려면 지금밖에 없어."

"……농담하지 마."

나는 축축한 흙을 손에 움켜쥐고, 거절의 뜻으로 아마사와를 향해 던졌다.

"오기로라도 아야노코지의 약점을 잡아서 퇴학시킬 거야……!"

"아야노코지 선배 한 사람 퇴학시켜봐야 이제 상황은 해결되지 않는데? 알잖아."

여기까지 필사적인 마음으로 왔다.

그런데도 이런 어린 계집애 하나 때문에 맥없이 물러날

수는 없는 일이다.

"다시 한번 말하지만, 아야노코지 선배는 나한테 특별한 사람이야. 너 같은 제삼자 따위의 손에 퇴학당하게 만들 수는 없어."

다가온 아마사와가 내 앞머리를 확 잡아챘다.

"윽! 이거 놔!"

"안 놓을 건데요~."

색깔이 있는 듯 없는 아마사와의 눈동자는 완전히 돌아버린 자의 것이었다.

내 본능이 도망치라고 호소하듯 몸이 떨리기 시작했다.

"너, 분명 정상이 아니야……!"

"이상해? 자기보다 어린 여자애한테 겁먹어서 몸을 다 떠네. 하지만 말이지, 그 감각을 소중히 여기는 게 좋을 거야, 쿠시다 선배."

이상한 부분을 칭찬하는 아마사와.

내 생각 따위는 신경 쓰는 척도 하지 않고 말을 이었다.

"자기는 다른 사람보다 귀엽고. 자기는 다른 사람보다 친절하고. 자기는 다른 사람보다도—— 쿠시다 선배는 좌우지간 자기 자신이 너무 좋아서 참을 수가 없지? 남보다 우위에 서고 싶어서 기를 쓰고 다른 사람의 비밀을 움켜쥐려 하고. 그런 주제에 남이 자신을 깎아내리는 건 또 싫어서 자기 비밀을 아는 사람을 절대 용납 못 하지. 그런 형편 없는 부분, 난 싫지 않아."

나는 맞받아치고 싶은 감정을 억누르며 분석에 들어갔다.

분명히 이 아이는 나에 대해 자세히 알고 있다.

어떻게, 왜, 그딴 생각은 일단 버려야 한다.

나는 진정하자고 속으로 주문을 외며 몸을 일으켰다.

"아까부터…… 하고 싶은 말이 뭐야?"

머릿속이 조금 정리되자 냉정을 되찾았다.

당황하며 소리칠수록 아마사와의 페이스에 휘말리고 만다.

"그나저나 잘도 여기까지 혼자서 왔네? 태블릿이랑 원군이 있다고 해도 자기 발로 걷는 건 똑같은데 말이야. 그룹 멤버들한테 거짓말하기도 힘들었을 테고. 혼자 빠져나가는 건 상당히 위험하잖아? 득점이 줄어들면 퇴학 위험도 있고."

아마사와가 다시 나를 넘어뜨린 다음 위에서 내려다보았다.

"하지만 쿠시다 선배는 아주 맹랑하게 굴고 있어. 그룹의 득점을 희생해서 만에 하나 하위로 떨어지더라도 최소한 살아남기 위한 프라이빗 포인트를 가지고 있어서 그렇겠지?"

물어볼 것도 없이 당연한 일.

나는 최소 라인인 200만 포인트를 확보하고 이런 무모한 짓을 벌이고 있다.

내가 가진 130만 포인트에 그 녀석이 마련한 나머지 금액.

"난 절대 지지 않아…… 무슨 일이 있어도 끝까지 포기하지 않는다고……!"

"그럼 어떻게 저항할래? 지금 쿠시다 선배는 나한테 농락당하고 있잖아?"

그것이 현실이라고 아마사와가 나에게 말했다.

"——그래서? 농락당했다고 해서 내가 언제 졌는데?"

이 정도 일에, 내 눈에 담긴 의지의 빛은 절대 사라지지 않는다.

내 감정은 흔들리기는커녕 오히려 차분히 가라앉는다.

당황할 필요는 없다. 아마사와도 제거해버리면 된다. 방해되는 건 모조리 제거해버리면 그만.

단지 그것뿐이잖아.

"호오…… 상상했던 것 이상일지도 모르겠네. 쿠시다 선배는 미친년이지만 딱 한 가지는 감탄했어. 정신적으로는 꽤 강하구나. 날 향한 두려움보다도 증오가 막 흘러넘쳐. 그건 나한테만이 아니라 비밀을 알려준 인물에게까지 파생되고 있지."

나는 흙을 털지도 않고 몇 번이나 다시 일어섰다.

필요하다면 지금 여기서 아마사와를 치고——.

"그만둬. 쿠시다 선배는 반격해봤자 나한테 안 되니까. 그럼 이만."

그렇게 말하고 뒤돌아서는 아마사와를 향해 달려들었다.

뭘 어떻게 하려는 계획도 없이, 그냥 밀어 넘어트리려고 생각했다.

하지만 그 속셈이 읽혔는지, 팔이 어이없이 허공을 휘저었다.

그리고 바로 발에 걷어차여, 몇 번째인지 모르겠지만 또 한 번 땅에 쓰러졌다.

"으, 으윽……!"

"좀 안 맞는 것 같아. 나랑 쿠시다 선배는. 남의 비밀을 무기로 삼아 왔나 본데, 나한테는 그런 비밀이 없거든? 폭력으로 해결하고 싶어도 난 남자보다도 강하고? 소중한 친구 같은 것도 없으니 인질도 못 잡을 거고. 굳이 말하자면 아야노코지 선배가 내 약점이긴 한데…… 선배를 어떻게 해보려고 시도하는 건 곧 나를 쓰러트리는 것과 마찬가지로 어렵고. 안 그래?"

마치 닳고 닳은 교사처럼 가볍게 설명하는 아마사와.

"그럼 이제 그만하고 내려가 줄래? 난 아야노코지 선배를 만나러 가야 해서."

"……그렇게 해서 뭘 어쩔 셈인데? 내가 미행했다고 말하기라도 할 거야?"

"안 해, 안 해. 그런 거 해봐야 의미도 없는데. 하지만 어쩌면 쿠시다 선배가 원하는 전개가 기다리고 있을지도. 아야노코지 선배가 퇴학당할지도 모른다는 소리야. 기뻐?"

"……아야노코지가 퇴학당하면 그다음 차례는 너야, 반드시 너를 짓밟을 거라고."

"쿠시다 선배~, 승부를 펼치기도 전에 이미 결과는 나와 있어. 비밀을 아는 사람을 퇴학시키는 것이 자기를 보호하는 유일한 방법이지만, 그건 아야노코지 선배처럼 소문내고 돌아다니지 않는 신사한테나 통하지. 나 같은 인간은 퇴학당해도 비밀을 다 퍼트린 다음에 당할 건데?"

"핫…… 웃기지 마. 물론 너 같은 악질은 내 비밀을 다 떠벌리고 다닐지도 모르지. 하지만 네 발언 따위 아무도 믿지 않아. 퇴학당하는 학생의 나쁜 장난으로 정리해줄게."

"뭐, 하긴? 내가 하는 발언을 전부 믿을 학생은 많지 않겠지. 그래도 쿠시다 키쿄라는 표면상 완벽한 인간상에 균열이 생기는 것 정도는 가능하고, 그걸로도 충분하지 않겠어?"

더 이상 나랑 놀아줄 생각이 없다는 듯, 아마사와는 아야노코지가 있을 방향으로 모습을 감추었다. 여기서 뒤쫓아 가는 것도 절대 불가능하지는 않다.

하지만 지금 그랬다간—— 분명 아마사와는 용서하지 않을 것이다.

내가 가진 비밀을 거침없이 폭로하고 다니겠지.

그건 나의 완전한 패배를 의미한다.

나는 아마사와가 사라진 숲속에서, 그 자리에 주저앉아 하늘을 올려다보았다.

빽빽한 잎사귀들 사이로 조금씩 빗방울이 떨어지기 시작했다.

빗방울은 내 뺨 위에 떨어져 그대로 목덜미를 타고 흘러내렸다.

"뭐 하는 거지…… 나……."

나를 향한 한심한 말. 너무나 허무해서, 이제는 화조차 나지 않는다.

아야노코지에 아마사와. 내 평온한 생활을 망가뜨리는 녀석들이 잇달아 등장했다.

아니——그 두 사람뿐만이 아니다.

여기서 내가 땅에 납작 엎드리게 된 것은 그 두 사람 때문만이 아니다.

내가 어쩌다 이 지경이 되었을까, 이번 경위의 원점을 다시 떠올려보기 시작했다.

4

무인도에서의 생활이 『5일째』를 맞이했던 날, 나는 1학년 그룹의 한 사람과 만났다.

누구와 만나는 것 자체는 별로 드문 일이 아니다. 넓은 무인도를 종횡무진 돌아다니다 보면 동급생이든 선배든 흔히 마주치게 되고 이야기를 나누게 된다. 하지만 그건 전부 우연. 이번에는 사정이 조금 달랐다. 나는 은밀히 맡은 무전기로 연락을 받고 의도적으로 어느 1학년과 접촉을 시도했다.

꼭 직접 만나야 하는 사정이 생겼기 때문이다. 그 1학년은 나를 발견하자 미소로 반겨주었다. 나 역시 화답하듯 웃으며 가까이 다가갔다.

그리고 주위에 사람이 없음을 확인하고 나서야 입을 열었다.

"오늘 아침 무전기로 받은 보고 말인데, 어떻게 된 일인지 설명해줄래?"

나는 그 1학년의 이름을 밝혔다.

"야가미."

1학년 B반의 리더 같은 존재, 야가미 타쿠야.

"여기까지 와주셔서 감사합니다."

"인사는 됐어. 어떻게 된 건지 설명이나 부탁해."

내가 재촉하자, 야가미는 어딘지 곤란한 투로 시선을 회피했다.

그러더니 다시 나를 쳐다보았다.

"예상 밖의 일은 언제나 있기 마련이죠. 쿠시다 선배."

남 일 얘기하듯 장난스러운 말투에 화가 났다.

역시, 착한 아이인 척하면서 계속 상대하기는 어려울 것 같았다.

"뭐가 예상 밖의 일이야. 너 때문에 1학년한테 내 과거가 알려졌잖아?"

내게 연락을 취한 야가미는 A반의 타카하시 오사무, C반

의 츠바키 사쿠라코와 우토미야 리쿠, 그리고 D반의 호우
센 카즈오미에게 추궁당해서 내 비밀을 털어놓고 말았다
고 했다. 그 네 사람은 야가미와 내 관계를 일찍부터 의심
했기 때문에 도저히 변명할 수 없었다고 한다.

그렇다면 어쩔 수 없지——로 끝날 문제가 아니다.

"그 점에 대해서는 사과드리겠습니다."

"사과한다고 해결될 문제가 아닌데. 진짜로."

이렇게 해서 내 비밀을 아는 사람이 또 네 명이나 늘어
난 것.

여기까지 왔으니 이제 나 혼자 힘으로는 어떻게 해볼 수
도 없다.

"그들이 생각보다 많은 정보를 쥐고 있었습니다. 저로서
도 예상 밖의 일이었어요."

"뭐가 예상 밖이야. 웃기지 말라고."

"진정하세요, 쿠시다 선배. 중요한 건 지금 그 애들이 아
닙니다."

"뭐?"

"그들의 목적은 어디까지나 아야노코지 선배를 퇴학시
키는 것. 쿠시다 선배의 과거가 어떻든 관심이 없습니다."

관심이 있고 없고, 그딴 건 아무래도 좋다.

내 바탕과 관련된 정보를 아는 인간이 같은 공간에서 숨
쉬는 것 자체가 참을 수 없다.

왜 그걸 아무도 이해하지 못하는 걸까.

"그리고 그 네 사람은 1학년입니다. 쿠시다 선배와의 접점이 사실상 없어요."

"하. 웃기지 마……. 이렇게 무인도에서도 막 불꽃 튀기는데? 1학년이랑 싸울 일이 생기면 난 바로 약점 잡히는 거야."

그건 필연적으로 내가 불리해진다는 것.

모든 것을 공개하겠다고 나오면 상대가 나보다 어려도 따르는 수밖에 없다.

"그래요, 그렇지요. 쿠시다 선배에게 중요한 건 그거죠."

사실은 알고 있다고 야가미가 인정했다.

"그렇다고 그 네 사람을 지금 당장 퇴학시키기란 무척 어려워요. 아닌가요?"

"그러니까 배 째라 이거야? 사람 얕보는 것도 정도껏 해."

"……죄송합니다. 하지만 저로서는 그게 최선이었습니다."

멋대로 남의 비밀을 다 떠벌리고 다녀놓고 뭐가 최선이야.

때려주고 싶은 충동을 간신히 억누르면서 야가미의 이야기에 귀를 기울였다.

"아야노코지 선배를 퇴학시키는 전략을 생각하고 있다는 건 배 위에서 말씀드렸지요."

물론 그 계획은 잘 기억하고 있다.

야가미한테 아야노코지를 퇴학시키기 위한 비책이 있고 그걸 무인도에서 실행하겠다고 했었지.

하지만 무전기만 받았을 뿐, 상세한 내용은 아직 듣지

못했다.

"쿠시다 선배를 위해 제 계획을 좀 더 추가하겠습니다."

"추가한다고?"

"아야노코지 선배를 퇴학시킨 후에는 불순분자인 그 네 사람을 반드시 퇴장시켜 드릴게요."

그렇게 하면 문제가 다 해결되죠? 하고 야가미가 부끄러워하는 기색도 없이 말했다.

"지금은 그 넷을 앞지를 방법부터 생각하죠. 이대로라면 아야노코지 선배의 퇴학이 잘된다고 하더라도 그 공이 츠바키를 비롯한 1학년 C반으로 넘어갈 겁니다. 2,000만 포인트를 손에 넣지 못하게 돼요."

"난 포인트는 관심 없어."

"압니다. 하지만 그 거액의 포인트가 있으면 커다란 안전을 얻을 수 있습니다."

지금까지는 별수 없이 야가미의 제안에 따라주었다.

따르고 싶지 않아도 따를 수밖에 없는 상황이었으니까.

하지만 이제 한계다. 더 이상 침몰하는 흙배에 타고 있을 여유가 없다.

"이제 다 끝이야. 난 꽝인 줄에 서 있었던 거야."

오늘 여기까지 온 건 지시에 따르기 위해서가 아니다.

야가미와 분명하게 거리를 두기 위해서다.

"아직 만회할 수 있습니다."

"이미 늦었어."

"아니요, 늦지 않았어요. 오히려 지금이 기회입니다."

"뭐……?"

"지금, 아야노코지 선배한테는 나나세가 찰싹 붙어 있어요."

"나나세? 나나세라면 1학년 D반 애 말이지? 설마 그 애한테도——"

"안심하세요. 물론 나나세는 쿠시다 선배의 과거에 대해 아무것도 모릅니다."

"이제 네 말은 하나도 못 믿겠어."

이 정도로 내가 화를 내도 야가미는 이야기를 멈추지 않았다.

"그녀가 호우센 군과 손잡고 아야노코지 선배를 퇴학시키려 한다는 건 일전에 말씀드렸던 대로입니다만, 이번 작전 내용도 대충 짐작이 가요."

"……그래서? 호우센이랑 나나세의 작전 내용이 뭔데?"

"그의 머리에서 나왔으니 폭력적인 내용인 건 일단 틀림없겠지요."

"폭력? 그럼 문제 행동이지만, 이사장 대행은 학생들끼리의 사소한 다툼은 허용한다고 말했어. 퇴학까지 가진 않을 것 같은데?"

"가볍게 어깨를 부딪치는 정도라면 그럴지도 모르죠. 하지만 피로 피를 씻는 처참한 폭력으로까지 발전한다면 어떨까요?"

"그럼 상당히 심각한 문제겠지만, 아야노코지를 일방적으로 때리면 퇴학당하는 사람은 호우센뿐이잖아."

그런 식으로 크게 다친 아야노코지를 실격 처리해서 퇴학으로 몰 수 있을 것 같지는 않다.

"이번에 호우센 군이 아야노코지 선배와 싸울 일은 없을 겁니다. 쿠시다 선배도 말씀하셨던 것처럼 그는 이미 유명한 악역이니까요. 싸움이 일어나면 제일 먼저 의심받을 사람은 그가 되겠죠."

"그럼······."

"네. 아야노코지 선배와 싸우는 건 나나세 씨가 될 겁니다. 그녀가 덤벼들어도 아야노코지 선배는 당연히 반격하지 않겠죠. 하지만 나나세 씨가 진지하게 덤벼들면 어떠한 형태로든 제압하게 될 거예요. 반격해서 때리든 깔고 앉아 제압하든. 어쨌든 그 광경은 분명 보기 아름다운 그림이 아니겠죠."

과연 나나세와 아야노코지가 싸운다면······그건 말할 것도 없이 큰 문제다.

"나나세가 아야노코지한테 당했다고 학교 측에 보고한다······ 그게 작전이라는 거야?"

"그러니까 저희는 작전을 실행하는 타이밍을 노려서 움직이는 겁니다."

"그 작전을 실행한다는 이야기가 진짜라고 쳐도, 그게 언제인지 모르면 방법이 없잖아. 종일 따라다니는 건 불가능하니까."

"그건 이미 알고 있습니다. 누가 실행 날짜를 알려줬거든요."

"누가……?"

"누군지는 말할 수 없지만, 믿을 수 있는 사람입니다. 나나세 씨가 실행에 옮기는 건 시험 7일째 되는 날. 자세한 시간대는 아직 모르지만, 분명 인기척이 완전히 끊겼을 때——"

그때 폭력 사건이 일어난다…….

"그래서 네가 선수 치는 구체적인 방법은?"

"태블릿에 동영상 촬영 기능이 있잖아요. 그걸 쓰면 결정적인 증거를 잡는 것도 가능하다는 겁니다."

그 영상을 학교 측에 증거로 제출하면 과연 퇴학도 가능하다.

"하지만 그것만으로는 퇴학이 안 될지도 모르잖아."

"협박 재료로는 충분하죠. 그가 스스로 퇴학을 선택할 가능성도 있고요."

야가미가 하고 싶은 말이 뭔지는 대강 알았다.

정말로 그런 전개가 된다면 영상을 남겨 유리하게 만들 수 있다.

"그 역할을, 쿠시다 선배에게 부탁드리고 싶습니다."

"뭐? 왜 내가 그런 위험을……. 네가 하면 되잖아."

"쿠시다 선배라면 접근해도 부자연스럽지 않으니까요."

"그렇지 않아. 난 나대로 아야노코지가 경계하고 있으니까."

"저는 남자입니다. 만약 그런 현장을 목격했다면 말려야하는 거 아닌가 하고 사람들이 생각할 염려가 있어요. 하지만 쿠시다 선배는 연약한 여자. 무서워서 아무것도 할 수 없었지만 적어도 증거만은 남기려고 태블릿을 켰다……. 설령 같은 반 친구라도 부도덕한 행동은 용납할 수 없다는 정의감을 드러낼 수도 있죠."

"그야 정의로울지는 몰라도, 같은 반 애를 팔았다며 빈축을 살 가능성도 있지."

"그럼 저에게 영상만 넘겨주셔도 됩니다. 익명으로 제보받았다고 하면 되니까요."

야가미가 강하게 설득했다. 나야 나나세 쪽에서 마음대로 아야노코지를 퇴학시켜 준다면 그건 그것대로 상관없다. 하지만 1%라도 확률을 높이기 위해서는 하나라도 더많은 방법을 동원하는 게 좋은 것도 사실이다.

"더 이상 흙배에 올라타기는 싫으니까 조심해."

"물론입니다."

"넌 어떻게 할 건데? 나한테 다 떠넘기고 아무것도 안할 생각이야?"

"설마요. 저는 당일, 쿠시다 선배를 무전기로 지원할 겁니다. 내일 풀릴 GPS 검색 서비스를 이용해서 수시로 위치를 알려드리면 거리를 유지하면서 안전하게 미행할 수 있으니까요. 게다가……."

"게다가?"

"츠바키 씨도 뭔가를 계획하고 있을 가능성이 있습니다. 어쩌면 같은 타이밍에 뭔가 할지 모르니 그쪽 움직임도 파악해 볼 생각입니다."

"너랑 같은 그룹인 우토미야는?"

"그는 츠바키 씨의 장기말에 불과합니다. 두뇌 쪽으로 걱정할 필요는 없어요."

야가미의 말을 어디까지 믿어도 될지, 중요한 선 긋기가 필요하다.

하지만 지금의 나에게 선택권이 없는 것도 사실이다.

"해주실 거죠? 쿠시다 선배."

"……할 수밖에 없잖아."

이제 물러설 곳이 없다. 내가 나로서 이 학교에서 현재의 지위를 지키기 위해.

더 이상 실수를 반복하는 건 용납할 수 없다.

○불온한 씨앗

"큰일 났네."

7일째 첫 지정 구역으로 가기 위한 오전 7시가 조금 지난 시각. 금방이라도 비가 뚝뚝 떨어질 듯 흐린 하늘 아래, 이치노세 호나미는 깊은 한숨을 내쉬며 오른손에 찬 손목시계로 시선을 떨구었다.

"이치노세, 역시 망가졌어?"

같은 그룹 멤버인 시바타 소우가 그 손목시계를 들여다보며 물었다.

"응. 안 되네. 오늘 아침 강가에 넘어져 돌에 부딪쳤을 때부터인 것 같아."

손목시계가 이상한 것을 안 뒤로 리셋도 해보고 몇 가지 대처법을 시도했던 이치노세.

하지만 심박수를 측정하는 기능과 GPS 기능이 전혀 작동하지 않는 상태가 이어졌다.

태블릿으로 자신의 위치를 확인하려고 해도 표시되지 않았다.

손목시계가 망가진 상태로는 지정 구역이든 과제든 점수가 가산되지 않는다.

이대로 내버려 두고 속행해봐야 얻을 이익이 하나도 없다.

"섬 반대쪽이 아닌 게 그나마 다행이라고 생각하자."

"그건, 응, 그러네."

이치노세 일행이 있는 곳은 E6의 남서쪽. 두 시간 정도 걸으면 시작 지점으로 돌아갈 수 있지만, GPS 기능을 쓸 수 없는 상태로 혼자 돌아가는 것은 위험하다.

"그래도 일단 돌아가는 수밖에 없잖아."

시바타는 당연하다는 듯이 이치노세를 탓하지 않고 그렇게 말했다.

"하지만……."

무엇보다 현재 뜬 지정 구역이 D5.

시작 지점인 항구와는 정반대 방향이다.

귀중한 도착 보너스를 놓침과 동시에 착순 보수도 노릴 수 없게 된다. 돌아가야 한다는 건 알고 있지만, 이치노세는 뒤에서 출발을 기다리는 세 사람을 향해 몸을 돌렸다.

"뭐, 고장 났으니까 어쩔 수 없잖아. 안 그래? 마스미 쨩."

"지금 돌아가면 세 번째 지정 구역에는 늦지 않게 도착할 수 있을지도 모르고."

그 말에 찬성하듯 이치노세와 같은 반인 니노미야도 고개를 끄덕였다.

아무도 싫은 기색 하나 보이지 않고 대답했다.

이치노세는 그것이 기뻤지만 동시에 미안한 감정도 들었다.

거슬러 올라가 이틀 전인 시험 5일째. 이치노세 일행은 그룹의 최대 인원을 개방하는 과제에서 1위를 획득하여 세 명의 상한을 늘리는 데 성공했다. 그다음 날에 GPS 검색 기능을 써서 하시모토 그룹과 합류한 지 얼마 되지 않아 일어난 문제.

"미안해. 반드시 세 번째까지는 늦지 않게 돌아올게."

하기로 정했으면 1초라도 빨리 멤버들에게 돌아와야 한다.

"그럼 난 이치노세를 갈 수 있는 데까지 바래다주고 올게."

이치노세는 생각을 바꾸고 시바타와 함께 곧장 남쪽으로 향했다.

"시바타한테도 미안해. 같이 오게 만들어서."

"이런 문제는 어쩔 수 없는 거니까. 더는 말하지 말자고."

"응, 그러네."

그렇게 이치노세는 시바타와 한 시간 정도 들여 강을 따라 E9 구역까지 다다랐다.

해변이 보이면서, 시작 지점이 사정권에 들어왔다.

"생각보다 빨리 왔네. 순조롭다, 순조로워."

이제 이대로 서쪽으로 가기만 하면 어떻게든 항구가 나오리라.

예상 소요 시간은 느리게 걸어도 30분도 채 걸리지 않을 것이다.

하지만 왕복하면 1시간이 든다.

"시바타는 이대로 다음 지정 구역으로 출발해줄래?"

"아니, 가까워졌다고 해서 혼자 가는 건 위험하지 않을까? 숲속은 미로 같으니까. 그리고 낮이라지만 오늘은 흐리고 비도——"

하늘을 올려다본 시바타. 아침 8시인 현재는 내리지 않지만, 앞으로의 날씨는 불안정하다.

"응, 위험한 건 괜찮아. 여기서라면 헤매지 않고 항구로 돌아갈 수 있고. 상위를 따라잡으려면 1점도 허투루 쓸 수 없다고 생각해. 그리고 비가 내리면 우리 둘 다 합류 못 할지도 모르잖아."

단 1점이라도 적극적으로 노리는 것이 중요하다고 이치노세가 강하게 주장했다.

"이제 곧장 가기만 하면 되니까."

시바타가 조금이라도 빨리 전선으로 복귀해 득점하길 바란다.

팀의 발목을 잡았기 때문에 최소한의 부담만으로 끝내고 싶은 이치노세의 마음.

"……알았어. 하지만 무모한 행동은 하지 마. 만약에 비가 내리면 무리하지 말고 그칠 때까지 기다려도 되니까."

"알았어, 절대 무모한 짓 안 할게. 다쳐서 중도 탈락하면 웃을 수도 없는 일이니."

그렇게 약속하고 이치노세는 손을 흔들며 하시모토 무리와 얼른 합류하라고 시바타를 재촉했다.

그런 후 시바타가 알려준 방향을 기억하며 숲속으로 발을 들였다. 다음 지정 구역은 제때 가지 못하더라도 세 번째 지정 구역에는 반드시 돌아갈 것이다. 그런 강한 의지가 이치노세를 움직이게 했다.

시간을 아끼기 위해 생각보다 몸이 먼저 움직였다.

같은 구역에는 아무도 없는지, 다른 사람을 발견하지 않고 계속 나아갔다. 만일의 사태가 벌어지면 누구한테 물어보면 된다는 생각이 너무나 안이했다는 것을 깨달았다.

그로부터 10분 정도 숲속을 나아가자 점점 시야가 나빠졌다.

구름이 한층 두꺼워진 것이 그 원인이었다.

곧장 나아갈 계획이었지만 나무들이 자꾸만 중간에서 가로막았다.

한 그루를 피해 나아가면 또 한 그루, 또 한 그루가 나타나 길 아닌 곳을 방해했다.

그러한 과정을 되풀이하는 사이에 정말 곧장 나아가고 있는 것이 맞나 하며 자신이 없어지기 시작했다.

"왠지, 되는 일이 없는 느낌……?"

자조하듯 웃었지만, 그러면서도 앞으로 나아가는 수밖에 없었다.

틀림없이 수백 m 내에 항구가 있을 테니까.

그렇게 20분 정도 더 걸었을 때, 이치노세는 안이한 생각에 걸음을 멈췄다.

길을 잘못 든 게 아니라면 이미 항구에 도착하고도 남았을 시간.

"뭐 하고 있는 거지…… 나."

태블릿을 꺼내 보아도 당연히 자신의 현재 위치를 알 수 없다.

걸어온 길을 되돌아간다 해도 헤매지 않는다는 절대적 확신이 없다. 평소의 이치노세라면 무모한 선택은 하지 않는다. 하지만 C반으로 떨어진 것이 잠재적 불안을 낳았다.

그 와중에 A반 사카야나기의 제안으로 강력한 그룹을 만들 수 있었다.

대등한 관계가 되기 위해서는 자신도 힘을 보여줘야만 한다.

방향에 자신이 없어도 한 발짝 앞으로 내디뎌야만 한다.

어디로? 어느 쪽으로? 그러한 불안을 떨치듯이 오른발을 들어 올렸다.

그때 앞에서 어렴풋한 소리가 들린 듯한 느낌이 들었다.

기뻐서 소리칠까 고민한 이치노세였는데, 야생동물일 가능성도 부정할 수 없다.

정체를 확인한 다음에 해도 늦지 않다고 생각하고, 이치노세는 조용히 소리가 난 방향으로 향했다.

이윽고 보인 것은── 이사장 대행인 츠키시로와 1학년 D반 담임 시바.

그 모습을 본 순간 이치노세는 진심으로 마음이 놓였다.

이제 항구로 가는 길을 물어볼 수 있다.

그런데……. 그것이 안이한 생각이었음을 이치노세는 곧 알게 되었다. 아무리 사고라지만 특별시험을 치르는 중.

길을 잃었으니 알려달라고 부탁해도 대답해주지 않을 거라고 여기는 것이 좋다. 손목시계의 고장이 내부 문제라면 모르겠지만, 외적 요인으로 망가진 것이니 더욱 그러하다. 자기 책임이라는 한마디로 정리되면 모처럼 내려온 구원의 실을 놓치게 된다.

눈앞의 실을 끌어당기는 방법.

차라리 저 두 사람의 뒤를 밟는 것이 현명하지 않을까.

시작 지점으로 돌아갈 수 있으면 가장 좋고, 과제를 위해 이동하는 거라면 늦든 빠르든 다른 학생이 모일 것이다. 어느 쪽이든 최악의 사태에서 벗어날 수 있으리라.

그리하여 눈치채지 못하게 뒤따라가기로 했다.

두 사람은 뭔가 대화를 주고받으며 걷고 있었기에 쉽게 알아차리진 못할 것 같았다. 게다가 만에 하나 들키더라도 시치미 떼면 문제없다고 생각했다.

조용한 숲은 목소리가 유독 더 잘 들렸다.

"임기응변으로 움직일 수 있는지 확인을 부탁드렸는데, 어떻게 됐습니까?"

"어려울 듯합니다. 아무래도 교사들 측에서 이쪽을 감시하는 움직임이 보여서요. 특히 마시마가 강한 경계심을 품고 있는 것 같아서……."

대화 내용에는 관심 없던 이치노세는 미행에 집중하기 위해 어느 정도만 엿듣고 있었다.

"그리고 또 한 사람 수상한 인물이. 2학년 D반 담임 차바시라가 모든 이력을 찾고 있더군요."

"교원 측을 포섭하는 건 그가 할 수 있는 몇 안 되는 유용한 수단이니까요. 차바시라 선생이든 마시마 선생이든, 아야노코지와 이어져 있다고 보는 게 틀림없겠죠. 그 현장에 있었던 아야노코지라면 진상을 알아차렸어도 이상하지 않습니다."

그런데 생각지도 못한 이름이 튀어나옴으로써 상황이 달라졌다.

아야노코지. 무심코 심장이 철렁 내려앉는 이름이 들려와 이치노세는 숨을 죽였다.

그 이름이 나와서인지 두 사람이 걸음을 멈추고 대화를 이어나갔다.

"이력 쪽은 미리 손봐두었으니 문제없을 겁니다."

"감사합니다. 하지만 어떤 단서를 얻었을 가능성은 있습니다. 그러니 한판승부. 그를 확실하게 궁지로 내몰아야만 합니다."

"하지만 그리 쉽게 퇴학시킬 수 있을까요? 상대는 화이트 룸의── 인데요."

"사람은 직책에 혹하기 마련입니다. 그냥──인──이지요."

화이트 룸? 이치노세가 귀를 쫑긋 세웠지만 분명하게 들리지 않았다.

갑자기 바람이 불어오는 바람에 목소리가 흩어졌다.

아야노코지의 이름과 퇴학이라는 단어가 머리에 강하게 박혀 떠나지 않았다. 왜 그런 이야기를 이사장 대행과 선생님이 나누는 걸까. 이치노세는 대화 내용을 더 자세히 듣기 위해, 자기도 모르게 거리를 유지하지 못하고 조금씩 더 가까이 다가갔다.

"마지막 날까지 그가── 늘어났으면, 예정── I2에서 처리──하기로 하죠."

조금만 더 가면 잘 들릴 것 같은 거리까지 좁힌 그 순간.

소리를 내지 않았다고 생각했는데 이사장 대행이 날카로운 눈빛으로 뒤돌아보았다.

큰일 났다.

그런 직감이 든 이치노세는 곧바로 뒤돌아 달리기 시작했다.

하지만 멘 배낭 무게 때문에 속도를 붙일 수 없었다. 순간적 판단으로 벨트를 풀고 배낭을 있는 힘껏 덤불 쪽으로 던졌다. 짐을 확인하면 안에 든 태블릿을 통해 누구인지 알아낼 수 있지만, 정상적인 판단을 할 수 없을 정도로 마음이 초조했다.

일단 얼굴은 보지 못했을 터. 하지만 엿듣고 있던 사람이 있다는 사실은 틀림없이 알았을 것이다. 그 확신만은 분명히 가지고 있었다.

지금 이야기는 절대 들어서는 안 되는 내용인 것 같았다.

그런 강한 예감을 하면서 계속 달렸다.

분명 달아날 수 있다──.

저쪽도 분명 달리면서까지 쫓아오지는 않을 것이다.

그래, 분명 괜찮을 거야.

뒤에서 잔나무가지와 잎을 힘껏 밟는 듯한 재빠른 발소리가 들려왔다. 운동신경에 자신 없는 이치노세라도 달리기 실력은 자부하고 있었다.

왼쪽이고 오른쪽이고 없다.

이치노세는 완전히 길을 잃어버린 숲속을 무아지경이 되어 하염없이 달렸다.

뭔가 봐서는 안 되는 것을 보고 말았을 때, 사람은 묘하게 깨닫게 되는 것이 있다.

그런 직감이 강하게 들었다.

"윽!"

발밑을 제대로 확인하지도 않고 그저 길만 보며 달리기만 하던 이치노세는 뭔가에 걸려 심하게 넘어졌다. 돌아보니 커다란 나무뿌리가 땅에 노출되어 있었는데, 거기에 걸린 모양이었다. 무릎에 강한 통증을 느끼면서도 서둘러 일어서려고 무릎을 세웠다.

그런 이치노세의 왼쪽 어깨를, 커다란 손이 뒤에서 붙잡았다.

심장이 멎을 정도로 놀라 그대로 굳어버린 이치노세가 주뼛주뼛 뒤돌아보았다.

"……너는 2학년 C반 이치노세 호나미, 맞지?"

시바의 강렬한 눈빛에, 몸을 일으키려다가 다시 엎어지고 말았다.

"아, 아, 네, 네, 맞아요……."

그대로 엉덩방아를 찧은 상태로 필사적으로 뒤로 물러나려 했지만, 그 눈빛에서 벗어날 수 없었다.

그런 이치노세를 감정이 전혀 비치지 않는 눈동자로 내려다보는 시바.

"왜 여기에?"

"그, 그게, 손목시계가 고장 난 것 같아서…… 보여드리려고……."

"그렇군. 그래서 주위에 GPS 반응이 없었던 거군."

"어디까지 이야기를 들었는가, 하는 부분은 그리 중요한 문제가 아니야. 1%라도 이 일에 대해 알았다면…… 그건 단순히 운이 나쁜 거지."

"어떤…… 페널티를 받게 된다, 그런 말씀이신가요?"

"학교 규칙이랑은 상관없어. 너는 즉각 퇴장 처리하기로 하지."

그렇게 말하며 시바가 커다란 손을 천천히 이치노세를 향해 뻗었다.

"거칠게 다루기에는 아직 좀 이른 감이 있는 것 같군요, 시바 선생."

조금 뒤늦게 합류한 츠키시로가 손에 이치노세의 배낭을 든 채 시바를 제지했다.

"아, 실례했습니다."

츠키시로 이사장 대행도 이치노세를 향해 기분 나쁜 미소를 지었다.

"형식적으로 묻겠습니다만, 뭔가 들었나요?"

"저, 저는 아무것도 듣지 못했습니다……."

물론 거짓말이다.

단편적이기는 하지만 이치노세는 두 사람의 수상한 이야기를 듣고 말았다.

이치노세가 아무것도 듣지 못했다고 말해도 이 두 사람은 조금도 믿지 않겠지.

"그 말을 믿을 만큼 순진하진 않아서요. 어른은 늘 최악의 상황을 가정하면서 행동해야 한답니다. 저는 당신이 모든 것을 들었다. 그렇게 전제하고 일을 처리해야만 합니다."

평가하는 듯한 눈빛을 보내면서 츠키시로가 이치노세의 눈앞에 섰다.

그리고 쭈그려 앉아 이치노세와 눈높이를 맞추었다.

"당신은 우연히도 모든 것을 듣고 말았습니다. 그건 절대 들어서는 안 되는 정보였는데, 말이지요."

그 모습을 지켜보던 시바가 왠지 두려운 눈빛으로 츠키시로를 보았다.

"이 이야기가 밖에 새어나가게 되면 저도 시바 선생도 몹시 곤란해진답니다."

"아무것도, 아무것도 듣지 못했어요——."

"그렇지 않습니다. 들었다, 라는 전제로 저는 얘기하고 있는 겁니다."

그 말에 이치노세는 숨을 참는 수밖에 없었다.

"기억이 사라질 때까지 이치노세 씨를 아프게 만들어 탈락시켜버릴까요?"

겁에 질린 이치노세를 보고, 츠키시로는 웃으며 일어섰다.

"……라고, 이 학교를 지키는 측 사람으로서는 절대 말할 수 없죠. 그래요, 저도 가능하다면 거친 방법은 쓰고 싶지 않답니다. 그래서 제안합니다. 만약 누군가에게 발설한다면, 2학년 C반만 소속된 그룹 하나를 탈락시켜버리겠습니다."

"윽……!"

"물론 구제 가능한 프라이빗 포인트가 없는 그룹으로, 말이죠."

그 말은 곧 강제 퇴학을 의미했다.

"불가능할 거 같나요? 부정의 증거를 만들어내는 것쯤, 규칙을 관리하는 자에게는 일도 아니랍니다. 특히 이렇게 감시의 눈이 닿지 않는 무인도에서는 무슨 일이 일어나도 이상하지 않으니까요."

가늘게 뜬 눈이 두려움에 떠는 이치노세를 향했다.

알겠지요? 하고 눈으로 거듭 다짐을 받았다.

"츠키시로 이사장 대행, 지금은 안이한 조치보다는 권한을 발동해야 하는 게 아닌지요? 이치노세가 없어져도 차바시라, 마시마는 신경도 쓰지 않을 겁니다. 그 두 사람이 경계하는 건 아야노코지에 관한 일뿐이니까요."

"그 말도 일리가 있군요. 그럼 시바 선생은 어떻게 하는 게 적절하다고 생각하십니까?"

시바는 고민하지도 않고 주머니에서 고무장갑을 꺼냈다.

"맡겨주시면 처리하겠습니다."

자신의 처우에 대해 자기들끼리 논의하는 가운데, 이치노세는 달아나지도 못하고 심판을 기다리는 수밖에 없었다.

고무장갑을 끼고 뭘 어쩌려는 것인지, 이치노세는 상상도 가지 않았으리라.

그 모습을 본 츠키시로가 다정하게 웃었다.

"자, 더 이상 시간을 들이는 건 좋지 않습니다."

배낭을 이치노세의 발아래에 내려두고 다시 거리를 두는 츠키시로.

"항구는 여기서 150m 정도 더 가면 나옵니다. 가세요."

"네, 네엣……!"

이상한 분위기에 당황하면서도, 1초라도 빨리 이곳에서 벗어나려고 서둘러 배낭을 멨다.

"당신이 지켜야 할 것은 다른 반의 걸리적거리는 강적이 아니라 자기 반 학생들입니다. 그 사실을 부디 명심하세요."

이치노세는 고개를 꾸벅 숙인 다음 츠키시로가 조언해준 방향으로 얼른 떠났다.

그 상황을 지켜보던 시바가 츠키시로에게 시선을 보냈다.

"괜찮습니다, 내버려 두세요."

"정말로 괜찮을까요?"

시바는 불안 요소를 남긴 게 아닌가 하는 생각에 사로잡혀 있었다.

"그녀가 아야노코지에게 말하면 계획에 지장이 생길 텐데요."

"예상 밖의 일은 늘 일어나는 법입니다. 그렇다면 우리도 거기에 맞춰 움직이면 그뿐."

시바는 츠키시로의 진의가 보이지 않아 앞으로의 일이 걱정되었다.

"그렇게 걱정됩니까? 나름대로 잘 못 박아뒀다고 생각하는데 말이죠."

약속을 깨면 반의 누군가를 퇴학시키겠다. 단순한 협박이기는 하지만 무엇보다도 반을 우선하는 이치노세에게는 농담으로 들리지 않았으리라.

"그녀와 아야노코지의 관계가 어떻든, 강적이 사라져주는 것은 C반 입장에서 바라 마지않는 일. 이치노세도 시간이 지나면 그 사실과 마주하게 될 것입니다. 당황하지 말고 상황을 지켜보지 않겠습니까?"

땀 한 방울이 츠키시로의 뺨을 타고 흘러내렸다.

"나나세 씨는 99% 실패하리라고 생각합니다만, 그걸 내다보고 마침내 움직이기 시작한 모양이니, 일이 순조롭게 되어갔다면 아야노코지의 긴급 경보가 슬슬 울리기 시작하겠군요."

츠키시로는 어디까지나 냉정했고, 조금도 당황하지 않
았다.

그의 흔들림 없는 신념이 그것을 가능하게 했다.

2

빗발이 꽤 거세지기 시작했다.

머리가 차가워지자, 나나세는 그제야 자신의 감정이 소
화되었는지 무거운 입을 열었다.

"제가 졌습니다…… 아야노코지 선배."

"받아들였다고 판단해도 되겠나?"

"네. 저는 아무리 애를 써도 아야노코지 선배를 이길 수
없을 것 같습니다."

모든 것을 간파당해 독기가 빠져나간 듯 포기한 모습이
었다.

내가 손끝 하나 건들지 않고 상대한 게 효과를 본 셈이다.

"가능하다면 자세히 들려줄 수 있을까? 왜 나를 노린 건
지. 이유를 확실히 모르면 여러 가지로 문제도 생기니까."

"그렇죠, 선배에게는 알 권리—— 아니, 저라도 알고 싶
을 겁니다."

일어날 체력이 남아 있지 않은지, 앉은 채로 그렇게 말

했다.

나나세의 몸놀림은 예사롭지 않았지만 그래도 화이트 룸생이라고는 생각할 수 없다.

물론 나나세는 상당히 강했다. 호리키타나 이부키를 상대해도 밀리지 않으리라.

그러나 화이트 룸생이라고 보기에는 너무나 미흡하다.

게다가 마츠오라는 이름을 화이트 룸생이 꺼내는 것도 이상한 이야기다.

그 대답을 알고 싶어서 나는 나나세의 입이 열리기를 기다렸다.

"저는…… 저는 어린 시절 친구의 원수를 갚기 위해, 이 학교에 왔습니다."

"어린 시절 친구? 설마 그게——"

"네. 마츠오 에이치로입니다."

나를 돌봐주었던 집사 마츠오, 그 아들의 이름인 것은 의심할 여지가 없었다.

"저는 이 학교에 입학하고 바로 이해했습니다. 바깥세상과 완전히 차단되어 있으면 자세한 내막을 알 턱이 없지요."

기본적으로 나나세의 말은 옳았다. 다만 예외로 마츠오와 관련된 정보는 조금이나마 가지고 있었다. 나를 화이트 룸으로 데리고 돌아가기 위해 모습을 드러냈던 그 남자가, 내 앞에서 얘기했기 때문이다.

그 후 나나세는 차분한 어조로 모든 것을 털어놓았다.

내 아버지의 집요한 사전 작업으로 궁지에 내몰려 에이치로가 고등학교에서 퇴학당했다는 것.

피해서 들어간 고등학교에서도 같은 일을 당해, 도저히 달아날 수 없다는 것을 깨닫고는 진학을 포기했다는 것.

그 일로 마츠오 에이치로의 아버지가 분신자살한 것.

그 후 아르바이트로 생계를 이어갔다는 것.

전부 그 남자에게서 이미 들은 이야기였지만 나는 묵묵히 경청했다.

"유치원 때부터 중학교를 졸업할 때까지 저보다 한 살 많은 에이치로와 언제나 함께였습니다. 공부할 때도 놀 때도, 뭔가를 배울 때도……. 뭐든 저보다 잘했던 에이치로는…… 저에게는 목표로 삼아야 할 동경의 대상이었습니다."

지금까지 차분하던 나나세의 말투가 조금씩 무겁게 바뀌었다.

"집에서 쫓겨나고 나서도 에이치로는 끝까지 포기하지 않겠다며 아르바이트를 시작했어요. 만날 시간이 줄어들고 말았지만, 저희의 관계는 변함없다고 생각했습니다."

하나하나 떠올리듯이, 나나세는 멈추지 않고 계속 말을 이었다.

"진학을 포기했어도, 아버지가 돌아가셨어도…… 언제나 긍정적인 마음으로 열심히 하려고 하면서, 포기하지 않을 거라고 저한테도 말하면서 웃어주었는데……."

주먹에 힘이 들어간 나나세의 목소리가 떨렸다.

"올해 2월 14일 저녁, 저는 에이치로가 사는 아파트를 찾아갔었습니다. 열심히 사는 에이치로한테 조금이나마 힘이 되어 주고 싶어서. 그런데——"

끝까지 듣지 않아도 무엇을 의미하는지 잘 알았다.

마츠오 에이치로는 열심히 살아보려고 애를 썼지만, 결국 생에 매달리는 것을 포기해버렸다는 것을.

"만날 수 없게 되면 두 번 다시는 마음을 전할 수 없다. 그렇게 말했었지."

이케를 격려하던 나나세의 말을 떠올렸다.

아무리 후회해봐야 이미 늦었다. 설령 시신 앞에서 울부짖는다고 해도 말은 전해지지 않는다.

"아야노코지 선배도, 선배의 아버지에 대해서도 저는 잘 모릅니다. 원서도 다른 고등학교에 넣었었고…… 그런 제 앞에 그 사람이 나타난 것입니다."

"츠키시로 말인가."

"네. 에이치로의 인생이 꼬이게 된 이유를 츠키시로 이 사장 대행으로부터 전해 들었고, 고도 육성 고등학교에 입학 수속도 받았습니다. 아야노코지 키요타카라는 인물이 이 학교에 입학해서, 화이트 룸이라고 불리는 시설로부터 달아난 것이 모든 일의 원인이라고."

그리하여 친구의 원수를 갚으려고 일부러 이 학교에 입학했다.

"아야노코지 선배를 퇴학시키면 선배 아버지를 만나게

해주겠다고 약속했습니다. 사실은 그때 에이치로에게 사과해달라고 부탁할 생각이었습니다만……."

만에 하나 나를 퇴학시키는 데 성공한다 해도 그 남자가 사과할 리는 없다.

분명 나나세의 말은 전해지지 않을 것이다.

이렇게 해서 이야기의 앞뒤가 이어지게 되었지만, 아직 모르는 것이 남아 있다.

"츠키시로는 화이트 룸생을 보냈다고 했는데, 거짓말이었다는 건가?"

"……그건 무슨 의미일까요? 애초에 화이트 룸이 뭔지 저는 잘 모릅니다."

지금 나나세가 거짓말하는 것처럼은 보이지 않는다. 그렇다면 생각할 수 있는 패턴은 두 가지. 보낸 자객은 나나세가 아니며, 화이트 룸생 또는 그 역할을 맡은 인물이 따로 있다는 패턴. 다른 하나는 츠키시로가 말한 자객 자체는 나나세이고, 화이트 룸생으로 생각하게 만든 패턴.

후자라면 나를 노리는 존재는 여기서 사라지게 되는 셈이다.

하지만 그렇게 생각하긴 어렵겠지.

나나세의 실력은 일반적인 관점에서 봤을 때는 아주 뛰어나지만, 나를 퇴학시키기 위해 보낸 자객치고는 부족하다. 이렇게 되리라는 것을 츠키시로가 몰랐다고 보기는 힘들다.

"아야노코지 선배는 잘못이 없습니다. 하지만…… 풀 곳이 없는 화를, 분노를…… 누군가에게 어떻게든 풀고 싶었던 겁니다…….”

일련의 흐름을 들으니 여러 가지가 연결되었다. 입학 초기에 보았던 나나세의 행동.

나를 퇴학시키려고 하면서, 때로는 도움을 준 적도 몇 번인가 있었다.

나나세 본인이 옳다고 생각하지 않았기에 모순이 생긴 것이다.

그래서 마츠오 에이치로가 깃들어 있다고 굳게 믿고, 오늘 완전히 부딪쳐 버렸다.

산 위여서 그런지 비로 땅이 차갑게 식으면서 짙은 안개가 깔리기 시작했다.

“도저히 선배를 똑바로 바라볼 수가 없습니다…… 정말 죄송합니다…….”

나나세는 자신이 부끄러운 듯 얼굴을 가리고 시선을 피했다.

“사과할 필요 없어. 네가 화난 것도 무리는 아니니까.”

그 남자가 나를 데리고 돌아가기 위해 큰 죄를 범한 것 역시 사실.

사람을 사람으로 여기지 않는 냉혹한 존재.

하지만 그건 동시에 나에게도 투영된 얄궂은 현실이다.

“이사장 대행의 지시를 수행할 수밖에 없었던 저는 이제 이곳에 남을 이유가 없습니다.”

"그래서 학교를 그만두겠다고?"

"적어도 제가 치를 수 있는 대가는 그것밖에 없으니까요."

나와 그 남자의 본질은 같다.

나라는 존재를 지킬 수만 있다면 남이 어떻게 되어도 알 바 아니다.

하지만 본질이 같아도 다른 점은 있다.

그 본질을 제삼자에게 쉽게 보이는 것이 능사는 아니라고 생각한다는 것.

요컨대 자신에게 방해만 되는 얼간이들을 아무렇지 않게 제거하느냐 하지 않느냐.

손을 내밀 수 있는가 아닌가에 있다.

그 남자는 얼간이에게는 절대 손을 내밀지 않는다.

그것이 나와의 결정적인 차이다.

나는 나나세를 향해 천천히 손을 내밀었다.

"선배……?"

"만약 내게 미안한 마음을 갖고 있다면 지금 한 말을 취소해줬으면 좋겠다."

"그게 무슨, 말씀이신지……."

"부끄러워할 건 하나도 없어. 넌 네가 할 수 있는 모든 것을 써서 원수를 갚으려고 했어. 그런데 나한테도 질 수 없는 이유가 있어. 내가 이 학교에 계속 남아 있는 건 그 남자, 그러니까 아버지에 대한 유일한 공격이라고 생각하기 때문이야."

나나세는 여전히 고개를 들지 않았지만, 그래도 천천히 얼굴을 움직여 내 손바닥을 바라보았다.

"내 욕심을 말해도 된다면 네가 학교를 떠나겠다는 말 따위 하지 말고 나를 도와줬으면 좋겠어. 지금도 츠키시로는 나를 퇴학시켜서 아버지에게 바치기 위해 이 특별시험에서 작전을 펼치고 있겠지. 그가 원하는 대로 된다면 명령을 어기면서까지 나를 이 학교에 입학하게 해준 마츠오 에이치로의 마음을 저버리게 되는 거야."

"그러니까 제가 해야 할 일은…… 반대였다, 그 말씀이시군요."

"협력해줄 수 있어?"

가늘고 매끈한 손이, 내가 내민 손을 붙잡았다.

"──약속드리겠습니다."

비 때문에 차가워진 손바닥이었지만, 따뜻한 열기를 지니고 있었다.

오랫동안 숙이고 있던 나나세의 얼굴이 내 눈을 응시했다.

정말로 도움이 될지 안 될지와는 상관없다.

쓰다 버리는 형태가 되더라도, 도움이 되도록 내가 잘 활용하는 것이 중요하다.

"비 맞으면 컨디션이 나빠질 수 있어. 그만 가볼까."

"……네."

작가 후기

안녕하십니까, 세상에서 가장 좋아하는 음식은 매실차를 부어 먹는 오차즈케인 키누가사입니다.

이번에 처음으로 특별시험 내용이 2권 이상 나뉘는 형태가 되었습니다. 일단 그 점을 양해 부탁드립니다. 각지에 흩어진 학생들의 상황도 쓰고 싶은 마음에 순식간에 페이지 수가 최대까지 늘어나, 한 권에 다 담는 데 한계가 있음을 통감했습니다.

처음에 쓰기 시작했을 때는 페이지가 조금 남는 정도는 괜찮겠지, 힘들기도 하고? 하면서 낙관한 적도 있었습니다만, 늘 그렇듯 어느새 정신을 차리고 보면 남은 페이지와의 싸움. 차라리 실지주만 특례로 500p가 넘는 것을 인정해 주…… 아니, 그만둡시다. 자기만 괜히 상처 주는 싸움이 될 뿐이에요. 오히려 최대 50p 정도면 괜찮지 않을지!

네. 서두가 길어졌습니다만, 후기는 이번에도 1p입니닷.
솔직히 후기 같은 거 없어도 되지 않나? 딱히 키누가사의 후기를 기다리는 사람이 있나? 하고 매번 생각하면서, 작품이 끝나고 바로 다음 페이지에 바로 후기인 것만은 좀 싫다는 생각도 듭니다(하지만 페이지가 모자라기 때문에 어쩔 수 없어요).

2020년도 끝이 보입니다만, 남은 나날도 힘내겠습니다!
그럼 다음 권에서 다시 만나요!

YOUKOSO JITSURYOKUSHIJOUSHUGI NO KYOUSHITSU E 2NENSEIHEN Vol.3
©Syougo Kinugasa 2020
First published in Japan in 2020 by KADOKAWA CORPORATION, Tokyo.
Korean translation rights arranged with KADOKAWA CORPORATION, Tokyo.

어서 오세요 실력지상주의 교실에 2학년 편 3

2021년 8월 15일 1판 1쇄 발행
2024년 8월 15일 1판 3쇄 증쇄

저　　　　자	키누가사 쇼고
일 러 스 트	토모세슌사쿠
옮 긴 이	조민정
발 행 인	유재옥
이　　　　사	조병권
출판본부장	박광운
편 집 2 팀	정영길 박치우 정지원 조찬희
편 집 3 팀	오준영 권진영 이소의
디자인랩팀	김보라
디지털사업팀	박상섭 김지연 윤희진
라이츠사업팀	김정미 맹미영 이윤서
영업마케팅팀	최원석 박수진 이다은
물 류 팀	허석용 백철기
경영지원팀	최정연
인쇄제작처	㈜코리아피엔피
발 행 처	㈜소미미디어
등　　　　록	제2015-000008호
주　　　　소	서울시 마포구 토정로222, 502호 (신수동, 한국출판콘텐츠센터)
판매 및 마케팅	(070) 8822-2301

ISBN 979-11-384-0116-6 04830
ISBN 979-11-6611-455-7 (세트)